고바야시 다키지 문학의 서지적 연구

고바야시 다키지 문학의 서지적 연구

황봉모 著

어문학사

일러두기

1. 본문에 인용한 신문은 『 』으로 표기하였고, 신문 기사는 「 」로 표기하여 구분하였다.
2. 본문의 각 장에 달린 각주는 모두 각 장의 말미에 미주로 달아 두었다.
3. 일본과 그 외 외국의 인명 및 지명, 고유명사는 현행 외래어 표기법에 따라 표기하였으며, 일부 지명의 경우 우리나라 한자음으로 표기하였다. (예)북해(北海)

여름이다.

외대 여학생들의 옷차림이 참 아름답다.

여름은 일본이다.

그 덥고 덥던 일본의 여름이 생각난다.

더운 여름날

에어컨이 시원한 도서관을 나와 캔을 하나 빼들고 혼자 벤치에 누워 바람 한 점 없는 하늘을 바라보면서

아, 서울에 가고 싶다고 생각하곤 했다.

그런데 지금은 그곳에 가고 싶다…….

그것은 냄새였다.

그것은 여학생들의 샴푸 향기인지, 일본 다다미의 시퍼런 냄새인지, 아니면 밤 벚꽃의 향기로운 냄새인지 모른다. 어쩌면 공기의 냄새인지 모른다. 하여간 일본 땅에서는 냄새가 달랐다. 은빛 날개 비행기를 타고, 일본에 내리면 무엇보다 냄새가 달랐다. 나는 이러한 미묘한 냄새를 맡고는 우리나라를 떠나왔다는 것을 느끼곤 하였다.

이 책은 주로 일본에서의 박사학위 논문을 번역한 것이다.

일본 프롤레타리아문학을 공부하기 위해 일본에 갔다. 겨우 백분의 일 정도

공부하고 온 것 같다. 일본의 지도교수인 우라니시(浦西) 선생은 일본 프롤레타리아문학 연구의 대가이다. 2009년에는 선생이 쓴 네 권의 저서가 일본경제신문사가 뽑은 '올해의 책'에 선정되었다. 선생이 아니었으면 내가 무사히 학위를 받아왔을지 의문이다. 동기인 마쓰다 지카코(增田周子) 교수에게도 많은 신세를 졌다.

「기적의 사과」에서 말했다.
"당신이 틀린 게 아니야."
그렇게 말해주는 것 같았다.
마음이 조금은 가벼워졌다.
그 말이 맞다. 나는 잘못된 일을 한 게 아니다.
세상이 받아주느냐 안 받아 주느냐는 문제가 안 된다. 그것은 세상이 정하는 것이다. 나는 그저 묵묵히 이 길을 걸어가면 된다. 그다음은 어떻게 되든 상관없다.

나도 「기적의 사과」처럼 생각한다.
김웅기, 박선하를 비롯한 우리 수업의 반장, 최우수 학생, 추천 학생들.
그리고 나의 '바람에 휘날리는 비닐시트'들…….
개인적으로 힘든 시간들이었지만 이러한 학생들이 있어서 참 즐거웠다. 무엇보다 그들의 진취적인 행동에서 많이 배운다.
나는 그들이 한국의 미래를 짊어지고 갈 것이라는 것을 의심하지 않는다.
나의 꿈인 「일문 고시엔」을 그들과 함께 할 수 있으면 좋겠다.

그리고

　지혁, 우혁, 상은, 상희, 희수, 선주에게 조금이나마 사람 사는 세상을 물려주
고 싶다. 그것이 고생하신 부모님에 대한 나의 할 일이다.

　언젠가 그러한 날이 올 것이다.

2011년 여름, 서울에서

차 례

머리말 5

제1장 「게잡이 공선(蟹工船)」의 성립 11

　1. 다키지(多喜二)의 자세 12

　2. 게잡이 공선 ─ 사실과 그 작품화 17

　3. 적화(赤化) 문제 35

　4. 「게잡이 공선」의 예술 대중화 42

제2장. 「게잡이 공선」의 복자(伏字) 53

　1. 전전(戰前)의 「게잡이 공선」 판본 54

　2. 복자의 내용 66

　3. 전기사의 판본 83

　4. 상업 출판사의 판본 92

제3장. 「게잡이 공선」의 동시대평(同時代評)   99

　　1. 들어가며   100

　　2. 동시대의 평가   103

　　3. 나오며   180

제4장. 「1928년 3월 15일(一九二八年三月十五日)」   185

　　1. 초출(初出)에 대하여   186

　　2. 초출 이후   192

　　3. 「1928년 3월 15일」의 '소리(音)'   198

제5장. 「당생활자(党生活者)」 ―'나'와 가사하라(笠原)의 관계―   221

　　1. 들어가는 말   222

　　2. '함께 되기' 이전   223

　　3. '함께 된' 이후   232

　　4. '가사하라의 실직' 이후   236

　　5. 가사하라의 취직   241

　　6. '가사하라의 다방 숙박' 이후   244

　　7. 나가는 말   249

제1장

「게잡이 공선(蟹工船)」의 성립

1. 다키지(多喜二)의 자세

고바야시 다키지(小林多喜二)의 대표작인 「게잡이 공선(蟹工船)」은 1929년 5월부터 6월에 걸쳐, 『전기(戦旗)』(제2권 제5호와 제2권 제6호)에 발표되었다. 「게잡이 공선」이 발표되었을 때, 구라하라 고레히토(藏原惟人)는 「작품과 비평(1) 『게잡이 공선』 그 외(1)」[1]에서, '고바야시 다키지는 그 작품의 밑바탕에 항상 어떤 큰 사회적 문제를 두려고 하고 있다'라고 하면서, '"게잡이 공선"은 그 전형적인 작품이다'라고 높게 평가하고 있다.

구라하라가 지적한 것처럼 다키지는 언제나 커다란 사회적 문제를 대상으로 하여, 그 사실을 작품화하려고 노력했다. 그의 처녀작이라고 불리는 「1928년 3월 15일(一九二八年三月十五日)」(『전기』(제1권 제7호와 제1권 제8호, 1928년 11월호와 12월호)에서는 3·15사건을, 「사람을 죽이는 개(人を殺す犬)」라는 작품에서는 그 당시 감옥 방이라고 불리고 있던 인부 방(土工部屋)의 가혹한 사실을 다루었다. 「사람을 죽이는 개」는 1927년 3월의 오타루 고상(小樽高商)의 『교우회 회지(校友会々誌)』제38호에 발표된 작품이다.

다키지는 「사람을 죽이는 개」에 대해서 1927년 3월 2일의 일기에 이렇게 쓰고 있다.

고상의 교우회 회지에 낸 「사람을 죽이는 개」는 너무 잔혹하기 때문에 낼 수 없다고 우라베(占部) 교수가 말했다고 한다. 이것을 내는가 내지 않는가 라는 것은 사소한 일이다. 내는가 내지 않는가의 문제가 아니고 '현실에 있는’ 사실을 어떻게 할 것인가.

일기에 쓰여 있듯이 다키지에게 있어 무엇보다 중요한 것은 ‘현실(現實)에 있는’ 사실이었다. 자신의 눈앞에 펼쳐져 있는 비참한 사회의 현실, 그는 항상 이러한 현실 문제에 고민하였다.

「게잡이 공선」은 사회에 대한 이러한 다키지의 현실 인식이 가장 잘 나타나 있는 작품이다. 다키지는 「게잡이 공선」을 완성한 후, 1929년 3월 31일에 구라하라에게 보낸 편지에서 이 작품에 대한 작품 의도를 다음과 같이 쓰고 있다.

1) 이 작품에는 ‘주인공’이라는 것이 없다.

2) 그러므로 당연히 이 작품에서는 「1928년 3월 15일」 등에서 시도한 것과 같은, 각 개인의 성격과 심리가 완전히 없어져 있다.

3) 프롤레타리아 예술 대중화를 위하여 여러 가지 형식상의 노력을 하였다.

4) 이 작품은 게잡이 공선이라는 특수한 하나의 노동 형태를 취급하고 있다. 하지만 게잡이 공선이라는 것은 어떤 것인가 라는 것을 열심히 쓴 것은 아니다.

a, 이것은 식민지, 미개지에 있는 착취(搾取)의 전형적인 것이라는 것.
b, 도쿄(東京), 오사카(大阪) 등의 대공업 단지를 제외하면, 아직까지 일본 노동자의 현실에 그 유형이 80% 있다는 것. c, 그리고 여러 가지 국제적 관계, 군사 관계, 경제 관계가 선명하게 비쳐 보이는 것 같은 편의가 있었기 때문이다.

5) 이 작품에서는 미조직(未組織) 노동자를 다루고 있다.

6) 노동자를 미조직으로 두려고 노력하면서, 자본주의는 우습게도 오히려 그것을(자연발생적으로) 조직시킨다는 것.

7) 프롤레타리아는 제국주의 전쟁에 절대 반대하지 않으면 안 된다 라고 한다. 그러나 어떤 이유로 그렇게 해야 하는가, 알고 있는 '노동자'는 일본에 몇 명이나 있을까. 하지만 지금 이것을 알지 않으면 안 된다, 긴급한 것이다.

단지 군대 내의 신분(身分)적인 학대를 묘사한 것만으로는 인도주의적인 분노밖에 일어나지 않는다. 그 배후에 있어 군대를 움직이는 제국주의 기구(機構), 제국주의 전쟁의 경제적인 근거에 닿을 수 없다.

제국주의 – 재벌 – 국제관계 – 노동자

이 세 개를 전체적으로 보지 않으면 안 된다. 거기에는 게잡이 공선이 가장 좋은 무대였다.[2]

다키지는 「게잡이 공선」에서 이상과 같은 것을 열심히 의도했다고 쓰고 있다. 다키지는 게잡이 공선이 착취의 전형적인 형태이며, 현재 일본의 노동자 대부분이 이러한 노동 현실에 있다고 보고 있다. 그는 「머리의 파리를 쫓는다(頭の蠅を払ふ)-짖는 무라오에게 답한다(吠える武羅夫羅に答へる)」(『요미우리신문(読売新聞)』1929년 10월 20일)에서, '"게잡이 공선"은 정신적으로도, 육체적으로도, "감옥 방"보다 열 배나 비참하다고 한다'라고 쓰고 있다. 게잡이 공선에서의 노동이 얼마나 가혹한 것이었는가를 알 수 있다.

그 당시 게잡이 공선은 지치부마루(秩父丸)의 조난사건, 하쿠아이마루

(博愛丸)의 학대사건, 그리고 적화 문제 등으로 큰 사회적 문제가 되어 있었다. 다키지가 이러한 사회적 문제를 파헤쳐서, 그 숨겨져 있는 사정을 폭로하려고 했던 것은 비참한 사회의 현실문제에 고민하고 있던 그로서 당연한 일이었다.

게잡이 공선에 관한 이러한 다키지의 현실 인식은 그가 『해상생활자신문(海上生活者新聞)』에 관계하고 있을 때부터 나타나고 있다. 그가 고리키(鄕利基)라는 필명으로 쓴 「선원은 무엇을 읽지 않으면 안 되는가(1)(海員は何を読まなければならないか)」[3], 「『죽고 싶지』 않은 선원에게(『殺され たくない船員へ)」[4], 「『접근하면 벤다!』(검극 물)에 조심해라(『寄らば切る ぞ!』剣劇ものに用心しろ)」[5]라는 일련의 작품은, 「게잡이 공선」을 쓰기 위한 시작(試作)이었다.

이러한 다키지의 현실 인식은 「게잡이 공선」과 같은 제재를 취급하여, 『개조(改造)』의 '노동자 생활 실기(実記)'란에 게재된 「캄차카로부터 돌아온 어부의 편지(カムサッカから帰つた漁夫の手紙)」[6]로 이어져 나타난다. 그는 이 작품에 대해서 1929년 6월 14일, 사토 세키(佐藤積)에게 다음과 같은 편지를 보내고 있다. 여기에서 '그 작은 작품(小篇)'은 「캄차카로부터 돌아온 어부의 편지」를 가리킨다.

그 작은 작품을 쓰고 나서, 그중에서 다루었던 러시아 국영(國營)과 일본 자본가와의 알력이 그대로의 길을 걸어 빈번하게 지금 현실의 문제로 되어 왔다는 사실을 말씀드려 두고 싶다고 생각합니다. 그리고 이것은 단지 이것만의 문제가 아니고, 그 안에는 북양 어업 노동자가 취하지 않으면 안 되는 중요한 국가적 태도가 있고, 게다가 그 안에는 제국주의 전쟁의 위기가 충분히 내포되어 있다는 것입니다.(이제 중앙에서도 공공연하게 이것이 문제가 되겠지요) 이것을 실로, 빠르게 문제 삼아 그것을 폭로하고 싶다는 의미에서, 이 작은 작품은 나 자신이 생각하고 있던 이상의 의의를 가진 것이라고 생각합니다. 잠시 한 마디 하고 싶다고 생각했던 것입니다. 그럼 또. 총총.

다키지는 일찍부터 러시아 국영과 일본의 자본가와의 관계를 꿰뚫어 보고 있었다. 자신의 이익만을 생각하는 일본의 자본가는 무슨 수를 쓰더라도 정부를 부추겨서 전쟁을 일으킨다는 것을 알고 있었다. 그는 러시아 국영과 일본 자본가와의 알력이 결국은 정부를 제국주의 전쟁으로까지 달려가게 할 것이라고 예견하였다. 그러나 당시 북양(北洋)어업에 종사하는 어부들은 이러한 현실에 대해서 아직 아무것도 모르고 있었다. 여기에 다키지가 작품의 제재(題材)로써, 국제적인 관계에 있는 북양 어업 노동자 실정을 취급하고 있는 이유가 있었다.

지금 가장 사회적인 문제가 되고 있는 것을 대상으로, 그 사실 관계와 문제점을 파헤쳐 폭로(暴露)한다. 이것이 다키지가 가지고 있던 작품 의식이었다. 그는 이러한 작품 의식을「프롤레타리아 대중화와 프롤레타리아 리얼리즘에 대하여(プロレタリア大衆化とプロレタリアレアリズムに就いて)」(『프롤레타리아 예술교정(プロレタリア芸術教程)』제2집, 1929년 11월, 세계사)의 '집필자 자전' 란에서, '불과 같은 선전성과 얼음과 같은 폭로를 가진, 스케일이 커다란 작품을 계속 만들어갈 예정이다'라고 설명하고 있는데, 이러한 사회적인 문제를 폭로를 가진 스케일이 커다란 작품으로 계속 작품화해

갔던 것은 올바른 사회를 위한 그의 정열이었다.

다키지는 참혹한 현실을 정면으로 응시하여, 이것을 철저하게 파헤침으로써 프롤레타리아 작가로서의 자기형성(自己形成)을 이루어 갔다. 그는 「게잡이 공선」을 통하여, 그 당시 커다란 사회적 문제가 되고 있던 게잡이 공선이라는 스케일이 큰 세계의 폭로에 착수하였다.

2. 게잡이 공선 – 사실과 그 작품화

홋카이도(北海道)신문사에서 간행된 『홋카이도 대백과사전(北海道大百科事典)』(1981년 8월)의 '게(蟹)어업'이라는 항목을 찾아보면, 이렇게 설명하고 있다.

고바야시 다키지의 소설 『게잡이 공선』(1929년)으로 널리 알려진 북양모선식(北洋母船式) 게 어업은 1914년에 농림성(農林省) 수산강습소의 연습선 운요마루(雲鷹丸)가 캄차카반도 서쪽에서 타라바 게를 어획하여, 선내에서 통조림 제조 시험을 행한 것이 실마리이다. 1920년에는 도야마(富山) 현 수산강습소의 구레하마루(吳羽丸)도 시험 조업을 하여, 게살을 씻는 데 담수를 사용해야만 한다는 정설을 뒤집고, 바닷물을 사용하여 성공하였다. 민간에서는 하코다테(函館)의 와지마(和島貞二)가 1921년에 기타마루(喜多丸), 기쿠마루(喜久丸)의 2척을 가지고 오호츠크 해에서 조업했던 것이 시작이다. 그 후 유럽 신시장의 수요도 늘고, 자본제 어업의 대표로서 성장하여, 1927년에는

공선 18척, 통조림 33만 상자에 달하였고, 그리고 브리스틀만(ブリストル湾) 어장 등 새로운 어장도 개발되었다.

공선(工船) 게 어업의 발달의 계기가 되었던 것은 게살을 씻는 데 있어서 바닷물 사용의 성공이었다. 바닷물 사용은 배 안에서의 통조림 제조의 커다란 제약을 없애게 되어, 그 후 모선식 게 어업 발달의 요인이 되었다. 공선 게 어업 발달의 또 하나의 요인으로써 공선의 대형화를 들 수 있다. 1924년 야기(八木)통상이라는 회사는 이 무렵으로서는 대형 기선인 가라후토마루(2,831t)를 사용하여, 통조림 제조 수 15,279상자(같은 해, 총수의 36%)라는 좋은 실적을 거두었다. 이 성공이 이후, 공선 대형화의 중요한 요인이 되었다(『해설 일본근대어업연표 전전편(解說日本近代漁業年表 戰前編)』수산사, 1977년).

이렇게 다키지가 「게잡이 공선」의 자료 조사를 하고 있던 1927년경은 공선 게 어업의 전성기였다. 『홋카이도 어업사(北海道漁業史)』(홋카이도 수산부, 1957년)에 의하면, 공선의 통조림 제조 수와 생산 비율 추이가 다음과 같이 나타나고 있다.

(표1) 게잡이 공선에 의한 통조림 제조 수

	출어선 수	제조 상자수 (函)
1924년	6	42,133
1925년	8	108,568
1926년	12	229,072
1927년	17	330,130

(표2) 지역별 게 통조림 추이

	공선 (工船)	노령 (露領)	북지시마 (北千島)	가라후토 (樺太)	홋카이도 (北海道)	
1923년	16.7	19.1	5.2	28.8	30.3	100%
1925년	39.2	30.0	2.8	9.1	18.9	100%
1927년	63.8	28.5	1.6	0.7	5.4	100%

(표1)을 보면, 1924년은 출어선수(出漁船数) 6척에 제조 상자 수가 42,00상자였지만, 3년 후인 1927년에는 출어선수 17척에 제조 상자 수가 33만 상자가 되어 있다. 배의 숫자도 3배 늘었고, 제조 상자 수도 격증하였다. 배의 숫자가 3배 증가한 데 비하여, 제조 상자 수가 8배 정도 된 것은 공선 대형화의 영향이라고 생각된다.

(표2)는 나라 전체의 생산량에서 차지하는 공선의 비율이다.

1923년의 공선의 비중은 전체생산량의 16.7%에 불과하였지만, 그것이 1927년에는 전체 생산의 63.8%로 비약적으로 증가하고 있다. 나라 전체의 생산량이 공선에 걸려 있다고 말할 수 있다. 이렇게 겨우 3~4년 사이에 공선 게 어업은 급격한 발전을 이루었던 것이다.

공선 게 어업이 급격한 발전을 보인 이유는 무엇이었을까. 그것은 말할 것도 없이 공선의 채산성이었다. 원료인 게를 잡은 바로 그 자리에서 통조림 제품으로 만들 수 있는 공선은 풍부한 자원, 신선도 등 모든 면에 있어서, 연안의 공장과는 비교가 되지 않을 정도로 유리(有利)한 위치에 있었다.

　그러나 공선은 제한된 어기(4~8월)에, 할 수 있는 만큼의 많은 통조림 제품을 만들어야만 했기 때문에 여러 가지의 노동 문제를 일으켰다. 1930년도의 게 잡이 공선 제조부 작업 시간을 살펴보면, 오전 4시에 기상하여 오후 8시까지 일하게 되어 있다(『북양어업과 그 노동사정(北洋漁業とその労働事情)』홋카이도립 노동과학연구소, 1953년). 이 중에서 식사 시간 2시간, 휴식 시간 30분을 제외하고는 모두가 작업(作業) 시간이었다. 실로 작업 시간이 13시간 30분에 이르고 있는 것이다. 그리고 여기에 작업이 끝난 후의 뒤처리 시간까지 합하면, 어부들이 쉴 수 있는 시간은 거의 없었다. 게잡이 공선에서의 노동이 얼마나 힘들었던가를 알 수 있는 것이다.

　게잡이 공선 지치부마루(秩父丸)의 조난 사건은 1926년 4월에 일어난 일이었다. 당시『오타루신문(小樽新聞)』『하코다테신문(函舘毎日新聞)』『북해(北海)타임즈』등의 현지 신문은 이 사건을 대대적으로 보도했다. 여기에서는『오타루신문』을 중심으로, 이 사건의 진상을 밝혀보려고 한다.

　1926년 4월 28일의『오타루신문』은「호로무시로(幌筵) 부근에서 / 지치부마루의 조난 / 승무원 전원은 무사한 것 같다 / 교류마루(蛟竜丸) 현장에 급항(急航)」이라는 제목으로, 다음과 같이 보도하였다.

　오타루 북도(北都)무역 소유의 기선 지치부마루(1,463톤)는 이번 달 8일 오타루를 출항하여 하코다테에 들러 17일 북(北)지시마 방면으로 향했던 바, 26일 오후 10시경 북지시마 호로무시로 부근의 앞 바다에서 비바람 때문에 조난했다고 관계자 측에 전신(電信)이 있었는데, 이 배에는 승무원을 비롯해 인부 그 외 약 270명이 승선하고 있기 때문에 그 안부가 매우 걱정되고 있지만 지금으로서는 구체적인 소식을 알 수 없다.

이러한 기사가 최초 보도된 이후, 지치부마루의 조난 사건은 매일 보도되었다. 다음 날인 4월 29일의 같은 신문은 「조난 지치부마루의 / 소식 여전히 불명 / 300명의 생명이 걱정된다 / 군함 파견을 의뢰」라는 제목으로 '너무 멀리 떨어진 현장인 관계로부터 28일 정오까지 아직 어떠한 소식도 얻을 수 없어 여전히 300명에 가까운 생명이 걱정되고 있다'라고 이 배의 안부를 걱정하고 있고, 4월 30일의 같은 신문은 「지치부마루의 / 구조절망인가 / 교류마루의 조사도 헛수고 / 어떠한 응답이 없다」와, 「선체는 반이 잠김 / 무전실도 파괴 / 구조의 전망 전혀 없음 / 걱정되는 200여 명」 등의 제목으로, 계속 이 배의 소식을 전하고 있다.

5월 2일의 『오타루신문』은, 「북지시마에서 좌초된 지치부마루 / 99명만 구조 / 위험을 무릅쓰고 도착한 제2도미마루 / 선체는 5도로 기울다」라는 제목으로, 구조선 제2도미마루(第二富美丸)의 보고로써 다음과 같이 보도하고 있다.

지치부마루는 지난 달 26일 밤 거센 파도와 자욱한 안개로 인하여 방향을 잃고 곶 부근에 좌초하여 위험에 처해졌기 때문에, 다음 날 27일 오전 10시, 250명의 승무원 중 22명을 본선에 남기고 나머지는 6척의 소형선(川崎船) 및 보트에 분승하여 구지라 만(鯨湾)에 향하였지만, 풍랑이 거세었기 때문에 먼 바다 쪽으로 밀려가 각각의 배는 서로 떨어져 버렸다. 그중 3척에 분승한 77명은 29일 오후 3시경 구지라 만 부근에 표류한 것을 도미마루에 구조되었는데, 또 도미마루는 위험을 무릅쓰고 지치부마루에 접근하여 본선에 남아있던 22명도 무사히 구조하였다.

이렇게 제2도미마루에 의하여 99명은 목숨을 건졌지만, 나머지 어부들은 구조될 수 없었다. 결국 제2도미마루의 구조 노력에도 불구하고 뒤에 죽은 2명을 빼면, 지치부마루의 생존자는 97명이었다. 이 사건은 조난자를 태우고 하코다테에 제2도미마루가 돌아오고(『오타루신문』 5월 15일), 희생자의 추도회가 열리고(『오타루신문』 5월 31일), 희생자에의 조위금의 분배가 이루어지면서(『오타루신문』 10월 9일) 사건은 일단락된다. 앞의 『해설 일본근대어업연표 전전편』에 의하면, 이 지치부마루의 조난사건은 182명의 희생자를 낸 대참사였다고 기록되어 있다.

그런데 이 사건은 많은 희생자와 함께 구조 활동에 대한 의혹을 남긴 사건이기도 하였다.

5월 7일의 『오타루신문』은 「지치부마루의 조난에 / 무책임 극한 교류마루(蛟竜丸) / 버린 것과 다름없다고 / 분개하는 우라시오마루(浦潮丸) 선장」이라는 제목으로, 우라시오마루 선장의 이야기를 다음과 같이 보도하고 있다. 이 신문 기사로 지치부마루의 구조 활동에 대한 문제는 곧 사건화 되었다.

대체로 구조의 모든 책임은 조난선과 가장 가까운 곳에 있는 배에 있는 것이 원칙이어서, 그 배가 조난선과 통신을 시작하면 다른 배는 절대로 그것과 무선을 하지 않기로 되어 있는 것이다, 이번에 교류마루는 조난선으로부터

45해리의 해상(海上)에 있고, 26일 오후 7시에 구조에 급히 간다는 뜻의 무선을 하고 있었기 때문에, 본선은 그대로 가버렸던 것이다. 교류마루가 하루 지나서 갈 수 없다 라는 무선을 한 것은 무책임도 심한 것으로 마치 죽게 내버려둔 것과 같다.

이러한 우라시오마루 선장의 발언에 대하여, 교류마루의 무선국장은 '급히 간다라는 무전은 하지 않았다'(『오타루신문』 5월 10일)라고 반박하였지만, 그 간의 신문기사와 5월 15일의 『오타루신문』에 게재된 지치부마루의 비장한 조난 이야기 중에서, 죽은 지치부마루의 무전국장의 유언으로써 '교류에 무전을 보냈다, 제군들 나는 이것으로 나의 의무를 다했다. 제군 만약 제군 중에 다행히 산 사람이 있다고 하면 이것을 전해줘. 나는 나의 책임을 다했기 때문에……'라는 내용으로 보아도, 교류마루가 지치부마루의 구조 무전을 버렸음에 틀림없다. 지치부마루의 어부들은 동료인 교류마루에 버려졌던 것이다. 이렇게 지치부마루 조난 사건은 182명의 희생자와 함께, 구조 활동에 대한 의문을 남긴 게잡이 공선 역사상 가장 큰 사건으로 기록되어 있는 것이다.

1926년에는 지치부마루의 조난 사건과 함께 또 하나의 큰 사건이 발생하였다.

하쿠아이마루(博愛丸)의 학대 사건이 그것이다. 1926년 9월 8일의 『오타루신문』은 「게잡이 공선 하쿠아이마루에 / 잡부 학대의 괴사건 / 행방 불명된 두 명에 일어난 의문 / 하코다테 수상 경찰서에 소환」이라는 제목으로, '하코다테시 오오비시상회(大菱商会)가 경영하는 게잡이 공선 하쿠아미마루는 6일 하코다테에 입항하였는데, 본선의 입항과 동시에 어부 잡부 10여명은 하코다테 수상 경찰서에 출두하여, 감독 아베 긴지로(阿部 金次郎)가 출어 중에 어부 잡부를 학대하고 또 두 명이 행방불명이 된 사건을 호소하였다'라고 보도하였다. 역시 같은 날의『하코다테 매일신문』도「게잡이 공선 하쿠아이마루에 / 놀라운 대학대 사건」이라는 제목으로 이 사건을 대대적으로 보도하였다.

이렇게 하여 처음으로 세상에 알려지게 되는 게잡이 공선 하쿠아이마루의 학대 사건은 실로 참혹하고 비인간적인 사건이었다. 다음 날인 9월 9일의『오타루신문』은 이 비인간적인 사건에 대하여「게잡이 공선 하쿠아이마루의 학대 사건 / 이 세상이지만 생지옥 / 윈치에 잡부를 매달아 올려 / 조롱하는 짐승과 같은 감독 / 실로 태평성대의 괴이한 일」이라는 제목으로, 어부들에 대한 학대를 다음과 같이 보도하였다.

가토(加藤)라는 잡부는 똑같이 꾀병이라고 간주되어, 아베(阿部)감독 등 때문에 윈치에 매달려 공중 높이 매달려 올려져, 배가 회전하기 위하여 흔들 흔들 흔들릴 때마다 '잘못했다, 잘못했다, 구해줘'라고 비명을 지르며 울부짖고 있음에도 불구하고, 짐승과 같은 감독 등은 '이렇게 하여 사람들에게 본보기로 하는 것이다'라며 기분 좋은 듯이 조롱하고, 놀랍게도 하루 종일 한 모금의 물도 한 끼의 식사도 주지 않고 학대하여, 반쯤 죽어있는 것을 선원이 끌어내려 치료를 하였기에 간신히 소생하였다.

기사에서는 잡부가 '윈치에 매달려'서, '하루 종일 한 모금의 물도 한 끼의 식사도 주지 않고 학대'당했다고 쓰고 있다. 물론 어부와 잡부에 대한 학대는 이것만이 아니었다. 신문은 여러 가지 학대의 방법과 어부들의 학대 증언을 실으면서, 하쿠아이마루의 학대는 '마치 이 세상의 지옥이다'라고 폭로하였다. 게잡이 공선 하쿠아이마루의 학대 사건은 5월의 지치부마루의 조난 사건과 같이 사회에 커다란 파문을 던졌다.

한편 9월 13일의『오타루신문』은 「노동시간의 / 제정이 급선무 / 게잡이 공선 학대 사건에 있어 / 가도와키(門脇) 바다 사무소 부장이 말하다」와, 「나쁜 중개업자의 덫에 / 도망칠 수 없는 낙오자 / 게잡이 공선을 탄 어부잡부」라는 두 개의 제목으로, 이 사건에 대한 문제점과 그 대책에 대하여 취재하면서, '하쿠아이마루에서는 오전 3시 반에 기상하여 4시부터 작업에 들어가 밤 10시에 종료하는 것이지만, 뒤처리 등으로 잠자는 것은 밤 12시경이 되어 수면 시간이 겨우 3시간 반에 불과하다'라며, '아무리 건강한 사람도 이래서는 견딜 수가 없다'라고, 무엇보다도 노동 시간의 제정을 촉구하고 있다.

하쿠아이마루의 학대 사건은 11월에 하코다테 지방 재판소에서 열린 학대 주동자에 대한 공판을 끝으로 일단락되는데(『오타루신문』 11월 5일), 당시의 신문은 「또 게잡이 공선 몬시마루(門司丸)에 / 어부 학대 사건 폭로」(『하코다테 매일신문』 9월 14일), 「에이코마루(英航丸)에도 / 학대 사건」(『오타루신문』 9월 17일) 등, 다른 게잡이 공선에서 일어난 어부, 잡부에 대한 학대 사건을 계속해서 보도하였다. 실로 1926년은 게잡이 공선 어부들로서는 수난의 한 해였다.

다키지는 「게잡이 공선」을 집필함에 있어서 지치부마루의 조난 사건과 하쿠아이마루의 학대 사건의 모습을 작품 중에 그대로 들여오고 있다. 우선 지치부마루의 조난 사건에 대해서 살펴보자.

「게잡이 공선」에서는 지치부마루라는 배의 이름이 실명(實名)으로 그대로 사용되고 있다. 「게잡이 공선」에서 지치부마루의 조난 장면은 다음과 같이 묘사되어 있다.

폭풍 때문에 다들 잠을 이루지 못하고 있었다. 그때였다.

선장실에 무선사가 당황하여 뛰어 들어왔다.

"선장님 큰일입니다. S·O·S입니다!"

"S·O·S? — 어느 배인가?"

"지치부마루(秩父丸)입니다. 본선과 나란히 나아가고 있었습니다."

"고물선이야. — 그것은!" — 아사카와가 비옷을 입은 채, 구석 쪽 의자에 크게 가랑이를 벌리고 앉아 있었다. 한쪽 구두 끝만을 깔보듯이 달그락 달그락 움직이면서 웃었다. "하긴 어느 배라도 고물선이지만."

"조금도 지체할 수 없는 것 같습니다."

"음 그것은 큰일이군."

선장은 조타실에 오르기 위하여 서둘러 비옷도 걸치지 않고 문을 열려고 했다. 그러나 아직 열기 전이었다. 느닷없이 아사카와가 선장의 오른쪽 어깨를 잡았다.[7]

무선사의 '본선과 나란히 나아가고 있었습니다'라는 말은 이 배가 지치부마루와 가장 가까운 위치에 있다는 것을 의미한다. 조난선으로부터 구조 신호를 받은 배는 해상(海上)원칙에서나, 도의상에서나 즉시 현장에 향해야 하는 것은 당연한 일이다. 게다가 조난선과 가장 가까이 있는 배라면 말할 것도 없을 것이다.

그러나 이 배는 지치부마루의 구조에 나갈 수 없었다. 그것은 이 배의 출동을 명령할 수 있는 자가 이 배의 선장이 아니고, 감독(監督)인 아사카와였기 때문이다. 이 배의 지휘권을 가지고 있는 아사카와는 선장의 구조 명령에 대하여 '그런 일에 관계되어 봐. 일주일이나 망쳐버려! 농담이 아니야. 게다가 지치부마루에는 엄청난 보험이 걸려있어. 고물선이야. 침몰하면 이득이야'라고, 잘라 말해 버린다. 이렇게 하여 이 배는 조난하고 있는 지치부마루의 구조 신호를 받았음에도 불구하고, 구조에 갈 수 없었던 것이다.

결국 지치부마루는 침몰(沈沒)을 피할 수 없게 된다. 무선사는 '승무원 425명. 최후입니다. 구조될 가망 없음. S·O·S, S·O·S 이것이 두세 번 계속되고 그것으로 끊어져 버렸습니다'라고 지치부마루의 침몰 사실을 선장에게 보고하게 된다. 425명을 태운 지치부마루는 구조될 가망이 전혀 없는 채, 덧없이 침몰해 버린다. 현실에서 교류마루가 지치부마루를 버렸던 것과 똑같이, 「게잡이 공선」에서 학코마루(博光丸)는 지치부마루를 버려버리는 것이다.

다키지는 「게잡이 공선」에서 지치부마루의 이름까지 똑같이 이 사건을 묘사하고 있다. 다키지가 「게잡이 공선」에 이 사건을 그대로 가지고 들어온 이유로서, 두 가지를 들 수 있다.

첫 번째는, 사건의 진상을 밝히는 것이다. 그것은 게잡이 공선끼리의 관계이다. 다키지는 같은 게잡이 공선이면서, 조난선으로부터의 구조 신호를 받았음에도, 실제로 동료의 배를 못 본 채 한 지치부마루 조난 사건에 숨겨져 있는 추악한 본질을 폭로한 것이다. 구조에 갈 시간이 있으면 그 시간에 게를 잡는다. 그러므로 조난선으로부터 구조 신호를 받아도 그것을 버려버리는 것이다. 이들에게는 같은 직업을 가진 게잡이 공선 동료들의 목숨보다, 자기들 배의 이익이 더 중요한 것이다.

두 번째는, 이 사건을 통해 게잡이 공선이 가지고 있는 여러 가지 문제를 전체적으로 볼 수 있는 점이다.

지치부마루 조난 사건에는 게잡이 공선의 문제, 즉 대폭풍우에도 출항하지 않으면 안 되는 것, 낡은 배라는 것, 막대한 보험금, 게잡이 공선이 법의 적용 외에 있는 것 등의 문제가 보인다. 게잡이 공선은 배이자 공장이었지만, 항해법도 또 공장법의 적용도 받지 않았다. 요컨대 다키지는, 지치부마루 조난 사건은 단순한 사고가 아니고, 자본주의의 구조(構造)로부터 발생된 인위적인 사건이었다 라고 말하고 있는 것이다.

「게잡이 공선」은 한 마디로 말해 가혹한 노동과 열악한 생활을 강요당하고 있는 북양 어업의 어부들을 묘사한 작품이다. 어부들의 가혹한 노동과 열악한 생활 모습은 이 작품 전체에 걸쳐 있다. 하쿠아이마루의 학대 사건은 이러한 「게잡이 공선」에 실로 꼭 맞는 사건이었다. 「게잡이 공선」에서 하쿠아이마루의 학대 사건의 모습은 다음과 같이 묘사되고 있다.

"또 하고 있군?" 목수는 눈물을 몇 번이나 팔로 닦으며 눈을 가늘게 떴다.

이쪽에서 보니, 비가 갠 듯한 은빛을 띤 회색 바다를 뒤로, 불쑥 튀어나온 윈치의 팔 부분, 거기에 완전히 몸이 묶여서 매달려 있는 잡부가 뚜렷이 검게 드러나 보였다. 윈치 끝부분까지 하늘 쪽으로 올라갔다. 그리고 걸레 조각이라도 걸려 있는 것처럼 오랫동안 – 이십 분이나 그대로 매달려 있었다. 그리고는 내려왔다. 몸을 비비꼬며 발버둥치고 있는 듯 두 다리가 거미집에 걸린 파리같이 움직이고 있었다.[8]

목수는 '또 하고 있군'이라고 잡부에 대한 학대를 보고 있다. 이 '또'라는 목수의 말에, 잡부에 대한 이러한 학대 행위가 얼마나 자주 일어나는가를 알 수 있다. 다키지가 잡부에 대한 학대를 목수의 눈을 통해 보고 있는 것은 학대의 실태를 객관적으로 묘사하기 위한 노력이라고 생각된다. 또 이외에도, 이 작품에서는 '변소에 처넣고 밖에서 자물쇠를 채우는' 행위, '철봉을 시뻘겋게 달구어 몸에 그대로 대는' 행위라든가, '선반 철 기둥에 학생을 묶어두는' 행위 등, 어부와 잡부에 대한 여러 가지의 학대 행위가 보인다.

이러한 학대는 주로 감독인 아사카와에 의해 행해지고 있는데, 감독인 아사카와에 대하여 다키지는 앞의 「머리의 파리를 쫓는다(짖는 무라오에게 답한다)」에서, '아사카와는 실재(實在)의 모델이 있고 또 게잡이 공선 사이에서 귀신 감독으로 알려진 것도 사실이다'라고 쓰고 있다. 그 모델은 바로 하쿠아이마루의 학대 사건의 주인공인 아베 긴노스케(阿部金之助)이다.

그러면 아베라는 인물은 어떠한 사람이었을까. 여기에서 아베라는 사람에 대하여 살펴보자.

하쿠아이마루의 학대 사건이 한창 시끄럽던 무렵, 1926년 9월 9일의 『오타루신문』에서는 「러시아 관헌의 / 감옥에 유폐되어 / 밥도 안주는 고통을 겪은 후에 / 성격 급변 아베긴」이라는 제목으로, 아베 긴노스케에 대하여 취재하고 있다.

게잡이 공선 하쿠아이마루의 어부 학대 사건은 듣기에도 극히 비참한 생지옥의 고통을 상상할 수 있지만, 그 수괴인 하쿠아이마루 사업부 아베 긴노스케가 이러한 흉포(凶暴)성을 가지게 된 계기에는 흥미 있는 이야기가 있다. 지금으로부터 몇 년 전 아직 일개 기관사(船頭)였던 때의 그는 매우 명랑하고 쾌활한 남자로서, 결코 지금과 같은 광폭한 사람이 아니었다고 한다.

계속해서 신문기사는 '흥미 있는 이야기'로써, 그의 배가 러시아 관헌에게 붙잡히게 되어 그가 부하 한 명과 함께 인질이 되었는데, 선장이 인질인 자신들을 버려둔 채 도주하였기 때문에, 그와 부하는 밥도 먹지 못하는 등의 여러 가지 학대를 받았지만, 겨우 탈출할 수 있었다고 하면서 '그 이후 그의 성격은 급변해 버렸던 것이다'라고 쓰고 있다.

아베는 설마 선장이 기관사인 자신을 버리고 도주하리라고는 꿈에도 생각하지 못했을 것이다. 북양의 거친 파도에서 고물배로 함께 일하고 있는 그들은 하나의 운명 공동체였을 것이었다. 하지만 현실은 그렇지 않았다. 아베는 선장의 배신으로, 비로소 자신이 믿을 수 있는 사람은 자기 자신밖에 없다는 사실을 뼈 속 깊이 인식하게 되었던 것이다. 이후 그는 「게잡이 공선」의 감독 아사카와와 같이, 어부들에게 '감독은 뱀에게 인간의 가죽을 입힌 것 같은 놈이다'라고 말하여질 정도로, 광폭한 인간으로 변해 버렸던 것이다. 목숨을 건 러시아 관헌으로부터의 탈출, 그에게 그것은 선(善)한 인간으로부터의 탈출이었다고 할 수 있을 것이다.

그런데 현실에서의 아베는 착한 인간에서 광폭한 인간으로 변했지만, 「게잡이 공선」에서의 감독 아사카와는 반대로 광폭한 인간에서 일개(一介)의 인간으로 다시 태어난다. 「게잡이 공선」의 '후기'에는, 파업 때문에 한 푼도 받지 못하고 회사에서 해고되어 "'아 − 분하다! 나는 이제까지, 빌어먹을, 속고 있었다!"하고, 그 감독이 외쳤다'라는 문장이 붙여져 있다. 실은 감독인 아사카와도 「게잡이 공선」의 어부들과 똑같이 아무것도 모르고 있었던 것이다.

요컨대 다키지는 감독인 아사카와도 자본가로부터 착취(搾取)당하고 있다고 보고 있는 것이다. 속여지고 있는 것은 어부들만이 아니었다. 자본가의 입장에서 본다면, 어부와 똑같이 감독인 아사카와도 그들의 착취의 대상에 다름 아니었다. 문제는 단지 방법의 차이일 뿐이었다. 비로소 이러한 현실을 깨달은 아사카와는 이제부터 「게잡이 공선」의 어부들과 같은 길을 걷게 될 것이다. 다키지는 광폭한 인간에서 보통의 인간으로 변한 감독을 어부들과 같은 시각으로 보고 있다고 생각된다.

이렇게 게잡이 공선은 지치부마루 조난 사건과 하쿠아이마루의 학대 사건 등에서 보이는 커다란 문제점이 있었다. 그러나 한 편으로 게잡이 공선에는 다른 노동에는 없는 특별한 제도가 있었다. 그것은 '구일금(九一金)'이라고 불리는 특별한 수당(手當)제도였다. '구일금'은 북양어업에 종사하는 어부들에게는 무엇보다도 매력적인 제도였다.

앞의『홋카이도 대백과사전』에서는 이 '구일금'에 대해서, '어장(漁場)에서 노동 의욕을 증진시키기 위하여 만든 임금 제도의 하나. 옛날 홋카이도의 청어 어장에서부터 생겼다. 노동 능률에 따라 등급이 판정되어 차이가 났다. 이 급여를 "구일금"이라고 한다'라고 기술하고 있다.

또『고기 잡는 북양(漁り工る北洋)』(아이다 긴고(会田金吾), 고료(五稜)출판사, 1988)에는, 이 '구일금'에 대해서 '어장에서의 매력은 뭐라고 해도 작업량에 따라 지급되는 구일금으로, 일을 쉬면 "휴일 금액(寝日金)"이라는 돈이 공제된다. 그렇기 때문에 어떻게 해도 무리해서 작업에 나간다. 또 중간 간부와 상급 간부의 눈에 들도록, 방심하지 않게 일하도록 항상 주의한다'라고 되어 있다.

자신이 일한 작업량에 따라 지급되는 이 '구일금'이라는 특별 수당은 상당한 금액이었다. 1928년의 게잡이 공선 어부들의 일인당 평균 수입을 살펴보면, 급료가 175엔이었는데, 이 '구일금'은 148엔으로 거의 급료에 접근하고 있다(『북양 어업과 그 노동사정』). 혹독한 노동조건에서 게잡이 공선 어부들이 꿈꾸는 유일한 희망이 이 '구일금'이었다.

「게잡이 공선」발표 시에는 생략되었지만, 노-트고(稿)의 모두에 있던「북빙양의 국제 어업전에 큰 이익을 찾는 게잡이 공선(北氷洋の国際漁業戦に巨利を漁る蟹工船)」이라는 문장에서, '구일금'에 대해 다키지는 이렇게 쓰고 있다.

작년 에이코마루와 하쿠아이마루의 린치 사건이 폭로되고 나서, 게잡이 공선이 노동자 학대의 '모범 공장'인 것처럼 쑤군거리고, 이어져 있는 나가야

(長屋)의 화재 같이 당치도 않게 세상의 이목을 끌었지만, 실제로는 의외로 좋은 것이다. '구일금'이라는 특별 수당 제도가 있어서 통조림 한 상자 당 어부가 얼마 얼마, 잡부가 얼마 얼마 라는 수입을 얻게 되어 있다.

이렇게 다키지는 「게잡이 공선」을 쓰기에 앞서 '구일금'제도에 대해서 조사하고 있었지만, 이 작품에 '구일금'이라는 단어는 나오지 않는다. 이 것은 다키지가 이 작품의 전체적인 구조를 생각했기 때문일 것이다. 여기 에는 다키지의 명백(明白)한 의도가 있었다고 생각된다.

왜냐하면 작업량에 따라 받는 '구일금'은 가장 자본주의적인 성격을 가 지고 있는 제도이기 때문이다. 요컨대 어부 한 사람 한 사람이 각각 독립 된 하나의 자본주의 회사로서 취급되는 것이다. 그렇기 때문에 '구일금' 은 그 대립(對立)이 어부와 자본가라는 대립을 벗어나, 어부와 어부와의 관계로부터 출발하지 않을 수 없다. 대립의 대상이 어부들과 자본가가 아 니고, 어부와 어부가 되어 버리는 것이다. 그러기 때문에 어부들과 자본 가와의 대립이라는 이 작품의 주제가 매몰되어 버릴 수가 있는 것이다.

그렇다고 해도, 「게잡이 공선」에는 '구일금'제도를 연상시키는 장면이 다음과 같이 그려져 있다.

감독과 잡부장은 일부러 '선원'과 '어부, 잡부'와의 사이에 작업 경쟁을 시 키도록 계획을 짰다.

같은 게 으깨기를 하면서 "선원에 졌다"고 하게 되면(자신의 돈벌이가 되는 일이 아닌데도) 어부와 잡부는 "뭣이 어째!"하는 기분이 된다. 감독은 '손뼉을

치며' 기뻐했다. 오늘은 이겼다, 오늘은 졌다, 이번에야 질까 보냐─피나는 것 같은 날이 터무니없이 계속되었다. 같은 날인데 지금까지보다 오류 할이나 증가하고 있었다. 그러나 오류 일이 지나자 양쪽 모두 맥이 빠진 듯, 작업량이 자꾸자꾸 줄어갔다.[9]

이 장면에 '감독은 그러나 이번에는 이긴 조에게 "상품"을 주기 시작했다. 완전히 연기만 내고 있던 나무가 다시 타오르기 시작했다'라는 문장이 이어진다. 혹독한 추위 속에서 하는 게 으깨기 일은 매우 괴로운 작업이었다. 작업 중에는 손이 차갑다고 해도 조금의 휴식도 허용되지 않았다고 한다. 그리고 어부들은 매일과 같이 중노동에 괴로워하고 있었다.

그런데 이러한 신체의 극한의 상태에서 어떤 목적도 없이, 선원과 어부와의 경쟁이라는 발상이 가능할까. 우선 선원과 어부는 일의 성질이 다르다. 게다가 같은 날인데 '지금까지보다 오류 할이나 증가하고 있었다'라는 상황이 어떻게 이해될 수 있을까.

'감독과 잡부장은 일부러 "선원"과 "어부, 잡부"와의 사이에 작업 경쟁을 시키도록 계획을 짰다'라는 의미는 분명히 작업에 대한 의지가 필요한 '구일금'을 의식하고 있는 것이라고 생각할 수 있다. 다키지가 '(자신의 돈벌이가 되는 일이 아닌데도)'라는 사족을 일부러 덧붙인 이유도 여기에 있다. 이렇게 다키지가 구태여 '돈벌이가 안됨'을 강조하고 있는 것은 이 장면에 있어서의 설득력의 부족을 나타내고 있는 것에 다름 아니다.

그러나 이러한 '구일금'을 인정한다고 해도, 역시 돈을 버는 사람은 선주인 자본가일 것이다. '구일금'은 어부들에게는 큰 금액이었는지도 모른다. 그러나 선주인 자본가로부터 보면 그것은 사소한 금액으로, 이 게잡이 공선에 의해 선주인 자신에게는 터무니없을 정도의 막대한 돈이 들어오고 있는 것이다. 여기에 「게잡이 공선」이 '구일금'제도를 생략해도 성립되는 이유가 있을 것이다.

3. 적화(赤化) 문제

『최신 쇼와사 사전(最新昭和史事典)』(마이니치(每日)신문사, 1986년 4월)에서 치안유지법(治安維持法)항목을 찾아보면, '1925년 4월 제정되어, 1945년 10월 점령군 각서로 폐지될 때까지 20년간에 걸쳐 사상 언론의 자유를 통제하기 위하여 만들어진 법률. "국체(国体)의 변혁과 사유 재산 제도의 부인을 목적으로 하는 결사(結社)"의 운동을 범죄 행위로 단속하는 것으로, 공산주의 운동의 탄압을 목적으로 하여 3·15사건, 4·16사건에서 전면적으로 발동되었다'고 기술되어 있다.

이 법률은 악법으로써 제정 당시부터 반대 의견이 있었지만, 강행되었다. 이 법의 최초의 적용은 1926년이다. 1926년의 『오타루신문』은 「적화 선전 사건은 / 치안유지법 위반 / 신법안 최초의 적용」이라는 제목으로, 치안유지법의 최초의 적용을 다음과 같이 보도하고 있다.

러시아에 잠입하여 이 지역 노동조합과 연락을 취하고 귀국하여 곧 선전을 한 결과 경시청에 체포된 평의회의 사와다(沢田) 및 다자와(田沢) 양씨는 계속 검사국 및 경시청의 손으로 취조중이다. (중략) 치안유지법의 적용을 받을 것인데 동법(同法) 최초의 적용이고, 어느 정도로 적용해야 하는가 매우 당국의 두통의 씨앗이 되어 있다.

1926년 이 무렵의 적화 문제는 새로운 법률의 제정이 필요할 정도, 심상치 않은 양상을 보이고 있었다. 적화 문제에 있어서 직접적인 당사자는 주로 북양 어업에 종사하는 어부들이었지만, 그 배경에 있는 것은 말할 것도 없이 러시아라는 국가였다. 당시 일본 정부가 러시아의 적화 선전에 대해서, 얼마나 큰 경계심을 가지고 있었는가는 상상하기 어렵지 않다. 당시 러시아의 적화 선전 문제가 일러(日露)기본조약의 체결에 있어서 가장 중요한 사항의 하나라고 강조되고 있을 정도로, 러시아의 적화 선전에 대한 일본 정부의 근심을 엿볼 수 있다.

당시의 신문을 살펴보면, 일본 정부가 이 적화 문제 때문에 얼마나 고민하고 있었던가를 알 수 있다.

1927년에 들어가면 게잡이 공선에 대한 일본과 러시아의 대립이 심해진다. 북양에 나간 게잡이 공선이 돌아오는 9월의 『오타루신문』에서 적화에 관련된 주요한 제목만을 조사해 보면 「노동자를 선동하는 / 불온한 선전삐라 / 글속에 『오타루 경찰서를 포위해라』 / 간부들 검거되다」(1927년 9월 14일), 「어부의 적화를 / 중대시 한다 / 곧 제국정부로부터 / 러시아에 교섭 개시」(9월 21일), 「사상적으로는 / 적화되지 않았다 / 떠들려면 맘대로 떠들어라 하고 / 루―즌(ルーズン)씨의 진술」(9월 22일), 「적화되어서는 큰일이라고 / 상륙은 시키지 않는다 / 캄차카 서해안으로부터 러시아

인 / 몬시마루에서 오타루에」(9월 24일), 「붉은 나라의 어장으로부터 / 오타루에 어부 200명 / 극도로 신경이 곤두선 수상 경찰서 / 제7마모리마루(真盛丸)의 입항」(9월 26일), 「적화 어부 석방」(9월 27일) 등, 계속해서 적화 문제의 기사가 실려 있는 것이 보인다.

이 가운데 9월 21일자의 『오타루신문』에 게재된 「어부의 적화를 / 중대시 한다 / 곧 제국정부로부터 / 러시아에 교섭 개시」라는 기사를 보면, '현재까지의 정보에 의하면, 확실히 출어 어부들이 공산주의 사상에 관하여 상당한 선전 내지 교화를 받은 사실이 있다고 판명되었다'라고 하면서, '이번에 귀국하는 190명 외에 아직 그곳에 남아 있는 150~160여 명의 어부가 거의 적화하고 있는 상태이다'라고 기술하고 있다. 이 기사만을 보아도 북양에 나간 어부들의 적화 문제가 일본 정부에게 있어서 얼마나 심각한 상황에 있었던가를 알 수 있다.

데즈카 히데타카(手塚英孝)의 조사에 의하면, 그 당시 북양 어업에 종사하고 있던 어업 노동자의 수는 19,000명에 달하고 있고, 이중에서 게잡이 공선의 어부와 잡부의 수는 1927년에 4,000명을 넘었다고 한다.(「『게잡이 공선』에 대하여(『蟹工船』について)」『데즈카 히데타카 저작집 제2권(手塚英孝著作集第二巻)』신일본출판사, 1982년).

적화 문제는 12해리를 주장하는 러시아의 영해 문제와 함께 일 · 러 간에 여러 가지의 외교 갈등을 불러일으켰다. 다키지가 「게잡이 공선」의 자료 조사를 시작하고 있던 1927년은, 1928년 1월의 일 · 러 어업 조약의 성립 이전이기도 하여 적화 문제가 가장 심각한 때였다.

다키지는 「게잡이 공선」에서 '적화'를 '무서운' 것으로 시작하고 있다.

소형선(川崎船)이 난파했을 때, 어부들은 근처의 러시아 사람들에게 구조되어 그들과 이야기하거나 한다. 「게잡이 공선」에서, 이 장면은 다음과 같이 그려져 있다.

그들은 막연히 이것이 '무서운' '적화'라는 것은 아닐까 하고 생각하였다. 하지만 그것이 '적화'라면 바보같이 '당연'한 것과 같은 느낌이 한 편에 있었다.10

일본 제국의 큰 사명을 위하여, 라는 긍지를 가지고 캄차카에 온 어부들로서 '적화'라는 말은 꿈에도 생각해 본 적도 없는 것이었다. 어부들은, 감독의 '로스케는 고기가 아무리 눈앞에서 무리지어 있어도, 시간이 되면 일분도 어김없이 일을 던져 버린다. 그렇기 때문에 그런 마음가짐이기 때문에 러시아라는 나라가 저런 것이다. 일본 남아는 결코 흉내 내서는 안 되는 것이다!'라고 말하고 있는 것을 믿고 있는 것이다. 어부들은 일본 제국을 위한다는 긍지를 가지고 일하고 있었던 것이다. 그들이 '적화'이야기를 바보 같고 '무서운'것으로써 받아들이는 것은 당연하다고 생각할 수 있다.

그러나 가혹한 노동과 열악한 생활을 강요당한 후에 본 '적화'의 의미는 바뀌어 있었다. 거기에는 현재 자신들의 이야기와 모르는 사실 등이 쓰여 있었던 것이다. 어부들에게 '적화'의 의미는 서서히 '무서운' 것에서 '흥미 있는' 것으로 바뀌어져 갔다. 「게잡이 공선」에서는 적화 운동에 호기심을 나타내는 어부들의 모습이 다음과 같이 그려져 있다.

일주일 정도 전의 태풍으로 발동기선의 스크루가 고장 나 버렸다. 그래서 수선(修繕) 때문에 잡부장이 하선하여 네다섯 명의 어부와 함께 육지에 나갔다. 돌아올 때 젊은 어부가 몰래 일본 문자로 인쇄된 '적화 선전'의 팸플릿과 삐라를 많이 가지고 왔다. '일본인이 많이 이러한 것을 하고 있어요'라고 말했다. ‒자신들의 임금과 긴 노동 시간과, 회사의 엄청난 벌이 이야기와, 파업 이야기 등이 쓰여 있었기 때문에 모두는 흥미로워하여 서로 읽거나 그 뜻을 묻거나 했다. (중략) 어부들은 당치도 않는 이야기다라고 말하면서, 그 '적화 운동'에 호기심을 가지기 시작하고 있었다.[11]

'적화'에 대한 인식이 '무서운'것으로부터 '흥미 있는'것으로 변화한 것을 다키지는 '이상한 방향'이라고 설명하고 있다. 그러나 이 변화는 '이상한 방향'이 아니었다. 이것은 '자연스런 흐름'이었다. 「게잡이 공선」에 있는 잔혹한 노동과 학대가 '적화'에 대한 어부들이 생각을 자연스런 과정으로 '무서운' 것으로부터 '흥미 있는' 것으로 변화시켰던 것이다.

적화의 '무서운' 것으로부터 '흥미로운' 것으로의 변화, 이러한 과정은 다음의 자료를 보아도 알 수 있다. 1926년 11월 17일자의 『오타루신문』은 「레닌 훈장을 가슴에 / 빛나는 일본 어부 / 주로 일러어업회사의 어장에 / 나타나 과격 사상을 고취한다 / 오타루 그 서점에서 발행」이라는 제목으로, 적화 선전에 몰두하고 있는 한 어부의 이야기로써 이렇게 보도하고 있다.

나는 만국노동조합의 사람으로 원래는 하코다테에 살고 있었는데, 2, 3년

전 일로(日魯)회사의 잡부로 고용되어 이곳(캄차카)에 왔지만, 병으로 고생하여 간부로부터 생 게의 살을 먹히고 학대되어 바쿠로스와에 도망쳐 현재에 이르렀다.

이 어부와 같이 「게잡이 공선」에 있는 잔혹한 노동과 학대는 '자연스런 흐름'으로 어부들을 '적화'에의 길로 이끌었던 것이다. 이렇게 「게잡이 공선」에 있는 잔혹한 노동과 학대와 '적화'와의 관계는 불가분의 관계로, '적화'의 '무서운' 것으로부터 '흥미 있는' 것으로의 변화(變化) 과정은 자연스러운 모습으로 전개된다고 말할 수 있다.

영해 문제로 인한 빈번한 나포 때문에 처음에 러시아 감시선에 대한 어부들의 인식은 좋지 않았다. 그러나 소형선이 조난당하여 죽음을 각오하고 있었을 때, '다행히 5일째에 개의 식량을 가지러 온 러시아인에게 발견되어 극진한 간호를 받고, 1개월째에 항구로 돌려져 이때도 러시아 군인의 따뜻한 보호를 받아, 이번에 무사히 귀국할 수가 있었던 것이다'(『오타루신문』 1927년 7월 22일)라고 하듯이, 러시아 나라는 모르지만, 어부들의 러시아인에 대한 인식은 바뀌어 갔다. 다키지는 「게잡이 공선」에서 러시아 사람의 모습을 다음과 같이 묘사하고 있다.

그 러시아인의 가족은 4인 가족이었다. 여자가 있거나, 아이가 있거나 하는 '집'이라는 것에 목말라 있던 그들에게, 그곳은 뭐라고 말할 수 없을 정도로 매력적이었다. 게다가 친절한 사람들뿐으로, 여러 가지로 나서서 보살펴 주었다.[12]

「게잡이 공선」의 어부들일지라도, 여자가 있고, 아이가 있거나 하는 '집'을 가지고 있다. 그러나 어부들에게 '집'에서의 가족과의 생활은 가능한 것이 아니었다. '집'에서의 가족과의 생활은 차치하고, 그들은 이미 인간의 모습이 아니었던 것이다.

잔혹한 노동과 학대를 당하고 있던 어부들은 마치 '동물'과 같이 취급되었다. 무선사가 '그런데 아사카와는 너희들을 인간이라고 생각하고 있지 않아'라고 전해 주었듯이, 감독인 아사카와는 어부들에 대하여 '인간 5, 6필(匹)정도는 아무것도 아니다'라고 말하고 있었다. 필이라는 것은 동물을 세는 단위이다. 「게잡이 공선」의 어부들은 그의 말 그대로 '동물'이었던 것이다.

잔혹한 노동과 열악한 생활을 강요당하고 있는 어부들은 이미 인간의 삶이 아니었다. 그들의 생활은 「『접근하면 벤다!』(검극 물에)조심해라」에서, 어업 노동자가 이야기하는 '우리들은 바다위에서 비참한 생활을 하고 있다. 내 친구는 "돼지 쪽이 우리들보다 제멋대로 걷고 있다"라고, 진심으로 울고 있던 적이 있을 정도다'라는 것이었다. 「게잡이 공선」에서의 어부들의 생활은 동물인 돼지보다 부자유스러운 것이었다.

다키지는 「게잡이 공선」이 「북위 50도 이북(北緯五十度以北)」(5막2장)으로 각색되어 1929년 7월 26일부터 31일까지 6일간, 신쓰키지 극단(新築地劇団)에서 상연될 때, 『제극(帝劇)』(제81호, 1929년 7월 25일 발행)에게 보낸 「원작자의 한 마디(原作者の寸言)」라는 문장에서 다음과 같이 쓰고 있다.

'게'가 느릿느릿 제극의 '무대'를 걷고 있다!

우스울까. – 지금, 그 게가 제군이 보고 있는 눈앞에서 다리가 비틀어 떼어지고 껍질이 벗겨지고 데워져서 '통조림'이 되어 버린다. – 그러나 이 '게'가 그대로 '노동자'라고 한다면 어떨까. 그리고 게가 당하는 것과 똑같이 손발이 비틀어 떼어지고 몸통이 잘라져서 '통조림'이 된다고 하면 어떨까. – 그래도 아직 우스울까?

통조림이 되는 것은 실로 '게'가 아니었던 것이다.

잔혹한 노동과 학대를 당하고 있는 어부들은 실로 '게'에 다름 아니었다. 통조림이 되어 지는 것은 동물인 '게'가 아니고, 인간인 어부들 자신이었던 것이다. 이러한 어부들로서 '적화'에의 길은 '인간'에의 길을 의미하는 것이었다. 다키지는 「게잡이 공선」에서, 잔혹한 노동과 학대 = '동물'적인 삶, '적화' = '인간'적인 삶이라는 등식을 생각하고 있었던 것이다.

4. 「게잡이 공선」의 예술 대중화

「게잡이 공선」을 쓴 직후인 1929년 5월 27일, 다키지는 아마미야 요조(雨宮庸藏)에게 보낸 편지에서, '프롤레타리아 대중문학론은 상상 이상으로 중대한 문제이고, 그 해결 여하에 따라 일본 프롤레타리아 문학이 어떠한 길을 가는가 라는 것이 있습니다'라고 말하며, 프롤레타리아 문학에서의 대중화의 중요성에 대하여 언급하고 있다. 1928년에 펼쳐진 예술 대중화 논쟁 이후, 다키지가 「게잡이 공선」을 쓴 1929년이 되자, 프롤레타리아 문학에서의 대중화에 대한 의식은 더욱더 높아져 갔다.

이 대중화 문제야말로, 다키지가 그의 문학을 통하여 가장 힘을 기울였던 분야였다. 그는, 작품의 가치는 그것이 얼마만큼 대중화되었는가에 있다고 생각했다. 요컨대 대중이 읽지 않으면, 그 작품은 어떠한 가치도 가지고 있지 않다는 것이다. 대중에게 읽히는 작품, 이것이 프롤레타리아 문학의 대중화에 있어서의 다키지의 일관된 주장이었다.

그러면 「게잡이 공선」에서는 작품의 대중화에의 노력이 어떻게 펼쳐지고 있을까.

「게잡이 공선」 발표 후, 구라하라 고레히토는 「작품과 비평(2) 『게잡이 공선』 그 외(2)」(『도쿄아사히신문(東京朝日新聞)』 1929년 6월 18일)에서, '마지막으로 작가가 작품을 대중화하기 위하여 행한 노력도 대부분 보답받고 있다'라고 하면서, '그는 결국 예술이 대중을 사로잡을 수 있는 것은 이러이러하다는 것을 논리적으로 설명하기 때문이 아니고, 그것을 형상(形象)적으로 묘사하기 때문이라는 것을 이해하여, 이렇게 해서 틀린 대중화 방향이 아니고, 올바른 대중화 방향에도 이르고 있다. 이것은 그가 도달한 단순하고 명쾌한 언어(문장)와 함께, 그의 전작에 비하여 매우 큰 전진을 보이는 것이다'라고, 이 작품에서의 다키지의 예술 대중화에 대한 노력에 대하여 높게 평가하고 있다.

그것이 예술 작품인 이상, 논리적인 설명이 아니고 형상적인 묘사가 당연한 것이겠지만, 구라하라는 「게잡이 공선」이 실로 그러한 작품이라고 하면서, 이 작품이 올바른 대중화 방향에 이르고 있다고 평가하고 있는 것이다. 여기에서 그가 말하는 올바른 대중화 방향이라는 의미는 프롤레타리아 문학의 대중화 원칙인 대중(大衆)에게 이해되고, 대중에게 사랑받고, 그리고 대중의 감정과 사상과 의사를 종합하여 높일 수 있는 예술적 형식(形式)을 가리키고 있다고 생각할 수 있다.

다키지는 「게잡이 공선」과 함께 구라하라에게 보낸 편지에서 프롤레타리아 문학의 예술 대중화 문제에 대하여 '"게잡이 공선" 안에 현실에서 노동하고 있는 대중을 마음 깊은 곳에서부터 뒤흔드는 힘을 중시했다'라고 하면서, '자신은 무엇보다 작품이 압도적으로 노동자적인 것에 대중화 원칙을 발견하고 있다'라고 쓰고 있다. 그렇다고 하면 「게잡이 공선」에서 다키지가 의도한 대중화의 원칙은 한 마디로 말해, '노동자적인 작품'이라고 할 수 있다. 그에 의하면, 대중이라는 것은 현실에서 노동하고 있는 노동자(勞動者)이고, 그 대중을 뒤흔들고 그들을 감동(感動)시킬 수 있는 힘이 있는 작품이 '노동자적인 작품'이라는 것이다.

한편, 다키지는 이 노동자적인 작품에 대하여 다음과 같은 조건을 붙이고 있다. 1929년 7월 『중앙공론(中央公論)』 하계 특별호(제44년 제7호)에 게재된 「프롤레타리아 문학의 『대중성』과 『대중화』에 대하여」에서, 무엇보다 노동자적인 작품을 위한 다키지의 생각을 엿볼 수 있다.

프롤레타리아트의 작가는 의식적으로 프롤레타리아 독자 대중의 '일정한 층(一定の層)'을 각각 기준으로 두고 쓰지 않으면 안 된다. (중략) 각각의 작가가 각각 이것에 정력적으로 노력하는 것에 의해, 프롤레타리아 문학은 비로소 대중 안에 들어가게 되는 것이다.

다키지는 프롤레타리아 독자 대중의 모든 층을 동시에 만족시킬 수 있는 작품은 있을 수 없다고 보고, '일정한 층'을 예로 들고 있다. 그리고 프롤레타리아 작가는 각각 프롤레타리아 독자 대중의 '일정한 층'을 찾아서, 그 '일정한 층'을 구체적으로 인식하고, 그 '일정한 층'의 이야기를 써야한다고 부연한다. '일정한 층'의 이야기가 쓰인 작품은 '일정한 층'의 독자 대중에게 읽혀지고, 비로소 '일정한 층'의 대중을 감동시킬 수 있다는 것이다.

이것은 구라하라 고레히토의 '우리들이 대중을 묘사할 때, 우리들은 다른 층에 속하고 다른 개성(個性)을 가진 인간으로서의 대중을 묘사하지 않으면 안 된다'(「무산계급예술운동의 신단계 −예술대중화와 모든 좌익예술가의 통일전선으로−」『전위(前衛)』 제1년 제1책, 1928년 1월, 전위예술가동맹)라고 하는 주장을 이어받은 것이라고 할 수 있다. 다키지가 찾은 '일정한 층'은 북양(北洋)어업에 종사하는 미조직 노동자(未組職勞動者) 어부들로서, 그는 이 '일정한 층'을 구체적으로 인식하여, 그리고 이 '일정한 층'의 이야기를 「게잡이 공선」에서 철저하게 그려냈던 것이다.

그러면 「게잡이 공선」에서 이러한 노동자적 작품으로써의 압도적인 노동자적 태도는 어떻게 묘사되어 있는가 살펴보기로 하자.

다키지가 「게잡이 공선」에서 그리고 있는 대상(對象)은 북양 어업에 종사하는 어부들이다. 그들은 식민지 노동자와 똑같이 취급되고 있을 정도로 잔혹한 노동과 학대에 착취당하고 있지만, 아무것도 모른 채 일하고 있는 것이다. 다키지는 이러한 그들의 생활을 급사(給使)의 눈을 통하여 보고 있다.

급사는 일 관계로 어부와 선원들이 도저히 알 수 없는 선장과 감독, 공장 대표 등의 드러난 생활을 잘 알고 있었다. 그리고 동시에 어부들의 비참한 생활(감독은 술에 취하면 어부들을 '돼지 놈들'이라고 불렀다)도 확실히 비교되어 알고 있었다.[13]

다키지는 「게잡이 공선」에서 감독과 어부들과의 사이에 급사라든가, 배의 의사라든가, 무선사라든가, 목수 등의 소위 중간계층을 두고, 그들의 눈을 통하여 감독과 어부들의 대립을 묘사하고 있다. 급사는 일의 성격상, 양쪽을 모두 지켜볼 수 있는 사람이다. 급사는 위의 인간과 어부들과의 사이에 가로놓인 터무니없는 생활 차이를 보고 있을 수 없었지만, '아무것도 모르는 동안은 좋다'라고 생각하고 있는 것이다. 그런데 아무것도 몰랐던 어부들이 모든 것을 알게 되는 결정적인 사건이 일어난다. 그것은 구축함의 존재에 대한 인식이었다.

파업 후 그것을 보고 있으면 언제나 눈물이 나올 정도의 성원을 보내고 있고, 유일(唯一)하게 자신들 편이라고 믿고 있던 구축함이 어부들 앞에 나타난 것이었다.

"우리 제국 군함이야. 우리들 국민 편일꺼야"

"아니, 아니……" 학생은 손을 저었다. 상당한 쇼크를 받은 듯 입술이 떨리고 있었다. 말을 더듬었다.

"국민 편이라고?…… 아니 아니……"

"바보! ─ 국민 편이 아닌 제국 군함, 그런 말도 안 되는 말이 어디 있어!?"

"구축함이 왔다!" "구축함이 왔다!" 라는 흥분이 학생의 말을 억지로 찌부러뜨렸다.

모두는 우르르 '똥통'으로부터 갑판에 뛰어올라 왔다. 그리고 소리를 맞추어서 갑자기 "제국 군함 만세"를 외쳤다.[14]

어부들은 '우리들 국민 편일 거야'라고, 막연히 꿈꾸고 있던 구축함을 만세를 부리면서 환영한다. 그러나 '우리들 국민 편일꺼야'라는 구축함에서 나온 수병(水兵)들은 그들을 향해 착검을 하고 있는 것이었다. 어부들 대표 아홉 명은 그들의 편이어야 할 구축함 수병들이, 총검을 들이댄 채 호송되어 버린다. 이 사건을 통하여, 어부들이 구축함에게 품고 있던 눈물이 나올 정도의 환상(幻想)이 깨어져 버리는 것이다.

현실에 대하여 아무것도 몰랐던 어부들은 이 사건을 통하여 '우리들에게는 우리들밖에 편이 없다. 처음 알았다'라고 자각(自覺)하면서, 비로소 현실에 있는 모든 것을 알게 되는 것이다. 그리고 그들은 '다시 한 번'이라고 일어나게 되는 것이다. 「게잡이 공선」에서 다키지가 그리려고 한 노동자적인 태도는 이 '다시 한 번' 일어나는 곳에 있다. 아무것도 몰랐던 동안은 그것으로 좋다, 그러나 현실의 모든 것을 안 후에 보이는 어부들의 행동, 이것이야말로 가장 노동자적인 태도일 것이다.

하루에 서너 시간밖에 자지 못하는 잔혹한 노동을 누가 언제까지 견딜 수 있을까. 그리고 그들에게 가해지는 학대. 잔혹한 노동과 학대를 견딜 수 없었던 어부들이 '태업'을 한 것은 어쩔 수 없는 행동이었다. 어부들의 '꾀부려서 태업하는 것이 아니야. 일할 수 없기 때문이야'와 같이, 이미 그들의 신체는 한계에 오고 있었다. 그러나 '태업'은 단지 몸을 조금 편하게 사용한다 라는 것밖에 아니었다. '태업'이 해결해 주는 것은 아무것도 없었다. 그렇기 때문에 어부들이 자신들의 이야기가 써져 있는 '적화 선전' 팸플릿에 흥미를 가지는 것은 자연적인 현상이라고 할 수 있을 것이다.

파도가 치고 있을 때의 소형선에서의 노동은 목숨을 건 작업이었다. 다시 이러한 대폭풍을 만났을 때, 이번에야말로 어부들은 참을 수 없었다. 누구라도 자신의 목숨보다 소중한 것은 없기 때문이다. '파업'을 일으킨 것은 당연한 과정이었다. 그리고 국민인 자신들의 편이라고 믿고 있던 구축함이 오히려 자신들의 적(敵)과 한 편이라는 사실을 안 후, 비로소 어부들은 모든 현실을 이해할 수 있었던 것이다. 그 후, 어부들은 '두 번째 파업'에 들어간다.

어부들의 '첫 번째 파업'의 대상은 아사카와 감독, 그 개인(個人)에 대한 행동이었다. 그러나 어부들은 이 파업을 통하여 그들이 싸워야만 하는 대상은 감독인 아사카와가 아니고, 감독 아사카와보다 훨씬 더 거대한 대상인 것에 눈뜨게 된다. 감독 아사카와보다 훨씬 더 거대한 대상이라는 것은 말할 것도 없이 자본주의(資本主義) 구조인 것이다. 또 어부들의 '첫 번째 파업'은 감정(感情)적인 행동이었다. 그것은 대폭풍을 계기로 자연스럽게 발생한 파업이었다. 그렇기 때문에 이 파업은 그 힘이 발휘되지 못하고, '간단하게 정리되어 버렸'던 것이다.

그러나 현실의 모든 것을 알고 난 후에 일어난 '두 번째 파업'은 이성(理性)적인 것이었다. '두 번째 파업'은 그들의 진짜 적을 정확하게 파악하고 나서의 일어섬이었다. 더욱이 '두 번째 파업'은 '첫 번째 파업'이 무참하게 깨져 버린 후에 바로 일어난 행동이었다. 이것이야말로 어떠한 현실에도 굴하지 않는 진정한 노동자의 태도라고 말할 수 있을 것이다. 어떠한 현실에도 굴하지 않는 노동자, 여기에 '두 번째 파업'의 의의가 있다.

어부들의 파업은 '동물'적인 삶으로부터 '인간'적인 삶으로의 필사적인 노력이었다. '첫 번째 파업'이 실패한 후, 어부들이 망설이지 않고 '두 번째 파업'을 결행한 이유는 그들의 '인간'적인 삶으로의 필사의 노력이었던 것이다. 어부들에게 '두 번째 파업'은 이미 선택의 문제가 아니었다. 그들에게 '두 번째 파업'은 사느냐 죽느냐의 문제였던 것이다.

그리고 이 '두 번째 파업'을 통하여, 어부들은 '동물'적인 삶으로부터 '인간'적인 삶으로 변할 수 있었다. '두 번째 파업'에 의해, 비로소 어부들은 '동물'에서 '인간'으로 되었던 것이다. 여기에서 조직이라든가 투쟁 등은 어부들의 인간화에의 하나의 과정에 불과하다. 어부들은 그러한 과정을 거쳐, 자신들의 궁극의 목적에 다가갔던 것이다. 어부들의 목적은 자신들의 인간화(人間化)라고 할 수 있다. '두 번째의 파업', 그것은 「게잡이 공선」어부들에게 '인간'으로의 길이었다.

이렇게 다키지는 「게잡이 공선」의 잔혹한 노동과 학대에 대하여, '태업' → '첫 번째 파업' → '두 번째 파업'이라는 관계를 자연스러운 전개로 그리고 있다. 이것은 잔혹한 노동과 학대 = '동물' → '적화' = '인간'으로의 과정과 완전히 동일한 전개(展開)인 것이다. 「게잡이 공선」어부들의 이러한 전개는 하나의 자연스런 흐름을 이루고 있다고 생각된다. 요컨대 「게잡이 공선」에서 다키지의 대중화 원칙은 노동자적 작품으로, 이 노동자적 작품으로써의 노동자의 태도는 '태업' → '첫 번째 파업' → '두 번째 파업'으로써 나타나고 있다. 그리고 그것은 「게잡이 공선」어부들의 '인간'에의 길에 이르는 것이라고 할 수 있다.

「게잡이 공선」을 통하여, 결국 다키지 말하려고 했던 것은 잔혹한 노동과 학대에 착취당하고 있는 어부 노동자들의 인간화였다. 이것은 「게잡이 공선」어부들만이 아니고, 일본의 모든 노동자 계층에 통용할 수 있다고 생각된다. 이것이 북양 어업에 종사하고 있는 미조직 노동자 어부라는 '일정한 층'을 취급한 이 작품이 그 '일정한 층'을 넘어서, 모든 프롤레타리아 독자 대중에게 받아들여지게 되는 이유이다. 또 그것은 무엇보다도 「게잡이 공선」이 노동자적인 작품이었기 때문일 것이다. 이렇게 다키지의 「게잡이 공선」에 의해, 일본 프롤레타리아 문학의 예술 대중화는 일보 전진하였다고 말할 수 있을 것이다.

역주

1 『도쿄아사히신문(東京朝日新聞)』1929년 6월 17일.

2 『고바야시 다키지 전집 제7권』 신일본출판사, 1983년 1월, pp.390-393.

3 『해상생활자신문(海上生活者新聞)』 제1호, 1929년 1월 5일.

4 같은 신문, 제2호, 1929년 2월 14일.

5 같은 신문, 제3호, 1929년 3월 22일.

6 『개조(改造)』 제11권 제7호, 1929년 7월.

7 「게잡이 공선」『고바야시 다키지 전집 제2권』 신일본출판사, 1982년 6월, pp.276-277.

8 같은 책, p.313.

9 같은 책, p.300.

10 같은 책, pp.294-295.

11 같은 책, pp.342-343.

12 같은 책, p.293.

13 같은 책, p.329.

14 같은 책, p.359.

제2장

「게잡이 공선」의 복자(伏字)

1. 전전(戰前)의 「게잡이 공선」 판본

「게잡이 공선」은 고바야시 다키지의 대표작으로서, 일본 프롤레타리아 문학뿐만이 아니고, 일본 근대문학사상에 있어서의 획기적인 작품이다. 하야마 요시키(葉山嘉樹)의 「바다에 사는 사람들(海に生くる人々)」이 일본의 프롤레타리아 문학을 처음으로 예술적 수준으로 끌어올린 작품이라고 한다면, 「게잡이 공선」의 역사적 의의는 일본 프롤레타리아 문학을 사상의 영역으로까지 넓혀, 그 새로운 지평을 열었던 데 있다. 이 작품에서는 노동자의 구체적인 행동이 정치적인 의도를 가지고 묘사되고 있다. 「게잡이 공선」에 의해, 일본 프롤레타리아 문학 운동은 그 앙양기를 이루어 내게 되었다.

고바야시 다키지의 「게잡이 공선」은 한 마디로 말하면, 자본가의 잔혹한 착취에 대한 노동자들의 저항을 그린 작품이다. 다키지(多喜二)는 「게잡이 공선」에서, 지금까지 굴종밖에 몰랐던 어부들이 모르고 있던 자신들의 힘에 눈 떠, 자신들의 손으로 자본가의 착취에 대항해 가는 일련의 과정을 훌륭하게 그려내고 있다. 이 작품에서는 어부들의 현실을 인식하여 가는 과정이 객관적이고, 자연스런 형태로 그려지고 있다.

어부들은 스트라이크가 참혹하게 패하자, 비로소 '자신들에게는 자신들 밖에 편이 없다'라는 현실을 인식하게 된다. 그러나 그들은 그러한 현실에 굴하는 것 없이, 다시 한 번 일어서는 것이다. 「게잡이 공선」의 의의는 어부들의 이 '다시 한 번 일어서는' 데에 있다고 생각할 수 있다. 어떠한 현실에도 굴하지 않는 태도, 이 불굴의 정신이야말로 노동자의 정신이라고 할 수 있을 것이다.

「게잡이 공선」은 『전기』 1929년 5월호(제2권 제 5호)와 6월호(제2권 제6호)에, 전편과 후편으로 나누어 발표되었다. 이 작품이 발표되었을 때, 구라하라 고레히토(藏原惟人)는 이 작품을 높게 평가하여, 1929년 6월 17일 『도쿄아사히신문(東京朝日新聞)』의 「작품과 비평(1) 『게잡이 공선』 그 외(1)」에서 다음과 같이 쓰고 있다.

고바야시 다키지는 그 작품의 근본 토대에 항상 어떠한 식으로든 큰 사회적 '문제'를 두려고 하고 있다. 「三·一五」에 있어서, 그는 우리들의 눈앞에서, 저 이교도에 대한 이단규문자(異端糾問者)의 그것에 비슷한 ××(고문)이 행하여지고 있는 것을 나타내고, 이 「게잡이 공선」에서도 또 식민지에 있는 모든 부정(不正)과 학대(暴虐)를 폭로하고 있다. 원래 우리나라의 문학에도 사회적인 문제를 그 근본 토대에 두었던 작품은 결코 적지 않다. 그러나 그것을 객관적인 예술적 형상으로 그려낸 작품은, 부르주아 문학에 있어서는 약간의 예외(예를 들면 토손(藤村)의 「파계(破戒)」와 같은) 밖에 없었다. 그것은 우리나라의 자본가 계급이 급속하게 그 '비판의 시대'를 지나가 버렸기 때문이다. 프롤레타리아 문학은 이와 같은 것이 될 수 있고, 또 현재 이와 같은 것이 되려고 노력하고 있다. 고바야시 다키지의 「게잡이 공선」은 그 전형적인 작품이다.

이 작품이 얼마나 호평이었던가는 그 당시의 신문을 보아도 알 수 있다. 예를 들어 『요미우리신문(読売新聞)』은 1929년 7월 30일부터 8월 13일까지, 13회에 걸쳐 '1929년 상반기의 인상에 남은 예술 기타'라는 앙케트를 하고 있다. 그런데 이 앙케트에 회답한 49명 가운데, '인상에 남은 예술 작품'으로써, 고바야시 다키지의 「게잡이 공선」을 든 작가·평론가는 가쓰모토 세이이치로(勝本清一郎), 무라마쓰 마사토시(村松正俊), 야마다 세이사부로(山田清三郎), 사사키 다카마루(佐々木孝丸), 다카다 다모쓰(高田保), 하야시 후사오(林房雄), 시마다 세이호(島田青峰), 이와토 유키오(岩藤雪夫), 나카모토 다카코(中本たか子), 에구치 칸(江口渙), 마미야 모스케(間宮茂輔), 구라하라 고레히토(蔵原惟人), 가미치카 이치코(神近市子), 구로시마 덴지(黒島伝治), 구보 사카에(久保栄), 사토무라 긴조(里村欣三), 고보리 진지(小堀甚二), 나카노 시게하루(中野重治), 다테노 노부유키(立野信之), 우에다 후미코(上田文子) 등 이었다.

이것은 가장 많은 숫자로서, 『전기』의 작가뿐만이 아니라, 『전기』와 대립하고 있던 『문예전선(文芸戦線)』의 이와토 유키오, 구로시마 덴지, 사토무라 긴조, 고보리 진지 등의 작가가 「게잡이 공선」을 추천하고 있는 것은 이 작품이 가지고 있는 높은 수준을 나타내고 있다고 말할 수 있다.

「게잡이 공선」은 당시의 검열을 고려하여 많은 수의 복자(伏字)를 가지고 발표되었지만, 그 후반부가 게재된 『전기』 6월호는 발매 금지에 처해졌다. 「게잡이 공선」이 발표되었던 직후인 1929년 6월, 다키지는 오타루(小樽)경찰에 소환되어 '돌멩이라도 집어넣어!'라는 문장 때문에 조사를 받았다. 그리고 1930년 6월 24일, 치안유지법 위반으로 체포 투옥되었을 때에는, 이 문제로 『전기』의 발행인인 야마다 세이사부로와 불경죄(不敬罪)의 추가 기소를 받게 된다.

1940년 3월, 사법성 조사부(司法省調査部)가 만든 『사법연구(司法研究)』 보고서 제28집 9에, 이 사건에 대한 기록이 보인다.

제11예 공판 청구서

1930년 7월 19일

도쿄(東京)구 재판소 검사국

불경, 신문지법 위반　　야마다 세이사부로

　　　　　　　　　　　고바야시 다키지

공소사실

　제1, 피고인 사부로는 기쿠초구(麴町區) 3가 28번지에 사무소를 만들어 전기사라는 영업명의 아래 출판업을 운영하고, 또한 이곳을 발행소로 하여 스스로 발행인 편집인 겸 인쇄인이 되어 신문지법에 의한 월간 잡지 『전기』를 발행하여 온 바,

　(1) 1929년 5월 1일 발행 5월호, 같은 해 6월 1일 발행 6월호의 위 『전기』 지에 고바야시 다키지 저작에 의한 「게잡이 공선」이라는 제목으로 그 내용 중에

　　‘아사카와(浅川)면 게잡이 공선의 아사인가, 아사의 게잡이 공선인가’ ‘××××(천황폐하)는 구름 위에 있으니까 우리들에게 아무래도 상관없지만, 아사 라면 어딜 그렇게는 안되지’ 등등(5월호, 150p)

매년의 예로 어기가 끝날 쯤이 되면 게 통조림의 '×(헌)상품'을 만들게 되어 있었다. 그러나 '난폭하게도' 언제나 별로 목욕재계를 하고 만드는 것도 아니었다. 그때마다 어부들은 감독을 지독한 짓을 하는 자라고 생각해 왔다. – 하지만 이번에는 달라져 있었다. '우리들의 진정한 ×(피)와 ×(땀)을 짜서 만든 것이야. 흥, 분명 맛있겠지. 먹고 나서 복통이라도 일으키지 않았으면 좋겠네' 모두 그런 마음으로 만들었다. '돌멩이라도 넣어두어. – 상관없어' 등등(6월호, 156p 게재)

이라고, 천황에 대하여 그 존엄을 모독하는 어구를 나열하는 소설을 연재하고, 유니언 인쇄소에서 잡지 각 수천 부를 인쇄한 후, 각각 이것을 발행하여 천황에 대해 불경의 행위를 한 것.

(2) 위 소설을 단행본으로 출판하려고 계획하여 같은 해 9월 25일 경「게잡이 공선」이라는 제목으로 앞의 복자의 부분에 해당 단어를 채워 넣은 동일 내용의 서적 약 1,500부를 앞의 인쇄소에서 인쇄한 후, 앞의 사무소에서 발행하고…… 그러므로 천황에 대하여 불경의 행위를 한 것.

제2, 피고인 다키지는 소위 프롤레타리아 문학의 저작에 종사하고 있는 바, 1929년 1월경부터 같은 해 3월경까지 홋카이도 오타루(小樽)시 자택에서 앞의 사항과 같이 천황의 존엄을 모독하는 어구의 소설「게잡이 공선」을 집필저작한 후, 그 원고를 전기사에 보내어 앞의 사항과 같이 이것을 출판하였으므로, 천황에 대한 불경의 죄를 범하고, 또한 앞의 전기사의 앞의 기사에 서명한 것.

이 공판 청구서를 보면, 야마다 세이사부로가 〈피고인 제1〉에, 고바야시 다키지가 〈피고인 제2〉로 되어 있다. 그렇다고 하면, 작품을 쓴 작가보다 그 작품을 발행한 발행자의 죄가 더 무거운 것을 알 수 있다. 야마다는 이 사건에 의하여 징역 8개월의 실형이 언도되었다. 그 당시 불경죄는 2개월 이상 5년 이하의 징역에 처해지는 죄였다.

「게잡이 공선」은 1929년 5월호와 6월호의 『전기』에 다음과 같이, 전편과 후편의 2회로 나누어져 발표되었다.

1) 「게잡이 공선 그1(蟹工船 其の一)」(『전기』 1929년 5월 1일 발행, 제2권 제5호, pp.141~171)

   * 1장 – 4장까지. 말미에 '계속(つづく)'이라고 있다. '편집후기'에 『전기』 편집국의 서명으로, '오래간만에 동지 고바야시 다키지의 역작 "게잡이 공선" 2백매를 얻어, 본호의 창작 란을 일층 광채 있게 했지만, 유감스럽게 지면 사정상 2회로 나눈 것이다'라고 있다.

   * 다키지는 「게잡이 공선」과 함께 구라하라 고레히토에게 보낸 편지에, '다소 길기는 하지만, 2단으로 하여도 좋으니까 한 번에 전부 발행하고 싶다'라고 쓰고 있다.

2) 「게잡이 공선 그2(蟹工船 其の二)」(『전기』 1929년 6월 1일 발행, 제2권 제6호, pp.128~157)

   * 5장 – 10장. 「부기(附記)」를 붙이다.

   말미에 '(完)'이라고 있고, '이 한 편은 "식민지에 있어서의 자본주의 침입사"의 한 페이지이다' 그리고 이 작품의 탈고 일을 나타낼

'(1929, 3, 30)'이라고 있다.

* 1929년 5월 28일에 안녕(安寧)처분에 의하여 발매 금지되었다.

그 후 「게잡이 공선」은 전전, 다음과 같은 단행본에 수록되었다.

1) 『게잡이 공선 〈일본 프롤레타리아 작가총서 제2편〉』(1929년 9월 25일 발행, 전기사, pp.1~126)

* 이 책에는 「게잡이 공선」과 「1928년 3월 15일」이 수록되어 있다.

* 권말에 다음과 같은 문장이 붙어 있다.

(동지 제군!

우리들이 출판에 관한 희망을 품은 것은 이미 일찍부터 였다. 우리들은 일본에 있어서의 프롤레타리아 문학의 성과를 일정한 계통에 따라서 편집 출판하여, 넓게 이것을 우리 노동자 농민에게 배포하기를 바랐다. 하지만 당시 우리들의 힘은 아직 미숙하였다. 이 희망은 희망으로 그치고, 아직 실행에 옮기기까지에는 이르지 못 하였다.

한편 각종 출판업자에 의해 무수한 출판 사업이 전개되어져 왔다. 하지만 그 대부분은 구(旧)문학의 정리이고, 신흥문학 프롤레타리아 문학 등의 이름을 붙인 것도 그 편찬에 어떠한 정견이 없어, 양쪽 모두 결국 출판 자본가의 영리 사업에 불과했다는 것을 폭로하였다.

그런데 우리 노동자계급의 성장 - 3 · 15 및 4 · 16이 가져온 미증유(未曾有)의 고통 속에서 일어서 온 우리 노동자 농민의 계급적 성장은, 우리들을 향하여 일본 프롤레타리아 문학의 계급적 출판을 재촉하는 것이 날이 갈수록 매우 절박해 졌다. 우리들은 결의했다. 우리들은 우리 진영의 모든 문학 작품을 가지고, 이것을 엄밀한 기준에 비추어 선정 편집하여, 이것을 계속적으로 출판 간행하기로 하였다. 정본(定本) 일본 프롤레타리아 작가총서가 즉 그것이다.

본 총서 편집의 책임을 맡은 자는 우리 일본 프롤레타리아 작가 동맹이다. 동맹은 본 총서를 맹세코 정본의 이름에 어긋나지 않게 하게 할 것이다. 문제는 단지, 야만스러운 검열과 난폭하고 오만한 자본에 대한 싸움에 있다. 이것에 승리하기 위한 보증은 하나에 걸려 있어, 이 출판에 대한 우리 노동자 농민의 강력한 지지에 있다.

동지 제군!

모든 정치적 경제적 고통을 견디고 행해지는 이 일을 지지하고 격려하자!

본 총서의 간행에 대하여 가해질 모든 압박에 대항하여, 이 출판에 치러질 희생을 치를 가치 있는 희생이 되게 하자!

1929년 9월 1일

일본 프롤레타리아 작가 동맹)

*1929년 9월 25일, 안녕의 이유로서 발매가 금지되었다.

2) 『게잡이 공선 개정판 〈정본 일본 프롤레타리아작가총서〉』(1929년 11월 8일 발행, 전기사, pp.1~126)

* 다음의 후기(後記)가 붙어 있다.

(초판 「게잡이 공선」은 「게잡이 공선」과 「1928년 3월 15일」의 두 편을 그 내용으로 하고 있다. 함께 『전기』 지상에 발표되었던 것이다. 개정판을 발행함에 있어 「1928년 3월 15일」은 그 전부를 삭제하는 것이 어쩔 수 없음에 이르렀다.

「3월 15일」 그것이 현재의 검열 제도 치하에서는 발매 분포가 금지되는 것으로 되어 있다. 어쨌든 우리들은 「게잡이 공선」의 재판(再版)을 서두르고 있다. 간단히 이러한 사정을 독자제군의 앞에 확실하게 하여둠과 함께, 우리들의 참뜻이 이러한 장애에 주저하여 끝나는 것이 아닌 것을 부언한다.)

 *「1928년 3월 15일」을 제외하고 발행되었지만, 이 책도 안녕의 이유에 의하여, 1930년 2월 15일에 발매가 금지되었다.

3) 『게잡이 공선 개정 보급판 〈정본 일본 프롤레타리아작가총서〉』(1930년 3월 18일 발행, 전기사, pp.1~135)

 * 오오쓰키 겐지(大月源二)의 삽화가 세 개 있다.

4) 『프롤레타리아 문학집(プロレタリア文学集) 〈현대일본문학전집 제62편〉』(1931년 2월 15일 발행, 개조사(改造社), pp.129~175 3단 조판)

  내용

  고바야시 다키지 편 「부재지주(不在地主)」 「시민을 위하여!(市民のために!)」 「구원 뉴스 No18 부록(救援ニュース NO, 18. 附錄)」 「게잡이 공선」(그 외)

 *「−1931・1・25記−」로서, 작가로부터의 「연보」가 다음과 같이 붙어 있다.

  ((전략) 나는 1930년 3월말 오타루에서 상경하였다. 그리고 6월말부터 이듬해 1월말까지 감옥에 있고, 4일전에 보석(保釈)이 되었다. 현재 나는 두 개의 사건에 기소되어 있다.

  나는 지금까지의 어느 작품에 대해서도 실로 정나미가 떨어져 있기 때문에, 이제부터야말로 뛰어난 것을 쓰고 싶다고 생각하고 있다.)

 * 1931년 2월 7일에, 안녕의 이유에 의하여 발매 금지되었다.

5) 『게잡이 공선 태양이 없는 거리 철 이야기(蟹工船 太陽のない街 鉄の話)』

(1931년 5월 5일 발행, 개조사, pp1-114)

6) 『고바야시 다키지 전집 제2권(小林多喜二全集 第二巻)』(1933년 4월 5일 발행, 일본 프롤레타리아 작가 동맹 출판부 발행, 국제서원 발매, pp1-121)

　내용 「게잡이 공선」 / 「부재지주)」

* 3月 15日의 고바야시 다키지 노농장(勞農葬) 직후, 이 한 권이 간행되었지만, 1933년 4월 6일에 안녕계급투쟁선동불경기사금지위반(安寧階級闘争煽動不敬記事差止違反)의 이유에 의하여 발매 금지되었다. 이후 전집을 속간할 수 없었다.

7) 『게잡이 공선 부재지주』(1933년 4월 10일 발행, 신조문고(新潮文庫) 제8편, 신조사, pp.1~116)

8) 『게잡이 공선 공장세포(蟹工船 工場細胞)』(1933년 5월 30일 발행, 개조문고 제2부 제225편, 개조사, pp.1~166)

* 1933년 4월 7일, 계급투쟁선동불경금지위반의 이유에 의하여 발매 금지되었다.

9) 『고바야시 다키지 전집 제1권』(1935년 3월 31일 발행, 나우카(ナウカ)사, pp.1~115)

* 사실상, 처음으로 전집의 형으로서 발행되었던 것이다. 이후, 계속하여 간행되었다.

　내용 「게잡이 공선」 「형(兄)」 「다케(健)」 「휴가 귀향(薮入)」 「로크의 사랑 이야기(ロクの恋物語)」 「어느 역할(ある役割)」 「만세 만세(万歳々々)」 「최후의 것(最後のもの)」 「여자 죄수(女囚徒)」 「다키코 그 외(滝子其他)」 「구원 뉴스 No18 부록」 「동굿찬행(東倶知安行)」 「폭풍 경계보(暴風警戒報)」 「프

롤레타리아의 수신(プロレタリアの修身)」「동지 다구치의 감상(同志田口の感傷)」「『시민을 위하여!』」「벽에 붙여진 사진(壁にはられた写真)」「어머니들(母たち)」「실업 화차(失業貨車)」「7월 26일의 경험(七月二六日の経験)」「상처(疵)」「눈깔사탕 투쟁(飴玉闘争)」「어쩔 수 없는 사실(争われない事実)」「독방(独房)」「아버지 돌아오다(父帰る)」「편지(テガミ)」

10) 『태양이 없는 거리 게잡이 공선 〈현대장편소설전집 제 11권〉』(1937년 1월 10일 발행, 미카사 서방(三笠書房), pp305-434)

＊「1936·12」로 쓰인 도쿠나가 스나오의 다음과 같은 '발문(跋)'이 붙여져 있다.

(「게잡이 공선」과 「태양이 없는 거리」가 함께 되어 나온 것은 이것으로 세 번째이다. 「전기사」에서 처음 나왔을 때 한 권의 책으로 되었던 것은 아니나, 동시에 하나의 계획안으로 출판 판매되었다. 그때 「게잡이 공선」은 「태양이 없는 거리」를 누르고, 2만 부를 돌파하였다고 기억하고 있다. 두 번째는 나카노 시게하루의 「철의 이야기」를 넣어 개조사로부터 한권의 책이 되었고, 이번에 또 함께 되었다. (후략))

이들의 단행본은 어느 것도 많은 복자를 가지고 발행되었음에도 불구하고, 거의 모든 판본이 안녕의 이유에 의하여 발매 금지에 처해졌다. 고바야시 다키지의 작품은 1937년 6월 16일에 서물전망사(書物展望社)로부터 발행된 『고바야시 다키지 수필집(小林多喜二 随筆集)』이 6월 22일에 공산주의 지지 선전의 이유에 의하여 안녕금지 처분된 이후에는, 발행을 할 수가 없게 되었다. 데즈카 히데타카는 평전 『고바야시 다키지』(1958년

2월 15일 발행, 지쿠마(筑摩)서방)를, 다음과 같은 문장으로 시작하고 있다.

고바야시 다키지의 생애와 업적은 1933년 2월 20일, 그의 사후에도 긴 세월에 걸쳐, 천황제 권력의 말살이 가해졌다. 대표작인 「1928년 3월 15일」과 「당생활자(党生活者)」는 발표와 동시에 국금(国禁)의 취급을 받고 있었는데, 1937년부터 패전까지의 8년간은 수필집에 이르기까지 출판의 자유를 빼앗겨, 죽은 작가의 명부에서도 그의 이름은 의식적으로 제외되었을 뿐만이 아니라, 저작집을 소유하는 것조차 체포의 이유가 되었을 정도의 억압을 받았다.

「게잡이 공선」이 비로소 완전한 형으로 간행되어, 읽히는 것은 전후를 기다리지 않으면 안 되었다. 이 작품은 1949년 2월 발행의 신일본문학회 편집의 일본 평론사판 『고바야시 다키지 전집 제3권』(pp1-141)에서, 『전기』의 초출(初出)을 저본(底本)으로 하고, 노트 고(稿)와 그 외의 판본을 참조해, 주로 데즈카 히데타카의 손으로 완전히 복원되었다. 실로, 고바야시 다키지가 「게잡이 공선」을 완성한 1929년 3월 30일로부터 20년 후의 일이었다.

한편, 데즈카 히데타카는 『일본근대문학 대사전(日本近代文学大事典)』(제2권, 1977년 11월 발행, 일본근대문학관)에서, 「게잡이 공선」에 대하여 '1929. 9. 11, 1930.3, 전기사 간행의 세 권 중 처음의 두 권은 발매 금지가 되었지만, 배포망에 의하여 반 년 간에 35,000부 발행. 그 외 전전 일곱 권의 각종 판본은 후기가 되어 짐에 따라 복자가 많다'라고 기술하고 있다. 그런데 실제로 「게잡이 공선」은 어떠한 부분이 복자가 되었고, '각종 판본'이 '후기'가 됨에 따라, 복자가 어느 정도 늘어갔던 것일까. 그에 대한 사실 조사를 하고 싶다고 생각한다.

2. 복자의 내용

주요한 판본에 의한 「게잡이 공선」 복자의 구체적인 내용은 다음과 같다. 한편, □의 표시는 한 글자 분의 공백을 나타낸다.

초출잡지 『전기』판 1929년 5월, 6월	『게잡이 공선 개정판』 전기사 1929년 11월	『게잡이 공선 공장세포』 개조사 1933년 5월	『게잡이 공선 태양이 없는 거리』 미카사 서방 1937년 1월	『고바야시 다키지 전집 제2권』 신일본출판사 1983년 1월
6월호 발매 금지	발매 금지	발매 금지	발매	발매(정본)

1

助ければ助けることの出来る	助ければ助けることの出来る	××××××××××出来る	助ければ助けることの出来る	助ければ助けることの出来る
警備の任に當たる駆逐艦の御大	警備の任に當たる駆逐艦の御大	××の任に當たる×××の御大	警備の任に當たる駆逐艦の御大	警備の任に當たる駆逐艦の御大
××	睾丸	睾丸	睾丸	睾丸
重大な使命	重大な使命	重大な××	重大な使命	重大な使命
日本帝国の大きな使命のために	日本帝国の大きな使命のために	××××××××××のために	日本帝国の大きな使命のために	日本帝国の大きな使命のために
我帝国の軍艦	我帝国の軍艦	××××××	我帝国の軍艦	我帝国の軍艦
酔払つた駆逐艦の御大	酔払つた駆逐艦の御大	酔払つた×× ××××	酔つ払つた駆逐艦の御大	酔払つた駆逐艦の御大
水兵	水兵	××	水兵	水兵

초출잡지 『전기』판 1929년 5월, 6월	『게잡이 공선 개정판』 전기사 1929년 11월	『게잡이 공선 공장세포』 개조사 1933년 5월	『게잡이 공선 태양이 없는 거리』 미카사 서방 1937년 1월	『고바야시 다키지 전집 제2권』 신일본출판사 1983년 1월
6월호 발매 금지	발매 금지	발매 금지	발매	발매(정본)
石ころみたい な艦長を抱え て	石ころみたい な艦長を抱え て	石ころみ×× ×××××××	石ころみたい な……を抱え て	石ころみたい な艦長を抱え て
勝手なことを わめく艦長の ために	勝手なことを わめく艦長の ために	勝手な××× ××××× のために	勝手なことを わめく□のた めに	勝手なことを わめく艦長の ために
水兵	水兵	××	水兵	水兵
かんとか偉い こと云つて、 この態なん だ。	かんとか偉い こと云つて、 この態なん だ。	かんとか偉い こと云つて、 この態なん だ。	かんとか□云 つて、この□ だ。	かんとか偉い こと云つて、 この態なん だ。
艦長をのせて	艦長をのせて	×××××て	……をのせて	艦長をのせて
ちらつと艦長 の方を見て	ちらつと艦長 の方を見て	××××××× ××××	ちらつと…… の方を見て	ちらっと艦長 の方を見て
やつちまふか?	×××××ふ?	×××まふか?	…………… ……?	やっちまうか?

2

貴様らの一人 二人が何だ。 川崎一艘取ら れてみろ、た まつたもんで ないんだ。	貴様らの一 人、二人が何 だ。川崎一艘 取られてみ ろ、たまつた もんでないん だ。	×　×　×　×　× ×、××××× ×。××××× ×××××、 ×××××。	貴様らの一人 二人が何 だ。川崎一艘 取られてみ ろ、たまつた もんでないん だ。	貴様らの一 人、二人が何 だ。川崎一艘 取られてみ ろ、たまった もんでないん だ。
××××は雲 の中にゐるか ら、俺達にヤ どうでもいゝ んだけど、	××××は雲 の中にゐるか ら、俺達にや どうでもいゝ んだけど、	××××××× ×　×　×　×　× ×、××××× ×××、	……　……、俺 達にやどうで もいゝんだけ ど、	天皇陛下は雲 の中にいるか ら、俺達はど うでもいゝん だけど、
余計な寄道	余計な寄道	×××××	余計な寄道	余計な寄道
誰が命令した?	誰が命令した?	××××××?	誰が命令した?	誰が命令した?
フイになる	フイになる	××になる	フイになる	フイになる

초출잡지 『전기』판 1929년 5월, 6월	『게잡이 공선 개정판』 전기사 1929년 11월	『게잡이 공선 공장세포』 개조사 1933년 5월	『게잡이 공선 태양이 없는 거리』 미카사 서방 1937년 1월	『고바야시 다키지 전집 제2권』 신일본출판사 1983년 1월
6월호 발매 금지	발매 금지	발매 금지	발매	발매(정본)
遅れて	遅れて	××て	遅れて	遅れて
秩父丸には勿体ない程の保険がつけてあるんだ。	秩父丸には勿体ない程の保険がつけてあるんだ。	×××××××××××××××××××るんだ。	秩父丸には勿体ない程の保険がつけてあるんだ。	秩父丸には勿体ない程の保険がつけてあるんだ
ボロ船だ、沈んだら、かへつて得するんだ。	ボロ船だ、沈んだら、かへつて得するんだ。	××××××××××、××××るんだ。	ボロ船だ、沈んだら、かへつて得するんだ。	ボロ船だ、沈んだら、かえって得するんだ。
国と国	国と国	×××	国と国	国と国
××帝国	日本帝国	日本帝国	日本帝国	日本帝国
××帝国	日本帝国	××××	日本帝国	日本帝国
秩父丸の労働者が	秩父丸の労働者が	×××××××××	秩父丸の労働者が	秩父丸の労働者が

3

手をかけて×した四五百人	手をかけて殺した四五百人	手をかけて殺した四五百人	手を□四五百人	手をかけて殺した四五百人
奴だ。煙草のみでもないのに煙草の	奴だ。煙草のみでもないのに煙草の	奴だ。煙草のみでもないのに煙草の	奴だ。煙草の	奴だ。煙草のみでもないのに煙草の
死んでゐた	死んでゐた	××でゐた	死んでゐた	死んでいた
なぐりつける	なぐりつける	××××ける	なぐりつける	なぐりつける
××んだ	殺すんだ	殺すんだ	殺すんだ	殺すんだ
×を×める	首を締める	×を締める	首を締める	首を締める
××の国	日本の国	××××	日本の国	日本の国
ロシア	ロシア	×××	ロシア	ロシア
×しめる	首しめる	首しめる	首しめる	首しめる
ロシア	ロシア	×××	ロシア	ロシア

초출잡지 『전기』판 1929년 5월, 6월	『게잡이 공선 개정판』 전기사 1929년 11월	『게잡이 공선 공장세포』 개조사 1933년 5월	『게잡이 공선 태양이 없는 거리』 미카사 서방 1937년 1월	『고바야시 다키지 전집 제2권』 신일본출판사 1983년 1월
6월호 발매 금지	발매 금지	발매 금지	발매	발매(정본)
×化	赤化	××	赤化	赤化
×化	赤化	××	赤化	赤化
×をしめられる	首をしめられる	首をしめられる	首をしめられる	首をしめられる
××、まだ	日本、まだ	××、××	日本、まだ	日本、まだ
××、働く人	××、働く人	××、×××	……、働く人	日本、働く人
××、働く人	××、働く人	××、×××	……、働く人	日本、働く人
ロシア	ロシア	×××	ロシア	ロシア
×化	赤化	赤化	赤化	赤化
××	日本	日本	日本	日本

4

초출잡지 『전기』판	『게잡이 공선 개정판』	『게잡이 공선 공장세포』	『게잡이 공선 태양이 없는 거리』	『고바야시 다키지 전집 제2권』
×される	殺される	殺される	殺される	殺される
×ぬ	死ぬ	死ぬ	死ぬ	死ぬ
抱きすくめてしまつた	××××× ×しまつた。	××××××× ×××。	抱きすくめてしまつた	抱きすくめてしまった
足	×	×	足	足
下半分がすつかり裸になつて	××××、すつかり×になつて	××××、すつかり×になつて	下半分がすつかり裸になつて	下半分がすっかり裸になって
雑夫はそのまま蹲んだ。と、その上に、漁夫が蟇のやうに覆いかぶさつた。それだけが	雑夫はそのまま蹲んだ。と、× ×××,××× ××××××× ×××××た。 それだけが	雑夫はそのまま蹲んだ。と、× ×××,××× ××××××× ×××××た。 それだけが	雑夫は□それだけが	雑夫はそのまま蹲んだ。と、その上に、漁夫が蟇のように覆いかぶさった。それだけが
短い-グツと咽喉につかへる瞬間に行はれ	短い-グツと咽喉につかへる瞬間に行はれ	短い-グツと咽喉につかへる ××××××	短い-見て	短い-グッと咽喉につかえる瞬間に行われ

초출잡지 『전기』판 1929년 5월, 6월	『게잡이 공선 개정판』 전기사 1929년 11월	『게잡이 공선 공장세포』 개조사 1933년 5월	『게잡이 공선 태양이 없는 거리』 미카사 서방 1937년 1월	『고바야시 다키지 전집 제2권』 신일본출판사 1983년 1월
6월호 발매 금지	발매 금지	발매 금지	발매	발매(정본)
た。見て	た。見て	×。見て		た。見て
性欲に	性欲に	性欲に	……	性欲に
露骨な女の ××	×××××××	×××××××	露骨な女 の……	露骨な女の陰部
××	××	××	……	春画
床とれの、 こちら向けえ の、 口すえの、 ×をからめ の、 ×をやれの、 ホンに、つと めはつらいも の	××××、 ×××××× ×、 ××××、 ×××× ×、 ×××××、 ×××、××× ××××××	××××、 ×××××× ×、 ××××、 ×××× ×、 ×××××、 ×××、××× ××××××	床とれの、 こちら向けえ の、 □□□□ □□□□□□ □□□□□ ホンに、つと めはつらいも の	床とれの、 こちら向けえ の、 口すえの、 足をからめ の、 気をやれの、 ホンに、つと めはつらいも の
駄目だ、×が たつて！	駄目だ、×× ×××！	×××、××× ××！	駄目だ、□!	駄目だ、倅が たって!
さう云つて、 ××してゐる ×× を握りな がら、裸で	さう云つて、 ××××××× ×××××× ながら、裸で	さう云つて、 ××××××× ×××××× ながら、×で	さう云つて、 □□裸で	そう云って、 勃起している 睾丸を握りな がら、裸で
さうするのを 見ると	さうするのを 見ると	××××××× ××、	さうするのを 見ると	そうするのを 見ると
夢×	××	××	……	夢情
たまらなくな つて××をす る	×××××な つて××をす る	×××××な つて××をす る	たまらなくな つて……をす る	たまらなく なって自涜を する
カタのついた 汚れた猿又や 褌が	××××××× 汚れた猿又や 褌が	××××××× ×××××××	カタのついた 汚れた□が	カタのついた 汚れた猿又や 褌が
夜這ひ	×××	×××	……	夜這い
タタキ×す	タタキ殺す	タタキ殺す	タタキ殺す	タタキ殺す

초출잡지 『전기』판 1929년 5월, 6월	『게잡이 공선 개정판』 전기사 1929년 11월	『게잡이 공선 공장세포』 개조사 1933년 5월	『게잡이 공선 태양이 없는 거리』 미카사 서방 1937년 1월	『고바야시 다키지 전집 제2권』 신일본출판사 1983년 1월
6월호 발매 금지	발매 금지	발매 금지	발매	발매(정본)
鉄棒を××に×いて、××にその	鉄棒を真赤に焼いて、身体にその	鉄棒を真赤に焼いて、身体にその	鉄棒を□その	鉄棒を真っ赤に焼いて、身体にその
××て	生きて	生きて	生きて	生きて
××て	生きて	生きて	生きて	生きて
露国	露国	××	露国	露国
××れる	殺される	殺される	殺される	殺される
××	殺さ	殺さ	殺さ	殺さ
××	殺さ	殺さ	殺さ	殺さ
××	殺さ	殺さ	殺さ	殺さ
××	死に	死に	死に	死に
××宣伝	赤化宣伝	××宣伝	赤化宣伝	赤化宣伝
××帝国	××帝国	××××	……………	日本帝国
××や、××の	朝鮮や、台湾の	朝鮮や、台湾の	□□や、□□の	朝鮮や、台湾の
×使	虐使	××	虐使	虐使
虱より無雑作に土方がタタキ××れた	虱より無雑作に土方がタタキ×された	××××××××××が××××××××	虱より無雑作に土方が□された	虱より無雑作に土方がタタキ殺された
×使に堪え	虐使に堪え	虐使に堪え	□堪え	虐使に堪え
××にしばりつけて	棒杭にしばりつけて	××××××××	棒杭にしばりつけて	棒杭にしばりつけて
×の後足で××せたり表庭で土佐犬に×××させたり	馬の後足で蹴らせたり表庭で土佐犬に×××させたり	×××××××らせたり表庭で××××××××せたり	馬の後足で□□表庭で□□させたり	馬の後足で蹴らせたり表庭で土佐犬に嚙み殺させたり
皆の×の×で	皆の眼の前で	皆の眼の前で	皆の眼の前で	皆の眼の前で
××が胸の中で折れるボク	肋骨が胸の中で折れるボク	肋骨が胸の中で折れるボク	肋骨が胸の中で□とこもつ	肋骨が胸の中で折れるボ

초출잡지 『전기』판 1929년 5월, 6월	『게잡이 공선 개정판』 전기사 1929년 11월	『게잡이 공선 공장세포』 개조사 1933년 5월	『게잡이 공선 태양이 없는 거리』 미카사 서방 1937년 1월	『고바야시 다키지 전집 제2권』 신일본출판사 1983년 1월
6월호 발매 금지	발매 금지	발매 금지	발매	발매(정본)
ツとこもつた音	ツとこもつた音	ツとこもつた音	た音	クッとこもった音
××をすれば、××かけて××し、それを	気絶をすれば、水をかけて生かし、それを	気絶をすれば、水をかけて生かし、それを	気絶をすれば、水をかけて□□、それを	気絶をすれば、水をかけて生かし、それを
土佐犬の強靭な首で振り廻はされ×××	土佐犬の強靭な首で振り廻はされて×ぬ	土佐犬の×××××××××××	土佐犬の強靭な首で□□	土佐犬の強靭な首で振り廻わされて死ぬ
××の何処かが	身体の何処かが	××の何処かが	□□の何処かが	身体の何処かが
××をいきなり尻にあてることや	焼箸をいきなり尻にあてることや	焼火箸をいきなり尻にあてることや	焼火箸をいきなり□□	焼火箸をいきなり尻にあてることや
×が×たなくなる程××××ける	腰が立たなくなる程なぐりつける	腰が立たなくなる程なぐりつける	腰が立たなくなる程□	腰が立たなくなる程なぐりつける
×の×が×ける	人の肉が焼ける	×××が焼ける	□焼ける	人の肉が焼ける
×んでも	死んでも	死んでも	死んでも	死んでも
××	両足	両足	両足	両足
××	朝鮮	××	朝鮮	朝鮮
日本	日本	××	日本	日本
××	巡査	××	巡査	巡査
小便を四方にジ	小便を四方にジ	小便を四方にジ	□ジ	小便を四方にジ
労働者の青むくれた「××」	労働者の青むくれた「××」	労××の青むくれた「××」	労働者の青むくれた「死骸」	労働者の青むくれた「死骸」
土工が×××たまま「××」のやうに埋めら	土工が生きたまま「人柱」のやうに埋めら	土工が×××たまま「人柱」のやうに×××ら	土工が□「柱人」のやうに埋められた	土工が生きたまま「人柱」のように埋めら

초출잡지 『전기』판 1929년 5월, 6월	『게잡이 공선 개정판』 전기사 1929년 11월	『게잡이 공선 공장세포』 개조사 1933년 5월	『게잡이 공선 태양이 없는 거리』 미카사 서방 1937년 1월	『고바야시 다키지 전집 제2권』 신일본출판사 1983년 1월
6월호 발매 금지	발매 금지	발매 금지	발매	발매(정본)
れた	れた	れた		れた
「××的」×× の開発	「国家的」富源 の開発	「×××」×× ×××	「……」富源の 開発	「国家的」富源 の開発
「××」	「××」	「××」	「……」	「国家」
労働者は「腹 が減り」「タタ キ××れて」	労働者は「腹 が減り」「タタ キ殺されて」	××××「×× ××」「××× ×されて」	労働者は「腹 が減り」「□□ □□されて」	労働者は「腹 が減り」「タタ キ殺されて」
船で××れて	船で殺されて	船で××され て	船で□□れて	船で殺されて
乃木××がや つたと	××軍神がや つたと	×××××××× ×と	□がやつたと	乃木軍神が やったと
××者の××	労働者の片肉	労働者の××	□	労働者の片肉
××や××が	拇指や小指が	×××××が	□□や□□が	拇指や小指が
貧農を×動し て移民を奨励 して	貧農を煽動し て移民を奨励 して	貧農を×××× ×××××× ××	貧農を煽動し て移民を奨励 して	貧農を煽動し て移民を奨励 して
××	餓死	××	餓死	餓死
××	華族	華族	華族	華族
×のつぶれた ××は、	頭のつぶれた 人間は、	頭のつぶれた 人間は、	□□	頭のつぶれた 人間は、
「××れてゐない」	「殺されてゐない」	「殺されてゐない」	「…………ゐない」	「殺されていない」
資本家へ×× して	資本家へ反抗 して	資本家へ反抗 して	資本家……し て	資本家に反抗 して
××れるのさ	殺されるのさ	殺されるのさ	…………のさ	殺されるのさ
××れる前に こつちから ××てやるん だ。	殺される前に こつちから殺 してやるん だ。	殺される前に こつちから殺 してやるん だ。	…………前に こつちか ら…………や るんだ。	殺される前に こっちから殺 してやるん だ。

5

초출잡지 『전기』판 1929년 5월, 6월	『게잡이 공선 개정판』 전기사 1929년 11월	『게잡이 공선 공장세포』 개조사 1933년 5월	『게잡이 공선 태양이 없는 거리』 미카사 서방 1937년 1월	『고바야시 다키지 전집 제2권』 신일본출판사 1983년 1월
6월호 발매 금지	발매 금지	발매 금지	발매	발매(정본)
すつかり身体を縛られて	すつかり身体を縛られて	すつかり身体を縛られて	すつかり□縛られて	すっかり身体を縛られて
吊し上げられてゐる雑夫ガ、	吊し上げられてゐる雑夫ガ、	吊し上げられてゐる雑夫ガ、	吊し上げられてゐる――、	吊し上げられている雑夫ガ、
身体をくねらし	身体をくねらし	身体をくねらし	□くねらし	身体をくねらし
両足が蜘蛛	両足が蜘蛛	両足が蜘蛛	□蜘蛛	両足が蜘蛛
ウインチに吊された××は×の色が×つてゐた	ウインチに吊された雑夫は顔の色が変つてゐた	ウインチに吊された雑夫は顔の色が変つてゐた	ウインチに□雑夫は顔の色が変つてゐた	ウインチに吊された雑夫は顔の色が変っていた
××	死体	死体	死体	死体
あれでなぐつたんだな、	あれでなぐつたんだな、	あれでなぐつたんだな、	□	あれでなぐったんだな、
仕事が国家的である以上、××と同じなんだ。	仕事が国家的である以上、戦争と同じなんだ。	仕事が国家的である以上、戦争と同じなんだ。	仕事が………である以上、戦争と同じなんだ。	仕事が国家的である以上、戦争と同じなんだ。
×り付けられて	縛り付けられて	縛り付けられて	縛り付けられて	縛り付けられて
×をひねられた×のやうに、×をガクリ×に落し込んで	首をひねられた鶏のやうに、首をガクリ胸に落し込んで	首をひねられた鶏のやうに、首をガクリ胸に落し込んで	首をひねられた鶏のやうに、首をガクリ胸に落し込んで	首をひねられた鶏のように、首をガクリ胸に落し込んで
××	××	××	……	卒倒
眼から×を	眼から血を	眼から血を	眼から血を	眼から血を
×が聞えなく	耳が聞えなく	耳が聞えなく	耳が聞えなく	耳が聞えなく

초출잡지 『전기』판 1929년 5월, 6월	『게잡이 공선 개정판』 전기사 1929년 11월	『게잡이 공선 공장세포』 개조사 1933년 5월	『게잡이 공선 태양이 없는 거리』 미카사 서방 1937년 1월	『고바야시 다키지 전집 제2권』 신일본출판사 1983년 1월
6월호 발매 금지	발매 금지	발매 금지	발매	발매(정본)
なつたりした	なつたりした	なつたりした	なつたりした	なったりした
毎日の××な苦しさ	毎日の××な苦しさ	毎日の××な苦しさ	毎日の……な苦しさ	毎日の残虐な苦しさ
駆逐艦	駆逐艦	×××	駆逐艦	駆逐艦
日本の旗	日本の旗	××××	日本の旗	日本の旗
×される	殺される	殺される	殺される	殺される
×の×ひ	膚の臭ひ	膚の臭ひ	膚の臭ひ	膚の臭い
×××	×××	×××	………	おそそ
×××	×××	×××	………	おそそ
×	男	男	男	男
×	女	女	女	女

6

駆逐艦	駆逐艦	×××	駆逐艦	駆逐艦
駆逐艦	駆逐艦	×××	駆逐艦	駆逐艦
駆逐艦	駆逐艦	×××	駆逐艦	駆逐艦
士官連	士官連	××連	士官連	士官連
士官	士官	××	士官	士官
×	女	女	女	女
××な落書	猥藝な落書	猥藝な落書	猥藝な落書	猥藝な落書
駆逐艦	駆逐艦	×××	駆逐艦	駆逐艦
××に充ちた兵隊	××に充ちた兵隊	××に充ちた兵隊	□兵隊	残虐に充ちた兵隊
士官連	士官連	××連	士官連	士官連
駆逐艦	駆逐艦	×××	駆逐艦	駆逐艦
駆逐艦	駆逐艦	×××	駆逐艦	駆逐艦
駆逐艦	駆逐艦	×××	駆逐艦	駆逐艦

초출잡지 『전기』판 1929년 5월, 6월	『게잡이 공선 개정판』 전기사 1929년 11월	『게잡이 공선 공장세포』 개조사 1933년 5월	『게잡이 공선 태양이 없는 거리』 미카사 서방 1937년 1월	『고바야시 다키지 전집 제2권』 신일본출판사 1983년 1월
6월호 발매 금지	발매 금지	발매 금지	발매	발매(정본)
駆逐艦	駆逐艦	×××	駆逐艦	駆逐艦
水兵	水兵	××	水兵	水兵
艦尾の旗	艦尾の旗	×尾の旗	艦尾の旗	艦尾の旗
士官	士官	××	士官	士官
ロシアの領海へこつそり×入して漁をするさうだ	ロシアの領海へこつそり×入して漁をするさうだ	ロシアの××へこつそり××して×をするさうだ	ロシアの□へこつそり□漁をするさうだ	ロシアの領海へこっそり潜入して漁をするそうだ
××艦が	駆逐艦が	×が	□が	駆逐艦が
側にゐて番をしてくれる	側にゐて番をしてくれる	側にゐて×をしてくれる	側にゐて□くれる	側にいて番をしてくれる
どうしても□□のものにするさうだ。□□のアレは支那や満洲ばかりでなしに、	どうしても日本のものにするさうだ。日本のアレは支那や満洲ばかりでなしに、	どうしても×××××××× ×・×××××は支那や××ばかりでなしに、	どうでも□ものにするさうだ……のアレは××や××ばかりでなしに、	どうしても日本のものにするそうだ。日本のアレは支那や満洲ばかりでなしに、
××	政府	××	□	政府
××□が蟹工船の警備に出動する	駆逐艦が蟹工船の警備に出動する	×××が蟹工船の××××する	□□蟹工船の□する	駆逐艦が蟹工船の警備に出動する
目的	目的	××	目的	目的
かへつて大目的で、万一のアレに手ぬかりなくする訳だな。	かへつて大目的で、万一のアレに手ぬかりなくする訳だな。	××××××××× ×、××××× ××××××× ×××××。	かへつて大目的で、万一のアレに手ぬかりなくする訳だな。	かえって大目的で、万一のアレに手ぬかりなくする訳だな。
千島の一番端の島に、コツ	千島の一番端の島に、コツ	×××××××× ×に、コツソ	千島の一番端の島に、□□	千島の一番端の島に、コッ

초출잡지 『전기』판 1929년 5월, 6월	『게잡이 공선 개정판』 전기사 1929년 11월	『게잡이 공선 공장세포』 개조사 1933년 5월	『게잡이 공선 태양이 없는 거리』 미카사 서방 1937년 1월	『고바야시 다키지 전집 제2권』 신일본출판사 1983년 1월
6월호 발매 금지	발매 금지	발매 금지	발매	발매(정본)
ソリ××を□ んだり、×× を□んだりし て	ソリ××を運 んだり、×× を運んだりし て	リ××を×ん だり、××を ×んだりし て	□して	ソリ大砲を運 んだり、重油 を運んだりし て
今迄の日本の どの××でも	今迄の日本の どの戦争でも	今迄の××× ××××××	今迄の□のど の□でも	今迄の日本の どの戦争でも
大金持の指図 で動機だけ	大金持の指図 で動機だけ	×××の××× ××だけ	大金持の□□ 動機だけ	大金持の指図 で動機だけ
起した	起した	×した	起した	起した
見込のある場 所を手に入れ たくて、手に 入れたくて	見込のある場 所を手に入れ たくて、	××××××× ××××××× ×、	見込のある場 所を手に入れ たくて、	見込のある場 所を手に入れ たくて、手に 入れたくて

7

×	首	首	首	首
×	耳	耳	耳	耳
××	身体	身体	身体	身体
××	臭気	臭気	臭気	臭気
□	小便	小便	小便	小便
××の周りに は×が	肛門の周りに は糞が	肛門の周りに は糞が	肛門の周りに は糞が	肛門の周りに は糞が
どんなに×さ れたくなかつ たか	どんなに殺さ れたくなかつ たか	どんなに×さ れたくなかつ たか	どんなに殺さ れたくなかつ たか	どんなに殺さ れたくなかっ たか
×されたです	殺されたです	殺されたです	□のです	殺されたので す
誰が×したか?	誰が殺したか?	誰が×したか?	誰が□?	誰が殺したか?
×した	殺した	×した	□	殺した
海に投げる	海に投げる	×××げる	海に投げる	海に投げる

초출잡지 『전기』판 1929년 5월, 6월	『게잡이 공선 개정판』 전기사 1929년 11월	『게잡이 공선 공장세포』 개조사 1933년 5월	『게잡이 공선 태양이 없는 거리』 미카사 서방 1937년 1월	『고바야시 다키지 전집 제2권』 신일본출판사 1983년 1월
6월호 발매 금지	발매 금지	발매 금지	발매	발매(정본)
海	海	×	海	海
同じ海でも	同じ海でも	同じ×でも	同じ海でも	同じ海でも

8

× ×	残酷	残酷	残酷	残酷
×されたくない	殺されたくない	×されたくない	殺されたくない	殺されたくない
×されたくない	殺されたくない	×されたくない	……されたくない	殺されたくない
半×し	半殺し	××し	半殺し	半殺し
×されて	殺されて	殺されて	……れて	殺されて
日本文字で印刷した××宣伝	日本文字で印刷した赤化宣伝	××××で印刷した××宣伝	××文字で印刷した赤化宣伝	日本文字で印刷した赤化宣伝
日本人	日本人	×××	日本人	日本人
日本人	日本人	×××	日本人	日本人
×化運動	赤化運動	赤化運動	……運動	赤化運動
ロシアの領海内	ロシアの領海内	ロシア×××××	ロシアの領海内	ロシアの領海内
×化	赤化	××	赤化	赤化

9

××	××	××	××	銃殺
××	弾	弾	弾	弾
××××	ピストル	ピストル	ピストル	ピストル
打ち×され	打ち殺され	打ち殺され	打ち殺され	打ち殺され
領海内に入つて漁をする	領海内に入つて漁をする	××内に入つて×をする	領海内に入つて漁をする	領海内に入つて漁をする

초출잡지 『전기』판 1929년 5월, 6월	『게잡이 공선 개정판』 전기사 1929년 11월	『게잡이 공선 공장세포』 개조사 1933년 5월	『게잡이 공선 태양이 없는 거리』 미카사 서방 1937년 1월	『고바야시 다키지 전집 제2권』 신일본출판사 1983년 1월
6월호 발매 금지	발매 금지	발매 금지	발매	발매(정본)
領海内	領海内	×××	領海内	領海内
露国の監視船	露国の監視船	××××××	露国の監視船	露国の監視船
×される	殺される	殺される	殺される	殺される
×される	殺される	殺される	殺される	殺される
×される	殺される	殺される	殺される	殺される
今、×されて ゐる	今、殺されて ゐる	今、されてゐ る	今、されてゐ る	今、殺されて いる
××××	ピストル	ピストル	ピストル	ピストル
×せば	殺せば	殺せば	殺せば	殺せば
×されて	殺されて	殺されて	殺されて	殺されて
×される	殺される	殺される	殺される	殺される
×	血	血	血	血

10

××しだべ	人殺しだべ	人殺しだべ	人殺しだべ	人殺しだべ
×されて	殺されて	殺されて	殺されて	殺されて
半×し	半殺し	半殺し	半殺し	半殺し
×を×す	命を殺す	命を殺す	命を殺す	命を殺す
半×し	半殺し	半殺し	半殺し	半殺し
×んで	死んで	死んで	死んで	死んで
×しちまい!	殺しちまい!	×××××!	……ちまい!	殺しちまい!
打ツ×せ!	打ツ殺せ!	××××!	打ツ……!	打っ殺せ!
のせ!のしちま へ!	のせ!のしちま へ!	××!×××× ×!	のせ!のしちま へ!	のせ!のしちま え!
駆逐艦	駆逐艦	×××	……	駆逐艦
士官連	士官連	×××	士官連	士官連
我帝国の軍艦 だ	我帝国の軍艦 だ	×××××××	我…………だ	我帝国の軍艦 だ

초출잡지 『전기』판 1929년 5월, 6월	『게잡이 공선 개정판』 전기사 1929년 11월	『게잡이 공선 공장세포』 개조사 1933년 5월	『게잡이 공선 태양이 없는 거리』 미카사 서방 1937년 1월	『고바야시 다키지 전집 제2권』 신일본출판사 1983년 1월
6월호 발매 금지	발매 금지	발매 금지	발매	발매(정본)
俺達国民の味方だらふ。	俺達国民の味方だらふ。	×××××××だらう。	俺達国民の味方だらう。	俺達国民の味方だろう。
××の××	国民の味方	×××××	…………	国民の味方
国民の味方でない帝国の軍艦	国民の味方でない帝国の軍艦	×××××××× ××××××	国民の味方でない…………	国民の味方でない帝国の軍艦
駆逐艦	駆逐艦	×××	………	駆逐艦
駆逐艦	駆逐艦	×××	………	駆逐艦
帝国軍隊万歳	帝国軍隊万歳	××××××	………万歳	帝国軍隊万歳
駆逐艦からは三艘汽艇が出た	駆逐艦からは三艘汽艇が出た	×××からは三×××が出た	□三艘汽艇が出た	駆逐艦からは三艘汽艇が出た
六人の水兵が	六人の水兵が	六人の××が	六人の□が	六人の水兵が
□□を	着剣を	××を	□を	着剣を
顎紐を	顎紐を	××を	□を	顎紐を
汽艇	汽艇	××	汽艇	汽艇
汽艇	汽艇	××	汽艇	汽艇
やつぱり□の先きに□□した、顎紐をかけた水兵	やつぱり銃の先に×した、顎紐をかけた水兵	やつぱり×× ××に××した、顎紐をかけた水兵	やつぱり□の先きに□した、顎紐をかけた……	やっぱり銃の先きに着剣した、顎紐をかけた水兵
それ等は海賊船にでも踊りこむやうに、ドカドカツと上ってくると、	それ等は海賊船にでも踊りこむやうに、ドカドカツと上ってくると、	それ等は×× ×××××××× × × × ×、×××××××くると、	それ等は海賊船にでも踊りこむやうに、ドカドカツと上ってくると、	それ等は海賊船にでも踊りこむように、ドカドカッと上ってくると、
不忠者	不忠者	不×者	………者	不忠者
露助の真似する売国奴	露助の真似する売国奴	××の真似する×××	露助の真似する売国奴	露助の真似する売国奴

초출잡지 『전기』판 1929년 5월, 6월	『게잡이 공선 개정판』 전기사 1929년 11월	『게잡이 공선 공장세포』 개조사 1933년 5월	『게잡이 공선 태양이 없는 거리』 미카사 서방 1937년 1월	『고바야시 다키지 전집 제2권』 신일본출판사 1983년 1월
6월호 발매 금지	발매 금지	발매 금지	발매	발매(정본)
代表の九人が□□を擬されたまま、□□□に□送されてしまつた	代表の九人が××を擬されたまま、駆逐艦に護送されてしまつた	代表の九人が××××××××、××××××××××××××	代表の九人が□を□されたまま、………に護送されてしまつた	代表の九人が銃剣を擬されたまま、駆逐艦に護送されてしまった
帝国××だなんて	××××だなんて	××××だなんて	……………………	帝国軍艦だなんて
大金持の×□×でねえか、国民の味方?	大金持の××でねえか、国民の味方?	×××××××××、×××××?	大金持の□でねえか、…………?	大金持の手先でねえか、国民の味方?
水兵達は	水兵達は	××達は	………	水兵達は
士官連は	士官連は	×××は		士官連は
酔払つてゐた	酔払つてゐた	××××××	酔払つてゐた	酔払っていた
誰が敵	誰が敵	×××	誰が……	誰が敵
毎年の例で、漁期が終りさうになると、蟹罐詰の「×上品」を作ることになつてゐた。然し「乱暴にも」何時でも、別に斎戒沐浴して作るわけでもなかつた。その度に、漁夫達は監督をひどい事をするものだ、と思つて来た。だが、今度は異	毎年の例で、漁期が終りさうになると、蟹罐詰の「×上品」を作ることになつてゐた。然し「乱暴にも」何時でも、別に斎戒沐浴して作るわけでもなかつた。その度に、漁夫達は監督をひどい事をするものだ、と思つて来た。だが、今度は異	毎年の例で、漁期が終りさうになると、蟹罐詰の「×××」を作ることになつてゐた。然し「×××××」何時でも、別に×××××××××わけでもなかつた。その度に、漁夫達は監督をひどい事をするものだ、と思つて来た。××、×××××××××	（以下十七行削除）	毎年の例で、漁期が終わりそうになると、蟹罐詰の「献上品」を作ることになっていた。然し「乱暴にも」何時でも、別に斎戒沐浴して作るわけでもなかった。その度に、漁夫達は監督をひどい事をするものだ、と思って来た。だが、今度は

초출잡지 『전기』판 1929년 5월, 6월	『게잡이 공선 개정판』 전기사 1929년 11월	『게잡이 공선 공장세포』 개조사 1933년 5월	『게잡이 공선 태양이 없는 거리』 미카사 서방 1937년 1월	『고바야시 다키지 전집 제2권』 신일본출판사 1983년 1월
6월호 발매 금지	발매 금지	발매 금지	발매	발매(정본)
なつてしまつてゐた。「俺達の本当の×と×を搾り上げて作るものだ。フン、さぞうめえこつたろ。食つてしまつてから、腹痛でも起さねえばいいさ。」皆そんな気持で作つた。「石ころでも入れておけ!かもうもんか!」	なつてしまつてゐた。「俺達の本当の×と×を搾り上げて作るものだ。フン、さぞうめえこつたろ。食つてしまつてから、腹痛でも起さねえばいいさ。」皆そんな気持で作つた。「石ころでも入れておけ!かもうもんか!」	×××××。「××××××××××××××××××××。フン、さぞ××××××。××××××××ってから、×××××××××いいさ。」皆そんな×××××た。「×××××××××××!×××××!」		異なってしまっていた。「俺達の本当の血と肉を搾り上げて作るものだ。フン、さぞうめえこったろ。食ってしまってから、腹痛でも起さねえばいいさ。」皆そんな気持で作った。「石ころでも入れておけ!かもうもんか!」
監督だつて、駆逐艦に無電は打てなかつたらふ。	監督だつて、駆逐艦に無電は打てなかつたらう。	監督だつて、×××に××は××なかつたらう。	監督だつて、□に無電は打てなかつたらう。	監督だって、駆逐艦に無電は打てなかったろう。
引渡して	引渡して	××××	引渡して	引渡して
×される	×される	×される	殺される	殺される
□□□を	×××を	×××を	□を	駆逐艦を
附記				
×化宣伝	赤化宣伝	××××	赤化宣伝	赤化宣伝
警察	警察	××	警察	警察

3. 전기사의 판본

『전기』의 1929년 5월호와 6월호에 게재된, 초출 「게잡이 공선」에 행해진 복자는 전부 183개 부분(個所)이다. 즉, 1장 - 4장이 실린 5월호의 「게잡이 공선 그1」에 93개소, 5장 - 10장이 실린 6월호의 「게잡이 공선 그2」에 90개 부분의 복자가 보인다. 복자를 행한 방식은, 주로 「××」라는 방법을 사용하고 있는데, 드물게는 「　」와 같이 공백으로써 처리하고 있다.

이 초출 「게잡이 공선」의 복자는 다테노 노부유키(立野信之)에 의하여 행해졌다고 한다. 다테노 노부유키는 「고바야시 다키지(1)」(『문예(文芸)』 1949년 11월 발행, 가와데(河出)서방)에서, 「1928년 3월 15일」이 『전기』에 실릴 때, 원고가 구라하라(蔵原)로부터 자신에게 돌아왔다고 하면서, '한 자도 지우지 않은 원고를 대하고, 당시의 검열에서는 도저히 통과할 수 없다고 생각되어지는 노골스런 표현과 말씨를, ××와 선으로 난폭하게 삭제했던 것을 확실하게 기억하고 있다'라고 한 후에, 「게잡이 공선」의 때에도, '이때도 원고는 구라하라로부터 나의 손으로 돌아왔는데, 전과 똑같이 한 자도 지우지 않은 정성스런 것으로, 퇴고에 퇴고를 거듭한 후에 정서한 것을 한눈에 알았다'라고 쓰고 있다. 이렇게 하여 보면 「게잡이 공선」이 『전기』에 게재되었던 때, 다테노(立野)의 판단으로 도저히 통과되지 않을 부분에 복자를 했다고 생각할 수 있다.

위험하다고 판단되는 곳이 있으면, 복자를 사용하여 검열에 대처하는 것이 그 당시의 일반적인 상황이었다. 본문의 문장을 바꾸지 않고, 무사히 검열을 통과하기 위해서는 복자를 하는 방법밖에 없었다. 그러나 많은

수의 복자가 있어도, 간단히 검열을 통과할 수 있는 것은 아니었다. 1931년 1월 내무성 경보국(內務省警保局)에서 발간된『1930년의 출판경찰개관(昭和五年中に於ける 出版警察槪観)』에는 당시의 검열 기준이 다음과 같이 정해져 있다.

(A) 안녕 문란(紊亂) 출판물의 검열 표준(標準)

   (갑) 일반적 표준

일반적 표준으로써 아래 각 항은 안녕 질서를 문란하는 것으로 인정하고 있다.

(1) 황실의 존엄을 모독하는 사항(事項)

(2) 군주제를 부인하는 사항

(3) 공산주의 무정부주의 등의 이론 내지 전략, 전술을 선전하고, 혹은 그 운동실행을 선동하고, 또는 이러한 종류의 혁명단체를 지지하는 사항

(4) 법률 재판소 등 국가 권력 작용의 계급성을 고조하고, 그 외 심하게 이것을 왜곡하는 사항

(5) 테러, 직접 행동, 대중 폭동 등을 선동하는 사항

(6) 식민지 독립 운동을 선동하는 사항

(7) 비합법적으로 의회 제도를 부인하는 사항

(8) 국가 존립의 기초를 동요(動搖)하게 하는 사항

(9) 외국의 군주, 대통령, 또는 제국에 파견된 외국 사절의 명예를 훼손하고, 이 때문에 국교상 중대한 지장을 초래하는 사항

(10) 군사 외교상 중대한 지장을 초래할 수 있는 기밀사항

(11) 범죄를 선동 혹은 비호하고, 또는 범죄인 혹은 형사 피고인을 돕는 사항

(12) 중대 범인의 수사상 커다란 지장을 일으켜서, 그를 검거하지 못함으로써
사회 불안을 야기하는 것과 같은 사항(특히 일본 공산당 잔당(殘黨)원 검거
사건에 이러한 예 있음)

(13) 재계를 교란하고, 그 외 현저하게 사회 불안을 야기하는 사항

(을) 특수적 표준

특수 표준으로써 고려하고 있는 주요한 것은 대개 아래와 같다.

(1) 출판물의 목적

(2) 독자의 범위

(3) 출판물의 발행 부수 및 사회적 세력

(4) 발행 당시의 사회 정세

(5) 배포 지역

(6) 불온한 부분의 분량

(B) 풍속 괴란(壞亂)출판물의 검열 표준

(갑) 일반적 표준

일반적 표준으로써 아래 각 항은 풍속을 해치는 것으로 인정하고 있다.

(1) 외설적인 사항

(ㄱ) 춘화 음본

(ㄴ) 성, 성욕 또는 성애 등에 관계하는 기슬로써 음란, 수치스런 마음을
일으키게 하고 사회 풍속을 해치는 사항

(ㄷ) 음부를 노출하는 사진, 회화, 그림엽서 종류

(ㄹ) 음부를 노출하지 않아도 추악하고, 도발적으로 표현되어 있는 나체
사진, 회화, 그림엽서 종류

(ㅁ) 남녀 포옹, 키스(어린이를 제외한다) 사진, 회화, 그림엽서 종류

(2) 패륜적인 사항(단지 패륜적인 사항을 기술하여도, 문장이 평이하고, 그리고 선정
적이고 음탕하고 문란한 문자를 사용하지 않은 것은 아직 풍속을 해치는 것으로
보지 않는다)

(3) 낙태 방법 등을 소개하는 사항

(4) 잔인한 사항

(5) 유곽, 매음굴 등을 소개하여 선정적이고 호기심을 도발하는 사항

(을) 특수한 표준

특수한 표준으로써 고려하는 것은 안녕 금지 경우에 있는 것과 대동소이
(大同小異)하다.

그리고 여기에서 '일반적 기준은 기사, 또는 묘사된 사항 그것이 안녕
또는 풍속(風俗)에 영향이 있는가 아닌가, 영향이 있다고 하면 그 정도가
어떠한가 라는 점에 관한 기준이고, 특수한 기준은 그 출판물이 어떠한
목적을 가지고 어떠한 배포 구역을 가지는가 등 출판물 전체로서의 각종
조건에 관한 기준을 나타내는 것을 지칭하는 것이다'라고 되어 있다. 그
렇다고 하면 전기사에서 나오는 『전기』는 프롤레타리아 예술 운동이라는
출판물의 목적상, 검열에 있어서 일반적인 기준보다 우선 특수한 기준에
의하여 취급되었음에 틀림없다. 더욱이 일반적 기준에 있어서도 더 엄격

하게 추궁되었을 것이다.

그러면, 각 판본(板本)에 의한 「게잡이 공선」의 복자의 내용을 검토하기로 한다.

우선,『전기』의 「게잡이 공선」판을 살펴 보자.

『전기』의 1929년 5월호의 「게잡이 공선 그1」과, 6월호의 「게잡이 공선 그2」에 보이는 복자는 앞에서 말했듯이 전부 183개소이다. 이것을 일반적 검열 기준에 맞추어 적용시켜 보면, 다음과 같이 분류된다.

	5월호	6월호	복자의 수
(A) 안녕 문란(紊亂)에 관계되는 사항			
황실에 관계되는 사항	1	3	4
공산주의 운동에 관계되는 사항	27	55	82
(B) 풍속 괴란(壞亂)에 관계되는 사항			
외설적인 사항	10	8	18
잔인한 사항	55	24	79
	93	90	183

안녕 문란에 관계되는 사항은 황실에 관한 사항과, 공산주의 운동에 관한 사항과의 크게 두 가지로 나눌 수 있다. 한편 풍속 괴란에 관계되는 사항도 성, 성욕 등에 관계하는 외설적인 사항과, 잔인한 사항으로 분류할 수 있다. 복자 가운데에는 안녕 문란에 관한 사항인가, 그렇지 않으면 풍속 괴란에 관한 사항인가 나누기 어려운 단어도 있지만, 대체로 『전기』의

초출 「게잡이 공선」에 있어서는 안녕 관계보다 오히려 풍속 관계의 복자의 쪽이 많은 것을 알 수 있다. 이것은 풍속 관계로서는 검열에 걸리고 싶지 않다고 하는 의미가 있었던 것이다. 이 검열에 대하여, 야마다 세이사부로는 『프롤레타리아 문학 풍토기(プロレタリア文学 風土記)』(1954년 12월 발행, 아오키(青木)서점)에서, 다음과 같이 쓰고 있다.

「게잡이 공선」과 「태양이 없는 거리」로, 『전기』의 성가는 높아져서, 부수가 쭉쭉 늘어갔던 것은 말할 것까지도 없다. 그런데 「게잡이 공선」쪽은 검열에서 문제를 일으켰다. 「게잡이 공선」에 '천황 폐하는 구름 위이지만, 아사(浅)는 그렇게는 안 되지'라는 회화의 한 문장과, 역시 회화 중에서 헌상품인 통조림의 게에 침이라도 뱉어두어 라는 부분이 있어, 천황 폐하와 헌상품은 글자는 덮어 출판하였던 것이지만, 발행 겸 편집 책임자인 나는 경시청에 불려가서 호되게 당했다. 불경스럽다는 것이다.

이곳에서 야마다는 『전기』 5월호의 「게잡이 공선 그1」과 6월호의 「게잡이 공선 그2」를 함께 취급하고 있지만, 실제로 검열에서 문제를 일으켰던 것은 6월호의 「게잡이 공선 그 2」였다. 「게잡이 공선 그2」는 분명히 불경스러운 면이 있었다고 할 수 있었다. 그럼에도 「게잡이 공선 그2」가 『전기』 6월호의 발매 금지 처분의 직접적인 이유는 아니었다. 1929년 6월 발행의 『출판경찰보』제 9호를 보면, 『전기』6월호에 대하여 '본지는 일본 공산당 지지를 주장하여 농민의 지주에 대한 투쟁을 선동적으로 기술하는 외, "사건의 진상"이라는 제목으로 제남(済南)사건에 관한 허위 사실을 게재하여 반군 사상을 고취하였다'라고 이 잡지의 발매 금지 사항을 기술하고 있는데, 「게잡이 공선 그2」에 대한 언급은 없다. 즉 위 자료에 의하면 「게잡이 공선 그2」가 불경스러운 면이 있다고 해도, 「게잡이 공선 그2」가 『전기』 6월호의 발매 금지 처분의 직접적인 이유는 아니었다는 것을 알 수 있다. 한편, 「게잡이 공선」이 불경죄로 문제가 되었던 것은 그 후 전기사로부터 단행본으로 출간된 이후의 일이다.

다음에 전기사로부터 발행되었던 「게잡이 공선」의 단행본에 대하여 살펴보기로 한다.

전기사로부터 발행된 「게잡이 공선」의 단행본은 전부 세 권이다. 그것은 각각, 1929년 9월 발행의 『게잡이 공선 〈일본 프롤레타리아 작가총서 제2편〉』(이하 『게잡이 공선』이라고 약한다), 1929년 11월 발행의 『게잡이 공선 개정판 〈정본 일본 프롤레타리아 작가총서〉』(이하 『게잡이 공선 개정판』), 그리고 1930년 3월에 발행된 『게잡이 공선 개정 보급판 〈정본 일본 프롤레타리아 작가총서〉』(이하 『게잡이 공선 개정보급판』)이다.

그러면, 우선 1929년 9월 발행의 초판본 『게잡이 공선』을 살펴보자.

전기사로부터 1929년 9월 25일에 발행된 초판본 『게잡이 공선』의 특징은 복자를 거의 행하고 있지 않다는 점이다. 이 판에 보이는 복자는 전부 9개 부분뿐이다. 그것은 '졸도', '잔학' '보지(おそゝ)' '보지' '잔학' '잠(潛)입' '대포' '중유(重油)' '총살'이라는 단어로, 이것보다 훨씬 위험하다고 생각되는 '적화 운동'과 '천황 폐하', 그리고 '죽인다(殺す)'와 같은 단어는 복자가 되어 있지 않다. 실로 형식적인 복자 작업을 했다고 말할 수 있다.

이것에 대하여, 야마다는 '이것은 내부의 사무 운영상의 엇갈림 때문이었다'라고 『프롤레타리아문화의 청춘상』(1983년 2월 발행, 신일본출판사)에서 쓰고 있다. 그는 같은 책에서 '"게잡이 공선"을 전기사로부터 단행본으로 낼 때, 출판부장인 미야모토 기쿠오(宮本喜久雄)가 복자를 양쪽 모두 복원하여 버렸다'라고, 담당자끼리의 엇갈림이 있었다고 쓰고 있는 것이다. 여기에서 양쪽이라는 것은 『전기』의 5월호와 6월호를 가리키는 것이지만, 이것을 보면 출판물에 대한 모든 책임이 있는 발행 겸 인쇄자인 야마다와의 상담 없이, 초판본 『게잡이 공선』이 발행되었다고 생각할 수 있다. 복자를 복원한 초판본 『게잡이 공선』은 발행된 날에 발매 금지 처분을 당하지 않을 수 없었다.

1929년 10월에 발행된 『출판경찰보』제 13호의 '사상관계출판물해제'에는 이 판본의 발매 금지 이유가 이렇게 기록되어 있다.

「게잡이 공선」「1928년 3월 15일」의 두 편을 수록하였다. 어느 것도 일찍이 『전기』게재되어, 그 때문에 『전기』는 발매 금지를 당했다. 전자는 캄차카 바다에 출어하는 게잡이 공선의 잔학한 작업 상태 및 처참한 내부의 생활 상태를 묘사한 것이고, 후자는 소위 3·15사건 당시에 구속, 심문, 고문 등의 모습을 쓴 것. 묘사가 극히 정교하고 치밀하여 안녕 질서 괴란의 이유에 의하여 9월 25일 발매 금지 처분을 받았다.

다음에, 1929년 11월 발행의 『게잡이 공선 개정판』에 대하여 살펴보자. 『게잡이 공선 개정판』은 9월 발행의 초판본 『게잡이 공선』이 발매 금지 처분이 되었기 때문에, 어느 정도의 복자를 행하여 개정판으로써 발행된 것이다. 이 판의 복자는 51개소이다. 이것은 초판본 『게잡이 공선』보다 많지만, 『전기』의 초출(初出)보다는 적다. 한편 초판본 『게잡이 공선』은 「1928년 3월 15일」도 수록하고 있지만, 11월의 『게잡이 공선 개정판』에 있어서는 「1928년 3월 15일」을 빼고 있다. 그것은 '"3월 15일" 그것이 현재의 검열 제도 치하에서는 발매 분포를 금하여지는 것으로 되어 있다'라고, 11월의 『게잡이 공선 개정판』의 후기에서 기술하고 있는 그대로이다.

이렇게 하여 보면, 9월 발행의 초판본 『게잡이 공선』에 대한 발매 금지 처분의 대상은 「게잡이 공선」이 아니고, 「1928년 3월 15일」이었다는 것을 알 수 있다. 『게잡이 공선 개정판』은 11월 8일 발행 이래, 11월 10일 3판, 12월 15일 19판, 12월 25일 23판과 같이 굉장한 기세로 판을 거듭하여 갔다. 한편, 12월 15일 19판, 12월 25일 23판에서는 초판본 『게잡이 공선』의 복자의 내용으로, 복자의 수를 되돌려서 발행하고 있다. 이 판이 발매 금지에 처해졌던 것은 다음해인 1930년 2월 15일로서, 발행으로부터 약 3개월이 지난 뒤의 일이었다.

1930년 3월 발행의 『게잡이 공선 개정 보급판』은 전 달의 『게잡이 공선 개정판』의 발매 금지에 의하여, 출판된 것이다.

『게잡이 공선 개정 보급판』의 복자의 내용은 『게잡이 공선 개정판』과 거의 같아서, 같은 사람이 복자 작업을 했다고 보인다. 하지만 새롭게 불경죄 부분의 일곱 행이 전부 「××」로서 복자가 되어 있다. 이것은 이 판의 담당자가 『게잡이 공선 개정판』의 발매 금지는 불경죄 부분의 문제이다 라고 판단하였기 때문일 것이다. 이 판에는 『게잡이 공선 개정판』과 똑같이 '적화 운동'이라는 단어가 복자가 되어 있지 않다. 그러나 이 판은 마지막까지 발매 금지 처분이 되지 않았다. 아직 그러한 시기이기도 했다.

『게잡이 공선 개정 보급판』의 특색은 삽화가 세 개 들어가 있는 점이다. 세 개의 삽화는 각각, 한 페이지 전부를 사용하여 그려져 있다. 그것은 감독이 잡부를 괴롭히고 있는 장면, 죽은 어부의 밤샘(通夜) 장면, 그리고 스트라이크 후에 어부가 감독을 후려갈기는 장면의 그림 등이다.

4. 상업 출판사의 판본

그러면, 전기사 이후에 발행된 「게잡이 공선」의 각종 판본에 대하여 생각해 보자.

먼저 1931년 2월, 개조사로부터 『현대문학전집 제62편』으로서 발행된 『프롤레타리아 문학집』과 같은 해 5월에 같은 출판사로부터 나온 『게잡이공선 태양이 없는 거리 철 이야기』를 살펴보기로 하자.

『프롤레타리아 문학집』에서는 프롤레타리아 문학 진영의 9명의 작가의 작품이 수록되어 있는데, 다키지의 「게잡이 공선」도 그중 하나이다. 이 책은 3단 조판의 구성으로 되어 있고, 이 「게잡이 공선」판의 마지막의 한 페이지에는 다키지의 자필 연보가 붙여져 있다. 복자는 31개소로, 그 내용은 대체로 전기사의 『게잡이 공선 개정 보급판』에 준하고 있다. 하지만 불경죄 부분의 3단 조판의 한 페이지가 '이 페이지 전부 삭제 / (此の頁全部削除)'로써 모두 새하얗게 삭제되어 있다.

이 책이 나오기 전 해인 1930년 7월 19일, 다키지는 「게잡이 공선」의 불경죄의 추가 기소를 받았다. 이 판에 보이는 불경죄 부분의 3단 조판의 한 페이지 삭제는 말할 것도 없이 이 사건을 의식하고 있었기 때문일 것이다. 그러나 이 판은 불경죄 부분을 완전히 삭제하였음에도 불구하고, 발행되기도 전에 발매 금지에 처해졌다. 발행 날짜는 2월 15일, 발매 금지 날짜는 2월 7일이었다.

한편, 개조사로부터 5월에 출판된 「게잡이 공선」판은 도쿠나가 스나오의 「태양이 없는 거리」와 나카노 시게하루의 「철 이야기」와 함께 수록된 것이다. 이 판의 복자는 60개소로, 동사(同社)의 2월 발행의 판보다 복자가 두 배나 늘어 있다. 더욱이 아무 표시도 하지 않고, 61 – 62 페이지의 두 페이지에 걸쳐서 새까맣게 삭제되어 있다. 그것은 어부와 잡부에 대한 감독과 잡부장의 학대 부분이다.

이렇게 개조사라는 같은 출판사로부터 출판되었지만, 겨우 3개월 사이에 두 판의 복자의 개소가 틀리다. 이것은 2월 발행의 『프롤레타리아 문학집』이 발매 금지 처분을 받았기 때문에, 5월 발행의 『게잡이 공선 태양이 없는 거리 철 이야기』의 때에는 신중하게 복자 작업을 했기 때문이라고 생각된다. 이 판에서는 '구축함' '적화' 등의 단어가 새로 복자가 되어 있다. 이러한 단어를 보아도, 복자 작업에 상당히 머리를 짰다고 생각할 수 있다. 결국 이 판은 발매 금지가 되지 않았다.

두 번째로, 1933년 3월 국제서원에서 발매된 『고바야시 다키지 전집 제2권』 가운데의 「게잡이 공선」판을 보기로 하자.

이 『고바야시 다키지 전집 제2권』은 전월(前月)에 있은 다키지의 죽음을 추모하여, 일본 프롤레타리아 작가 동맹 출판부로부터 간행되었던 것이다. 이 「게잡이 공선」판에 보이는 복자는 60개소이지만, 그 외에 본문의 문장이 군데군데 삭제되어 있다. 삭제된 부분은 전부 7개소로, 32행 이상이다. 삭제된 부분은 성(性)에 대한 묘사, 감독의 학대 묘사 등이지만, 전혀 문제가 되지 않는다고 생각되는 부분도 있다.

이 판의 복자의 내용은 대체로 기존의 「게잡이 공선」판에 준하고 있다. 이 판은 함부로 삭제되었음에도 불구하고, 발매되자마자 발매 금지 처분을 받았다. 결국 국제서원의 『고바야시 다키지 전집』은 이 한 권뿐으로, 계속되어 발행될 수가 없었다. 1933년 5월 발행의 『출판경찰보』제 56호 '금지출판물 목록 및 금지요항(안녕·단행본)'의 항목에는 이 판본의 발매 금지 이유가 다음과 같이 기술되어 있다.

본서는 「게잡이 공선」 및 「부재지주」의 두 편을 포함한다. 이들 소설은 이미 출판될 때, 불문(不問)으로 그렇게 되는 것으로써 한편 특히 불온한 개소(個所)는 많은 복자를 사용하고 있지만, 여전히 계급 투쟁을 선동하고 또한 불경에 해당하는 점 및 1932년 4월 11일의 기사 금지 사항에 해당하는 기사가 있음으로, 현 사회 정세에 비추어 이번에 다시 금지 처분으로 되는 것이다. (후략)

세 번째로, 1933년 4월 신조사로부터 문고판으로 발행된 『게잡이 공선 부재지주』와 다음해 5월 역시 문고판으로 개조사로부터 나온 『게잡이 공선 공장세포』를 비교하여 보기로 한다.

이 두 문고판의 복자의 내용은 거의 일치하고 있다.

요컨대 이 두 문고판은 발행 전에 두 출판사 담당자끼리의 사전의 담합이 있었음에 틀림없다. 두 판 모두 복자 작업은 정성껏 행하여져 있고, 그 수는 신조문고 「게잡이 공선」판이 198개소, 개조문고 「게잡이 공선」판이 214개소 보인다. 복자는 신조문고 판보다 개조문고 판 쪽이 약간 심하지만, 그 차이는 거의 없다고 하여도 좋은 정도이다. 두 판의 복자의 특징은 복자의 부분이 단어가 아니라, 문장과 같이 길게 되어 있는 곳이 두드러진다는 점이다. 이것은 복자라기보다, 삭제에 가까운 것이라고 할 수 있다.

그런데 신조문고 「게잡이 공선」판과 개조문고 「게잡이 공선」판은 검열에 있어서, 전혀 다른 판정을 받게 된다. 검열에 있어 신조문고 판은 문제가 되지 않았지만, 개조문고 판은 발매 금지에 처해졌다. 복자의 내용이 거의 같은데도, 전연 반대의 결과가 나왔던 것이다. 이것은 개조사 판의 경우 일반적 검열 표준이 아니고, 특수적 검열 표준에 의하여 취급되었기 때문임에 다름 아니다. 개조사의 경우, 이미 두 차례에 걸친 「게잡이 공선」의 발행 전력이 있었기 때문인지도 모른다. 그러나 그것만이 아니다.

그 당시 검열을 담당하고 있었던 곳은 내무성 경보국의 도서 검열과(圖書檢閱課)였다. 하지만 실제로 검열에 종사하고 있던 사람은 임시의 말단 직원이어서, 검열의 기준은 애매했다고 할 수 있다. 하타카나카 시게오(畑中繁雄)는 『각서 쇼와출판탄압소사(覚書 昭和出版弾圧小史)』(1965년 8월 발행, 도서신문사)에서 당시의 검열 상황을 다음과 같이 쓰고 있다.

전술과 같이 언론 2법이 어디까지, "신성한" 국체(国体)수호 = 천황제적 지배 권력의 방위를 궁극의 목적으로 하고 있었던 것은 자명하다고 해도, 그러나 법률 그것의 규정은 매우 추상적이어서 개개의 케이스에의 적용이 되면, 그렇게 세밀하게 기준이 제시되어 있던 것은 아니었다. 사실상 검열의 말단 사무를 직접 담당하고 있었던 것은 하급 관리(그 대부분은 임시 직원이었던 모양이다)이었기 때문에, 법률의 적용에 있어서는 확대 해석도 남용도 모두 그들 하급 관리의 주관적(主觀的) 해석에 맡겨져 있었던 것이 된다.

이렇게 하급 관리의 주관적 해석에 의하여, 같은 복자의 내용의 판본이어도, 전혀 반대의 결과가 나왔던 것이다. 한편 '1933년경, 검열계 한 사람당의 하루 검열 분담 량은 대충 계산하여도 118건에 달하고 있다'(오기노 후지오(荻野富士夫)『증보 특고경찰체제사 사회운동억압단속의 구조와 실태』1988년 11월 발행, 세키타(せきた)서방)고 한다. 하루의 검열 분담 량이 이 정도이면, 하급 관리가 주관적 해석을 하지 않을 수 없었을 것이다.

한편, 국제서원의『고바야시 다키지 전집 제2권』의 발매 금지 이유가 실려 있는『출판경찰보』제56호의 '금지출판물 목록 및 금지요항(안녕·단행본)'의 같은 페이지에, 개조문고판의 발매 금지 이유가 '4월 6일에 금지 처분이 된 "고바야시 다키지 전집 제2권" 중의 "게잡이 공선"을 포함하고 있어서 다시 금지 처분으로 하는 것이다'라고 기술되어 있다.

네 번째로, 1935년 3월, 나우카 사로부터 발행된『고바야시 다키지 전집 제1권』가운데의「게잡이 공선」판과 1937년 1월『현대장편소설전집 제11권』으로서 미카사 서점으로부터 발행된『게잡이공선 태양이 없는 거리』 중의 「게잡이 공선」판에 대하여 생각해 보자.

나우카 사로부터 발행된 『고바야시 다키지 전집 제1권』은 사실상 최초의 『고바야시 다키지 전집』이다. 단행본과 문고본의 「게잡이 공선」판은 차치하고, 나우카 사 판은 전집의 판본이기 때문에 중요한 의미를 가지고 있다고 할 수 있다.

그러나 이 판도 기존의 판본에 준하여 복자가 적당히 행하여져 있다. 복자의 수는 127개소인데, 불경죄 부분이 '(이하 7행 삭제)'로 되어 있다. 이 판의 특색은 복자를 행한 방식이 「××」가 아니고, 주로 「……」이라는 방법을 취하고 있다는 점이다. 그렇기 때문에 이 판에서는 간혹 복자의 「……」와, 문장 부호의 「……」가 오인되어지는 경우도 보인다.

1937년 1월에 출판된 미카사 서점의 「게잡이 공선」판은 전전의 마지막 판본이다. 이 판의 복자는 주로 공백의 「　」와 「……」, 그리고 드물게는 「××」로서 행해지고 있다. 복자는 121개소이고, 불경죄의 부분이 나우카사 판과 똑같이 '(이하 7행 삭제)'로 되어 있다.

한편 이 판을 조사하여 보면, 이 판의 복자의 내용이 나우카 사 판과 거의 차이가 없다는 것을 알 수 있다. 그렇다고 하면 미카사 서점 「게잡이 공선」판을 발행할 때, 이 판의 담당자가 나우카 사 「게잡이 공선」판의 복자 부분을 그대로 사용하였음에 틀림없다. 그것은 나우카 사 판의 경우, 발매 금지 처분을 받고 있지 않았기 때문이다.

그런데, 나우카 사 판과 미카사 서점 판은 복자를 행한 방식이 다르다.

즉 나우카 사 판의 경우, 복자를 행한 방식으로 주로 「……」가 사용되어져 있고, 공백의 「　」는 2개소에 불과하다. 이것에 대하여, 미카사 서점

판은 「……」보다 공백의 「　」가 많아, 복자의 대부분이 공백의 「　」로써 처리되어 있다. 그리고 이 공백의 「　」는 복자의 부분이 한 자(一字)이어도, 혹은 열 자이어도, 모두 같이 한 자분 정도의 공백으로 한다고 하는 활자의 조립 방법으로 되어 있다. 이렇게 하는 것에 의하여, 마치 복자가 없는 것처럼 꾸미고 있는 것이다. 하지만 1937년의 미카사 서점 판은 이러한 판이 되지 않을 수 없었다.

　『일본출판백년사연표(日本出版百年史年表)』(1968년 10월 발행, 일본서적출판협회)에서의, 1936년 9월 8일의 '출판관계'란에 '내무성 경보국, 사상상·풍속괴란 상으로, 부당한 문자를 감추는 복자가 오히려 역효과를 낳는다는 견해로부터 복자의 남용 배제 외, 황실관계 문자의 오식(誤植)단속에 대하여 강화 방침을 전국특고과장회의에서 명시'라고 하는 사항이 보인다. 이렇게 1936년이 되면, 복자가 오히려 역효과를 낳는다고 하여 그 일소(一掃)가 명령되었다. 결국 복자조차 타부가 되는 시대가 왔던 것이다. 요컨대 1936년 이후에는 복자를 사용할 수가 없었기 때문에 미카사 서점 판과 같은 판본이 나왔음에 다름 아니다.

제3장

「게잡이 공선」의 동시대평(同時代評)

1. 들어가며

　고바야시 다키지의「게잡이 공선」은 1929년 5월호와 6월호의『전기』에「게잡이 공선 그1(蟹工船 其の一)」과「게잡이 공선 그2(蟹工船 其の二)」의 2회로 나누어서 발표되었다. 이 중 1장에서 4장까지인「게잡이 공선 그1」이 게재되었던『전기』5월호는 발매되었지만, 5장 이하의「게잡이 공선 그2」가 게재된 6월호는 안녕(安寧)의 이유로 발매 금지에 처해졌다.

　「게잡이 공선」은 발표되었을 때부터 사회적으로 큰 반향을 불러 일으켰다.『고바야시 다키지 전집 제2권』(1959년 5월 발행, 아오키(青木)서점)의「게잡이 공선」의 '해제(解題)'에 의하면,『전기』5월호와 6월호는 '양호 모두 각각 12,000부를 발행하여 전 문단적인 주목을 받았다'고 한다.「게잡이 공선」은『전기』에 발표된 후,『일본 프롤레타리아 작가총서 제2편 게잡이 공선』으로써, 전기사로부터 세 번에 걸쳐 단행본으로 발행되었다. 그것은 각각, 1929년 9월 25일 발행의『게잡이 공선』, 1929년 11월 8일 발행의『게잡이 공선 개정판(改訂版)』, 그리고 1930년 3월 18일에 발행된『게잡이 공선 개정 보급판(改訂普及版)』이다.

　초판 단행본『일본 프롤레타리아 작가총서 제2편 게잡이 공선』은「1928년 3월 15일(一九二八年三月十五日)」과 같이 수록되었는데, 1929년 9월 25일 발행 날에 안녕의 이유로 발매를 금지 당했다.『전기』1929년 11월호에 '●초판 과연 발매 금지★우리들은 개정 보급판을 발행하는 데 있어서 모든 독자 제군에 "一九二八・三・一五" 전편을 개정판에서 삭제하지 않을 수 없는 사실을 보고한다. 초판 "게잡이 공선"은 이곳에 다시 입수하기 어려운 것이 되었다. 현행 검열 제도 치하에서는 "三月一五日" 그것이 발매 분포가 금지되어 있는 것이다. 그러나 어쨌든 우리들은 다시 "게잡이 공선"을 제군의 앞에 보낸다.'라는 『게잡이 공선 개정판』에 대한 선전 광고가 보인다.

초판 『게잡이 공선』의 발매 금지 때문에 「1928년 3월 15일」을 제외하고, 11월 8일에 발행된 『게잡이 공선 개정판』은 『전기』에 실려 있는 선전 광고에 의하면, 제6판(『전기』 1929년 12월호), 제20판(『전기』 1930년 1월호), 제27판(『전기』 1930년 2월호), 제30판(『전기』 1930년 2월 18일 임시증간호), 제35판(『전기』 1930년 3월호)에서 보는 것과 같이 굉장한 스피드로 판을 거듭하여 갔다. 그러나 『게잡이 공선 개정판』도 역시 안녕의 이유로 1930년 2월 15일 발매 금지에 처해졌다.

1929년 12월호 『전기』의 '편집노트'에는 '출판부의 "게잡이 공선"은 2개월 사이에 5천을 다 팔았습니다. 지금 증판 중이지만 빨리 사지 않으면 또 매진됩니다'라는 『전기』 편집국으로부터의 자부심이 기록되어 있다. 또 1930년 3월 20일에 발행된 『전기』 임시 중간호에 실려 있는 『게잡이 공선 개정 보급판』의 선전 광고를 보면, '16,000부를 다 팔고 돌연 발매 금지의 강습(强襲)을 받은 본서. 이곳에 강습을 역습하여 다시 개정 보급판을 낸다'라고, 「게잡이 공선」의 인기를 자랑하고 있다. 물론 여기의 5,000과 16,000부라는 숫자는 『게잡이 공선 개정판』을 말하고 있는 것이다.

한편 데즈카 히데타카는 『일본근대문학 대사전(日本近代文学大事典)』(제2권, 일본근대문학관 편, 강담(講談)사, 1977년 11월 발행)에서, 「게잡이 공선」에 대하여 '1929년 9월, 11월, 1930년 3월 전기사 간 세 권 중 처음 두 권은 발매 금지가 되었지만, 배포망에 의해 반년 간에 35,000부 발행'이라고 「게잡이 공선」의 불티같은 팔림새에 대하여 쓰고 있다. 이것만을 보아도 그 당시 「게잡이 공선」의 인기가 어떠한 것이었는가를 알 수 있다. 세 번에 걸친 전기사에 의한 발행 후, 「게잡이 공선」은 다른 상업 출판사에서도 발행하게 되었다.

「게잡이 공선」이 발표되었을 때, 시구레(思久嶺)와 히라바야시 하쓰노스케(平林初之輔)를 시작으로 많은 사람들이 이 작품을 대상으로 여러 가지 평가를 하였다. 또 『미야코 신문(都新聞)』과 『오사카아사히신문(大阪朝日新聞)』은 '이번 달의 창작'란과 '신간소개'란에서 「게잡이 공선」을 취급하고 있다. 더욱이 이 소설은 1929년 7월 26일부터 31일까지 6일간, 제국극장(帝国劇場)에서 다카다 다모쓰(高田 保), 기타무라 고마쓰(北村小松)의 증보 각색(개제 「북위 50도 이북(北緯五十度以北)」 5막 12장) 히지가타 요시(土方与志)의 연출로, 신쓰키지극단(新築地劇団)에 의해 상연되었다. 이것을 보아도, 그 당시의 사회에 「게잡이 공선」의 영향이 얼마나 컸는지 알 수 있다.

그러면 이러한 「게잡이 공선」이 그 당시 어떠한 평가를 받고 있었을까. 본서에서는 「게잡이 공선」에 대한 당시의 평가를 구체적으로 조사해 보기로 한다.

2. 동시대의 평가

「게잡이 공선」에 대한 동시대의 비평은 다음의 24점이 발견되었다.

(1) 시구레(思久嶺) 「5월의 창작 월평(4) 정취 있는 작품을 추천한다(五月 創作月評(4)雅趣ある作風を推す)」(『호치신문(報知新聞)』1929년 5월 2일, 호 치신문사)에는 다음과 같이 있다.

이것은 아직 제1편이지만, 그래도 7, 80매의 작품일 것이다. 나는 이번 달의 가작(佳作)을 뜻밖에도 이 『전기』에서 발견했다. 내용은 게잡이 공선에서 일하는 어부들의 생활과 거기에 때때로 폭력을 행사하는 감독과의 반목(게다가 어부는 그것을 밖으로 털어놓는 일도 하지 않는 무기력한 생활을 계속하지만) 침이라도 뱉도록 아무렇지도 않게 그려져 있다. 이제부터 어느 정도 계속될지 모르지만, 여기에 발표된 부분만을 보아도 상당히 읽을 만 하고, 작가의 불굴의 의지도 느껴져 유쾌했다. 빤히 들여다 보이는 구성상의 트릭도 없고, 단지 도저히 현실이라고 하지 못할 게잡이 공선의 생활을 묘사해 갈 뿐으로 그것으로 좋다. 결점을 말하면, 난파선을 구할 수 없는 부분이다. 그것은 감독의 냉혹함을 한층 강하게 묘사하고 싶어서 그러한 짜임새를 했겠지만, 그렇게까지 지 하지 않은 편이 오히려 작품에 감칠나게 깊은 의미를 가지게 한다.

「게잡이 공선」에 대한 첫 번째의 비평이다.

여기에서 「게잡이 공선」은 야마다 가즈오(山田一夫)의 「꿈을 잉태한 여

자(夢を孕む女)」(『근대생활(近代生活)』), 무라야마 도모요시(村山知義)의 「타협은 없다!(妥協はない!)」(『전기』1929년 5월)와 함께 비평되었다.

이 비평은 「게잡이 공선 그1」을 대상으로 한 것으로, 그는 이것만을 보아도 '상당히 읽을 만 하고, 작가의 불굴의 의지도 느껴져 유쾌했다'라고 평가하고 있다. 그는 난파선 문제를 결점으로 지적하고 있지만, 이 난파선 문제는 그 당시 게잡이 공선의 숨겨져 있는 현실에 다름 아니었다. 그리고 이 사건은 실제로 일어난 사건이기도 했다.

시구레의 「게잡이 공선」비평은 이 작품에 대한 최초의 비평이라는 의미가 있다. 그의 비평에 의해 「게잡이 공선」은 우선 세상에 알려지게 되었던 것이다.

(2) 히라바야시 하쓰노스케(平林初之輔)「일본의 싱크레아 – 고바야시군의 『게잡이 공선』 –(日本のシンクレーア-小林君の『蟹工船』-)」[문예시평(文芸時評)3](『도쿄아사히신문(東京朝日新聞)』1929년 5월 7일, 도쿄아사히신문사)에는 다음과 같이 있다.

작년 「1928년 3월 15일」을 써서 견실하고 치밀한 필력을 보였던 고바야시 다키지 군의 제2작 「게잡이 공선」이 『전기』 5월호에 실려 있다. 내가 아는 한에서는 「철(鉄)」의 작가 『문예전선(文芸戦線)』의 이와토(岩藤) 군과 함께 고바야시 군은 프롤레타리아 문학계의 쌍벽이고, 「게잡이 공선」은 이와토군의 「철」보다 더욱 많은 의미에서 뛰어난 작품이다.

나는 작년 말 모(某)지에서 장래에 기대할 만한 작가를 질문 받았을 때, 고바야시 군의 이름 하나를 든 적이 있다. 과문한 나에게는 그 외 어떠한 사람이 어떤 뛰어난 작품을 쓰고 있는가 알 수 없었던 것이다. 하지만 지금 고바야시 군의 제2작(실은 이전에도 그는 수 편의 소설을 쓰고 있었다고 하지만)을 읽고, 나의 기대는 적어도 틀리지 않았다는 것을 알고 나 자신을 위해서도 매우 기뻤다.

콘·비프의 통조림을 먹을 때, 싱크레아의 「정글(ジャングル)」을 생각하지 않기는 한 번 이 소설을 읽은 사람에게는 곤란할 것이다. 그것과 같이 이제부터 통조림을 먹을 때, 잠시 젓가락을 놓고 이 「게잡이 공선」을 생각할 것을 나는 대부분의 문화인에게 권하고 싶다. 이제부터 여름에 적합한 맥주의 생선으로써 간단하고 싸고 편리한 이 게 통조림이 어떠한 경로를 거쳐 우리들의 식탁에 오르는가, 그것이 어떻게 노동자의 문자 그대로 피와 살과 뼈의 가치가 있는가 라는 것을 단지 아는 것만으로도 분명히 하나의 의미가 있다.

「1928년 3월 15일」에서 프롤레타리아의 아방가르드의 싸움과 박해를 묘사한 작가는 이 작품에서 프롤레타리아대중의 피투성이의 기록을 우리들에게 제공했다. 전자는 여러 가지 결점을 가지고 있었다고는 해도(예를 들어 구라하라 고레히토 군이었던가, 전위가 고립되어 묘사되어 있어 대중과의 연락이 잘 파악되지 않는다 라는 듯한 의미의 비평을 했다고 생각되지만, 그것은 적절한 지적이었다고 나는 생각한다) 전위를 그린 문학으로서는 확실히 일본에서는 획기적인 작품이었다. 무엇보다도 그곳에서 묘사된 전위는 강철과 같은 강함이 부족했지만, 그것은 실제가 그렇기 때문에 작가는 그것에 허세를 부릴 수 없었던 것일 것이다. 그리고 허세를 부리면 부릴수록 오히려 거꾸로 약점이 눈에 띠는 것이다. 리얼리즘 수법을 이 작가가 계속 취하는 한, 일체의 허세는 역효과밖에 나지 않을 것이기 때문이다.

「게잡이 공선」은 「3월 15일」에 비해 한층 진보를 보이고 있다. 그리고 이 작품은 이 작품으로서 또 획기적이기도 하다. 왜냐하면 이 작품은 국제적 규모에서 프롤레타리아의 모습을 그려내고 있고, 오호츠크 해의 공선에서 학대당하고 있는 노동자와 마루노우치 빌딩의 중역을 하나의 광경 안에 꿰뚫어 보고 있다.

이 작품에는 두세 군데 설명이 있다. 하지만 이 설명은 작품 전체의 예술적 효과를 조금도 손상시키지 않고 오히려 그것을 깊게 하고 있다. 「정글」과 이 작품을 비교한 김에 말해 두지만, 이 작가의 수법은 싱크레아와 비슷한 곳이 상당히 있다. 단지 싱크레아가 가진 묵직한 저력은 아직 이 작가에게는 부족하다고 말하지 않으면 공평하지 않을 것이다. 묘사에는 아무런 특이한 새로움이 없고, 구(旧)문학의 유산을 그대로 계승하여, 단지 내용의 힘에 의해 그것을 단단히 죄고 있는 점도 싱크레아와 비슷하다.

단지 전작에서도 느꼈고 일부로 말하지는 않았지만, 이 작가는 똥이라든가 훈도시라든가 그 외 이것과 유사한 전문 용어를 아무렇지도 않게 사용하고 있는데, 나에게는 이것이 조금 노골적이어서 싫은 느낌이었다. 그것은 군(君)의 소 부르주아적인 취미 때문이라는 사람도 있겠지만, 느낀 대로 말해 둔다.

히라바야시 하쓰노스케의 비평도 역시 「게잡이 공선」 전반부에 대한 비평이다.

우선 히라바야시는 다키지의 「게잡이 공선」과 1929년 3월의 『문예전선』(제6권 제3호)에 발표된 이와토 유키오(岩藤雪夫)의 「철」을 비교하고 있다. 그런데 그는 「철」보다 「게잡이 공선」 쪽이 뛰어나다고 평가하면서도, 그 우수한 점을 구체적으로 들고 있지는 않다. 그러나 그는 「게잡이 공선」의 전반부만으로도, 이 작품이 「철」보다 뛰어나다고 판단하고 있는 것이다.

다음에 히라바야시는 「게잡이 공선」과 안톤 싱크레아의 「정글」을 비교하고 있다. 안톤 싱크레아의 「정글」은 마에다코 고이치로(前田河広一郎)의 번역으로, 1925년 12월에 총문각(叢文閣)에서 출판된 미국프롤레타리아 문학 작품이다. 「정글」의 번역은 일본 프롤레타리아 문학 운동에 커다란 자극을 주어, 많은 사람이 그 영향을 받았다. 그는 「정글」보다 「게잡이 공선」 쪽이 작품의 저력(底力)에서 뒤지고 있다고 평한다.

마지막으로 히라바야시는 「게잡이 공선」이 '국제적 규모에서의 프롤레타리아의 모습을 묘사한' 곳에 그 획기적인 의의가 있다고 평가한 후, '똥이라든가 훈도시 등의 단어에 노골적인 느낌이 있'다고 지적하고 있다. 1장에서 4장까지의 「게잡이 공선」 전반부에서 '국제적 규모에서의 프롤레타리아의 모습을 묘사했'다고 생각되는 부분은 주로 일본 제국(帝國)과 러시아의 관계를 가리키는 것이라고 할 수 있다. 즉 1장의 감독의 이야기, 2장의 지치부마루(秩夫丸)사건, 3장의 러시아인과의 만남 등이 그것이다. 그는 「게잡이 공선」에서 이러한 러시아와의 국제관계 묘사가 뛰어나다고 평가하고 있는 것이다.

히라바야시는 누구보다도 먼저 「게잡이 공선」에 대한 비평을 시도하였다. 그뿐만이 아니고, 그가 「게잡이 공선」을 획기적인 작품이라고 평가한 것에 의해, 이 작품의 위상이 높아졌다고 할 수 있다. 그가 평가한

대로 「게잡이 공선」은 일본 프롤레타리아 문학사상 가장 중요한 작품으로써, 많은 사람들로부터 높은 평가를 받게 된다.

히라바야시가 작년 말 다키지의 이름 하나를 들었다고 하는 모(某)지는 어딘지 알 수 없다. 단지 1928년 11월 13일 『도쿄아사히신문』의 '문예시평'란에 '소설에는 고바야시 다키지와 요코미쓰 리이치(橫光利一)의 앞의 작품을 각각의 의미와 수준에서 추천하고 싶다'라는 문장이 보여 여기에 적어둔다.

(3) 가와하라 시게키(河原茂樹) 「5월의 소설(五月の小説)」(『지지신보(時事新報)』1929년 5월 8일, 지지신보사)에는 다음과 같이 있다.

(전략) 이것과 비교하면 게잡이 공선 – 고바야시 다키지 씨 쪽이 훨씬 뛰어나다. 이것은 전반이기에 정리된 비평은 할 수 없지만, 통이 크고 힘찬 느낌의 선을 가진 내뱉는 듯한 문장이 게잡이 공선의 잡부들의 참담한 생활을 방불시키고 있다. 단지 러시아 인에게 구조된 소형선 어부들에게 중국인이 떠듬떠듬 계급의식을 불어넣는 부분에 다소 매너리즘의 나쁜 느낌을 느끼지 않는 것은 아니지만, 그러나 그것도 후반에서 어떤 복선적 효과를 가져오지 않는다고도 할 수 없기에 잠시 비난을 그만두고 다음 호를 기대하자. 전작 「1928년 3월 15일」 이래, 작가 고바야시 다키지 씨의 진출 모습은 주목할 가치가 있다. 이 한 편도 전반뿐인데도 불구하고, 5월 창작 중에서 가장 걸출한 부류에 속하는 것이다.

역시 「게잡이 공선」 전반부만의 비평이다. 이 가와하라 시게키의 「5월의 소설」은 고지마 쓰토무(小嶋勗)의 「도적무리(群盜)」와 함께 다키지의 「게잡이 공선」을 논하고 있다. 모두 부분의 '이것'은 고지마의 「도적무리」를 가리키는 것으로, 이 작품은 1929년 5월의 『문예전선』(제6권 제5호)에 발표된 희곡이다.

가와하라는 「도적무리」보다 「게잡이 공선」 쪽이 뛰어나다고 하면서, '게잡이 공선 잡부들의 참담한 생활을 방불시키고 있다'고 작가의 문장력을 평가한다. 그는 「게잡이 공선」의 전반만을 보고 높게 평가하면서 이 작품의 후반을 기대하고 있다고 말하고 있다.

가와하라 시게키는 일찍이 다키지의 「다키코 그외(瀧子其他)」에 대해서 '이것은 또 묘한 실감(実感)만이 너무 나서 곤란하다. 작부들의 흔한 생활을 이런 흔한 형식으로 다루는 것은 이미 너무 낡았다. 게다가 대개가 예전 문학청년의 유치한 센티멘탈 이상은 나오지 않는다'(「시평7(時評七)」『지지신보(時事新報)』1928년 4월 4일)라고 혹평한 사람이다. 이러한 가와하라가 「1928년 3월 15일」이후의 다키지에 주목하고 있을 정도로 다키지가 성장한 모습을 알 수 있다.

한편 1929년 5월 22일의 『지지신보』의 '문예소식'란에는 '전기 6월호 창작, 태양이 없는 거리(太陽のない街) 도쿠나와 스나오(德永直), 철의 흐름(鉄の流れ) 세라와이모라이쓰테(セラワイモライツテ), 게잡이 공선 고바야시 다키지'라고 있다.

(4) 지바 가메오(千葉亀雄) 「5월의 작품평(五月の作品評)」[문예월평(文芸月

評)](『신조(新潮)』 제26년 제 6호, 1929년 6월 1일 발행, 신조사)에는 다음과 같이 있다.

고바야시 다키지 씨의 「게잡이 공선」은 장편 중에서 제일이다. 격분한 이론적 외침 소설을 읽는 것보다도 때때로 이러한 작품의 효과가 더 차분하게 안정되어 흥분시킨다. 무엇보다 생각나는 것은 사실을 표현하는 어휘와 관조(観照)의 적확함일 것이다. 무산(無産) 문단에서도 때는 움직인다. 새롭게 떠오르는 작가들의 창작을 읽으면 성찰이든 표현이든 사실의 접근 방식이든 전 시대의 작가에는 보이지 않는 감각적인 신선함과 과학적인 발랄함, 자유 등을 발견할 수 있다. 그리고 이 작품에서는 자본 계급의 착취 형태와 노동자 계급의 비참함이 뼈에 사무칠 정도로 오싹오싹 독자의 가슴을 붙잡고 자연을 붙잡는다. 그것은 이 작품이 그러한 폭로의 정열에 타오르면서도 한편 예술적 내용 통제와 최대한의 표현 욕심을 늦추지 않은 곳에 있다. 어수선한 게잡이 공선의 군단, 생활하는 인간의 심리가 하나의 용광로에 던져 넣어져서 그것 자체로 예술적 연소를 하고 있다. 단지 「3월 15일」과 이 한 편만으로 씨를 평가하기에는 아직 너무 빠르지만, 씨의 확실한 역량이 유망한 장편 작가인 것만은 약속될 수 있을 것이다.

이 비평도 「게잡이 공선」의 전반부만의 의견이다. 지바는 「게잡이 공선」의 문장에 언급하여, '사실을 표현하는 어휘와 관조(観照)의 적확함'을 지적하고 있다. 그것에 의해 '전시대의 작가에는 보이지 않는 감각적인 신선함과 과학적인 발랄함, 자유 등을 발견할 수 있다'고 말하고 있다.

그리고 그는 「게잡이 공선」의 '폭로의 정열에 타오르면서도 한편 예술적 내용 통제와 최대한의 표현 욕심을 늦추지 않은 곳'을 높게 평가하고, 이 작품이 가지고 있는 예술적 가치를 인정하고 있다.

(5) 후루자와 야스지로(古澤安二郎) 「5월호의 창작평(五月号の創作評)」(『문예도시(文藝都市)』 제2권 제6호, 1929년 6월 1일 발행, 문예도시사)에는 다음과 같이 있다.

> 「게잡이 공선」 고바야시 다키지
>
> 「도룡뇽(山椒魚)」 이부세 마쓰지(井伏鱒二)
>
> 전자는 이미 신문지상에서 호평을 얻고 있는 모양이지만 실제 생기가 넘치는 그 분명한 기백은 후자의 완성된 스타일과 함께 추천되어야 하는 작품일 것이다. 「게잡이 공선」은 그것 자신 미완성인 장편의 일부인 것과 같이, 그 내용도 아직 정련되지 않은 광물이다. 거기에는 교묘(巧妙)한 묘사도 세련된 문장도 없지만, 넘쳐흐르는 소박한 힘은 누구라도 느낄 수 있음에 틀림없다. 매우 속편을 기대하고 있는 바이다.

이 비평도 「게잡이 공선」 전반 만의 감상으로 구체적인 부분은 지적하고 있지 않다. 단지 이 작품의 인상만을 언급한 비평에 불과하다고 할 수 있다. 후루자와는 「게잡이 공선」의 '생기가 넘치는 그 분명한 기백'을 '넘쳐흐르는 소박한 힘'으로서 평가하고 있다.

(6) 무명씨(無署名) 「싱크레아에는 아직 거리 있음(シンクレアには未だ距離あり)」[이번 달 창작(今月の創作)](『미야코 신문』1929년 6월 5일, 미야코 신문사) 에는 다음과 같이 있다.

고바야시 다키지 작 「게잡이 공선」 전월호에서는 게잡이 공선의 노동자가 실로 동물들보다도 못한 학대를 받고 있는 실상을 극명하게 묘사하고 있는데, 이번 달 호에서는 노동자가 마침내 단결하여 처우 개선의 요구서를 들이밀며 감독에게 도전하지만, 생각지도 못한 곳에 적이 있었다. 아홉 명의 희생자가 순양함에 납치되고 항쟁은 노동자 측의 패배로 끝나는 것이다. 다른 일이지만 이 소설이 발표된 바로 그 때, 일러 어업 문제가 떠들썩하게 신문지상을 장식하고 있었다. 이 문제와 이 소설을 대조하여 보면 더욱 흥미가 깊은 것이 있는 것이다. 만약 이 작가의 붓이 프롤레타리아적 관점에서 발전하여 그위에 현재의 정치 기구를 철저히 폭로할 수 있으면 그것이야말로 어쩌면 싱크레아 이상 인지도 모르지만 이 정도로는 '아직 멀었다'는 느낌이 드는 것이 물론이다.(전기게재)

이 비평은 「게잡이 공선」의 내용에 언급하면서, 이 작품이 무엇보다도 적시에 발표되었다고 평가하고 있다. 때는 바야흐로 '일러 어업 문제가 떠들썩하게 신문지상을 장식하고 있'는 시기였다. 그러나 이것은 현재 가장 사회적인 문제가 되어 있는 제재를 문제 삼아 그것을 작품화하려고 하는 다키지의 문학에서 볼 때는 당연한 것이었다.

또 이 신문은 다키지와 싱크레아를 비교하여 다키지보다 싱크레아 쪽이 위라고 쓰고 있다. 이것은 히라바야시 하쓰노스케의 비평을 그대로 답습한 것이다.

(7) 아오노 스에키치(青野季吉) 「문예시평적인 단론(文芸時評的な断論)」 (하)(『요미우리신문(読売新聞)』1929년 6월 7일, 요미우리신문사)에는 다음과 같이 있다.

고바야시군의 「게잡이 공선」은 세간의 평가가 높아 일본의 싱크레아에 견줄 수 있다고도 하는 모양이다. 발매 금지로 이번 달 호를 읽을 수 없는 것이 유감이지만 확실히 읽을 만한 작품이다. 자신의 이야기를 하여 조금 꺼림칙한 느낌이 들지만 '조사하는 예술(調べた芸術)'을 주장한 때에는 「게잡이 공선」과 「도적무리(群盗)」(고지마 쓰토무(小島昴))와 같은 작품이 어렴풋이 머리에 떠올라 있었던 것이다. 이야기는 다르지만, 이번 일러어업의 문제 등은 소비에트 러시아대 일본, 일본의 대실업가, 정계의 거의 모든 분야에 걸친 대이익 대립이고, 또 대××이기도 하는 것이다. 그리고 그 앞에는 어업 노동자의 현실이 결부되어 있는 것이다.

이것은 「문예시평적인 단론」(상)(『요미우리신문』 1929년 6월 6일)의 계속이다. 아오노는 「게잡이 공선」이 「도적무리」와 함께 자신의 이론인 '조사하는 예술'에 철저하고 있다고 짧게 평가하고 있다. 한편 아오노의 '조사하는 예술'이라는 것은 1925년 7월의 『문예전선』(제2권 제3호)에 게재된 평론이다. 그는 여기에서 '인상을 한 데 모아 철한 것 같은 관점, 거기에서 오는 사상으로 만족하지 않고, 현실을 의욕적이고 탐구적으로 "조사해"가는 생활 태도, 그곳에서 오는 사상이 지금의 문단을 구하는 하나의 큰 길은 아닐까'라고 말하고 있다.

그리고 아오노는 일러어업의 문제에 있어서 '그 앞에는 어업 노동자의 현실이 결부되어 있다'고 쓰고 있다. 실로 다키지의 「게잡이 공선」의 의도를 꿰뚫고 있는 것이다.

(8) 구라하라 고레히토(藏原惟人) 「작품과 비평(1) 『게잡이 공선』 그 외(1)(「作品と批評(一)『蟹工船』その他(1)」), 「작품과 비평(2) 『게잡이 공선』 그 외(2)(「作品と批評(二)『蟹工船』その他(2)」(『도쿄아사히신문』 1929년 6월 17일-18일, 도쿄아사히신문사)에는 다음과 같이 있다.

작년 「1928년 3월 15일」을 써서 그 우수한 재능을 인정받았던 고바야시 다키지의 제2작 「게잡이 공선」이 최근 발표되어 여러 곳에 커다란 센세이션을 불러일으키고 있다. 불행히도 이 후반이 실려 있는 「전기」 6월호가 발매를 금지 당했기 때문에 많은 사람의 손에는 널리 퍼지지 못했던 모양이지만, 실제로 이 작품이야말로 그의 제 1작보다도 더 요즈음 우리들이 접할 수 있는 가장 우수한 작품의 하나라고 말할 수 있다. 과연 그곳에는 여전히 약간의 이데올로기적인 형식적 결함이 있다. 그러나 그가 현대 일본의 조건 아래에서 이 정도의 작품을 쓰려고 한 그 노력과 그 성공에는 정말 놀라운 것이 있다. 우리들은 지금 이 작품을 해부하여 그 많은 장점과 약간의 결점에 대해 쓰기로 한다.

작가는 나에게 보낸 편지에서 이 작품에서 그가 기도한 것으로서, 대체로 1, 「게잡이 공선」이라는 특수한 현상을 문제 삼아 식민지에 있는 착취를 폭로함과 함께 그 경제 관계, 국제 관계, 그 외의 관계를 분명히 하려고 했던 점, 2, 개인의 성격과 심리가 아니고 노동의 집단을 묘사하려고 했던 점, 3, 프롤레타리아 예술 대중화를 위하여 여러 가지 형식상의 노력을 한 점, 이 세 가지를 들고 있다. 그리고 우리들이 보는 점에서는 이들의 노력은 그 범위 내에서는 거의 완전하다고 말해도 좋을 정도로 성공하고 있다.

고바야시 다키지는 그 작품의 근본 토대에 항상 어떠한 식으로든 큰 사회적 '문제'를 두려고 하고 있다. 「3월 15일」에 있어서, 그는 우리들의 눈앞에서 저 이교도에 대한 이단규문자(異端糾問者)의 그것에 비슷한 ××(고문)이 행하여지고 있는 것을 보이고, 이 「게잡이 공선」에서도 또 식민지에 있는 모든 부정(不正)과 학대(暴虐)를 폭로하고 있다. 원래 우리나라의 문학에도 사회적인 문제를 그 근본 토대에 두었던 작품은 결코 적지 않다. 그러나 그것을 객관적인 예술적 형상으로 그려낸 작품은, 부르주아 문학에서는 약간의 예외(예를 들면 토손(藤村)의 「파계(破戒)」와 같은) 밖에 없었다. 그것은 우리나라의 부르주아가 급속하게 그 '비판의 시대'를 지나가 버렸기 때문이다. 프롤레타리아 문학은 이와 같은 것이 될 수 있고, 또 현재 이와 같은 것이 되려고 노력하고 있다. 고바야시 다키지의 「게잡이 공선」은 그 전형적인 작품이다.

현실에 대한 작가의 태도에 있어서도 이 작품은 앞의 「3월 15일」보다 뛰어나다. 전작에서는 그의 인도주의적인 태도가 아직 많이 남아 있었다. 거기에서는 작가는 사회가 나갈 필연적인 길을 제시한다는 것보다도 오히려 사회 안에 존재하고 있는 부정(不正)을 인도주의적인 입장에서, 바꾸어 말하면 추상적인 '이렇게 있어서는 안 된다' 혹은 '이렇게 있지 않으면 안 된다'라는 입장에서 비판하여, 그것에 대한 투쟁의 원동력도 마치 이것을 개인의 주관 안에서 구하고 있는 것 같은 곳이 상당히 있었다. 그러나 진실된 프롤레타리아 작가는 결코 감상적인 당위의 관점으로부터 사물을 보아서는 안 된다. 그는 현대 사회에 현존하고 있는 모순을 파헤쳐, 그것을 그것이 필연적으로 가야 할 방향으로 이끌어가는 관점에서 사물을 보고, 그것을 묘사하지 않으면 안 된다. 이 의미에서 고바야시의 이 작품은 확실히 우리나라 프롤레타리아 문학의 하나의 중요한 진전을 나타내는 것이다.

그곳에는 부정에 대한 의분(義憤)은 있다. 그러나 그것은 이와 같은 것으로서 분리되어 있지 않고, 전체로서 필연적인 과정으로 연결되어 있다. 실제 식민지에서 비인간적인 착취를 받고 있는 미조직 노동자가 부르주아 사회의 모든 경제적, 국제적 모순의 틈에서 불가피한 힘을 가지고 솟아올라 오는 모습을 이 정도까지 분명히 이 정도까지 객관적으로 그려낸 작품은 이제까지 존재하지 않았다.

다음에 작가는 이 작품에서 개개의 분리된 개인이 아니고 하나의 집단을 묘사하려고 노력했다. 작가의 이 노력은 정말 올바른 것이다. 특히 현대에 있어서 부르주아 작가의 거의 모두가 집단을 묘사할 수 없어 개개인의 사소한 일상생활과 심리에 수시일관하고 있을 때에, 프롤레타리아 작가가 커다란 사회적 집단을 힘차게 묘사해 간다는 것은 흥미 있는 대조임과 함께 프롤레타리아 문학으로서는 당연하고 필연적인 방향이기도 하다. 그리고 이러한 의미에서도 이 「게잡이 공선」은 그 뛰어난 전형(典型)이다.

그러나 집단을 묘사하려고 한 나머지 개인이 그 안에 완전히 매몰되어 버릴 위험이 있다. 나는 같은 작가의 「3월 15일」을 비평했던 때에, 그곳에는 전위적인 개인은 묘사되어 있지만 대중적인 집단이 묘사되어 있지 않다는 것을 지적하여 두었다. 이 작품에는 꼭 그 정반대의 현상이 있다. 프롤레타리아 작가는 집단을 묘사하기 위해서 개인을 완전히 매몰시켜버려 좋을까? 그렇지 않다. 유물사관은 결코 역사 및 사회에서의 개인의 역할을 부정하지는 않는다. 그것은 단지 사회에 대립하는 개인, 부르주아적인 '초인(超人)'의 관념을 거부할 뿐이다. 게다가 프롤레타리아적인 지도자 - 개인의 관념은 분명히 존재한다. 그러나 그것은 사회에 대립하는 것으로서가 아니고, 특정한 사회, 계급층의 대표자 및 그 조직자로서 존재하는 것이다. 그렇기 때문에 우리들은 개인인가 집단인가 라는 식으로 문제를 세우는 것이 아니고, 집단 속의 개인이라는 식으로 문제를 정립하지 않으면 안 되는 것이다. 나는 작가가 이것을 확실히 인식한 뒤, 각 계급, 층의 대표자로서의 개인의 성격과 심리를 묘사할 수 있으면, 이 작품은 더욱 훌륭한 것이 될 수 있었다고 생각한다. 이 작품의 장면 곳곳에 때때로 형상이 분명하지 않는 것도 그것이 묘사되지 않았기 때문은 아닐까?

마지막으로 작가가 작품을 대중화하기 위하여 행한 노력도 대부분 보답 받고 있다. 그는 결국 예술이 대중을 사로잡을 수 있는 것은 이러이러하다 라는 것을 논리적으로 설명하기 때문이 아니고, 그것을 형상(形象)적으로 묘사하기 때문이다 라는 것을 이해하여, 이렇게 해서 틀린 대중화 방향이 아니고, 올바른 대중화 방향에도 이르고 있다. 이것은 그가 도달한 단순하고 명쾌한 언어(문장)와 함께, 그의 전작에 비하여 매우 큰 전진을 보이는 것이다. 아직 다소 묘사가 혼잡한 점과, 비참한 것, 더러운 것에 대한 약간의 인텔리겐치아적인 감상과 편애가 프롤레타리아적인 건강한 밝음을 방해하고 있는 점이 그 결점이다.

우선 구라하라 고레히토는 다키지의 편지를 언급하여, 이 작품에 대한 다키지의 노력을 평가한다. 「게잡이 공선」을 쓴 뒤, 다키지는 이 작품에 대한 자산의 창작 의도를 구라하라 고레히토 앞으로 보내고 있다. 1929년 3월 31일자의 이 편지의 내용은 구라하라가 비평 속에서 언급하고 있듯이, '노동자 집단을 묘사하려고 한 것', '"게잡이 공선"에서의 착취를 폭로하고, 그 경제 관계·국제 관계를 분명하게 한 것', '프롤레타리아 예술 대중화를 위한 노력을 한 것'이라는 세 가지로 요약할 수 있다. 이것은 「게잡이 공선」에서의 형식 면, 내용 면, 그리고 문장 면의 특징을 각각 설명하고 있는 것이다. 구라하라는 이러한 다키지의 노력이 거의 완전하게 성공하고 있다고 평가한다.

다음에 구라하라는 「게잡이 공선」이 '사회적 문제를 그 바탕에 두고 그것을 객관적인 예술적 형상(形象)으로 묘사하였다'라고 논한 뒤, 현실에 대한 작가의 태도와 개인과 집단의 문제라는 두 가지 점에서 「게잡이 공선」과 「1928년 3월 15일」의 차이를 지적하고 있다. 구라하라는 현실에 대한 작가의 태도에 있어서 「1928년 3월 15일」은 '인도적인 태도가 남아 있다'고 이 작품의 감상(感傷)적인 면을 지적한 후에, 「게잡이 공선」은 '사회의 필연적인 길을 제시한다'라고 평가한다. 그리고 프롤레타리아 작가는 '현대 사회에 현존하고 있는 모순을 파헤쳐, 그것을 그것이 필연적으로 가야 할 방향으로 이끌어가는 관점에서 사물을 보고, 그것을 묘사하지 않으면 안 된다'라고 프롤레타리아 문학이 나아갈 방향을 제시하고 있다.

그는, 집단인가 개인인가의 문제에 대하여는 「게잡이 공선」이 「1928년 3월 15일」의 정반대가 되어 있다고 논하고 있다. 요컨대 프롤레타리아 문학에서 개인의 개념은 '사회에 대립하는 것으로서가 아니고, 특정한 사회, 계급, 계층의 대표자 및 그 조직자로서 존재한다'라고 하면서, 집단인가 개인인가의 문제는 '집단 속의 개인이라는 식으로 문제를 정립하지 않으면 안 된다'라고 지적한다.

마지막으로 구라하라는 '예술이 대중을 사로잡을 수 있는 것은 그것을 형상적으로 묘사했기 때문이다'라고 「게잡이 공선」의 올바른 대중화의 방향을 평가한 후에, 이 작품에 있는 약간의 결점에 대하여 언급한다. 결점은 '다소 묘사가 혼잡한 점'과, '약간의 인텔리겐치아적인 감상과 편애가 보인다'는 것으로 이것은 히라바야시의 견해와 같다.

구라하라의 「게잡이 공선」 비평의 특징은 이 작품의 형식 면, 내용 면, 그리고 문장 면 등 모든 면에서 작품을 보고 있다는 것이다. 또 그는 「게잡이 공선」의 장점과 단점을 구체적이고 정확하게 지적했을 뿐 아니라, 프롤레타리아 문학의 전형(典型)으로서, 이 작품의 예술적 위치 매김을 하고 있다. 「게잡이 공선」의 평가는 현재의 시점에서 보아도, 그의 견해를 바탕으로 하고 있다고 생각할 수 있다.

(9) 이시하마 도모유키(石濱知行) 「6월의 창작 중에서(六月の創作の中から)」[문예월평](『신조』제26년 제 7호, 1929년 7월 1일 발행, 신조사)에는 다음

과 같이 있다.

「게잡이 공선」(고바야시 다키지 씨, 전기) 이 전편(5월호 게재)에 대해서는 이미 히라바야시 하쓰노스케 씨가 도쿄아사히 지상에 재빨리 칭찬하고 있지만, 후편이 나옴에 이르러 더욱 명작이다. 나는 씨의 전 작품인 3·15사건을 그 후반밖에(전반이 실린 호는 발매 금지가 되어 나의 손에는 유감이지만 들어오지 않았다) 읽지 않았기 때문에 이 작품과의 비교는 피한다. 이 작가의 작품을 읽고 우선 느끼는 것은 그 착실하고 수수한 작풍(作風)이다. 착실하고 수수하다 라는 말은 투쟁적 반항적인 곳이 없다 라는 것이 아니다. 투쟁적 정신은 전편(全篇)을 관통하고 있다. 종래의 프롤레타리아 문학에는 처음부터 으스대고 눈을 부릅뜨는 마음속 표현을 나타내거나, 또는 주인공 내지 창작 중의 인물을 통해 투쟁적 이론을 부자연스럽게 토로하거나 하는 작품이 적지 않다. 그리고 결과적으로 말하면 오히려 반대의, 또는 더 회소한 효과밖에 주지 않았다. 이 점에서 고바야시 씨의 이 작품은 매우 착실하고 수수하다. 작가는 이론을 가지고 그리고 부자연스러운 형태에서 노골적으로 표현하지 않고, 또 불타오르는 듯한 투쟁심, 반항심을 가지면서도 그것을 처음부터 내뱉는 것 같은 것을 하지 않고, 한 걸음 한 걸음 사실 묘사를 진척시켜, 게다가 묘사가 진행됨에 따라 중첩적으로 읽는 사람으로 하여 투쟁하는 힘과 반항심을 느끼게 해 간다. 부분적이 아니고 작품 전체로서 투쟁하는 힘, 반항하는 힘을 힘차게 나타내고 있다. 이 점에서 구로시마 덴지(黑島伝治)씨의 수수한 작풍과 일맥상통하는 곳이 있다.

다음에 이 작품을 읽고 느끼는 점은 작가의 오감을 통한 관찰이 매우 세세한 점이다. 그 작품에 나타난 인물, 자연, 활동에 대한 관찰 및 그 묘사의 세세함을 보라. 묘사의 세세함은 자칫하면 창작 전체의 짜임새 및 진행을 왜곡시킬 수 있지만, 씨의 창작에서는 이러한 세세하고 날카로운 관찰 그것이 작품을 살리고 있는 것이다.

다음에 이 작품을 읽고 느낀 점은 씨가 게잡이 공선과 함께 혹은 그것과 접촉하는 모든 인물을 잘 살리고 있는 점이다. 학생 출신의 두 명의 어부, 말더듬이, '뻐기지마', 시바우라(芝浦)를 비롯하여 어부 전체, 감독, 선장, 소형선의 기관사, 배의 의사, 구축함장, 잡부들, 하급선원, 보일러공 등의 묘사는 모두 살아 있다. 이 정도의 인물을 그 정도의 창작 안에서 그 정도 살리는 것은 완전히 하나의 얻기 힘든 수완이다.

마지막으로 작가는 예술을 만들고 있다는 사실을 잊고 있지 않다. 사건묘사 사이에 짧게 들어간 북해의 자연에 대한 묘사, 유머러스한 사건 묘사, 어부들의 감독에 대한 반항이 발발하는 데 있어서 독자로 하여금 극히 당연하다고 생각하게 만드는 기교, 어부의 반항의 실패로서 이 작품을 끝내고, 게다가 마지막 부분을 '그리고 그들은 일어났다. ─ 다시 한 번'이라는 문장으로 맺는 수완, 정말로 보통이 아니다. 이 작품은 이와토 유키오 씨의 「철」, 하시모토 에이키치(橋本英吉)씨의 「1918년의 기록(一九一八年の記錄)」과 함께, 1929년 전반기 프롤레타리아 문학의 중대한 수확이다.

이시하마 도모유키는 「게잡이 공선」에 대해서 '명작'이라고 단언한다. 이시하마는 「게잡이 공선」의 전체적인 내용에 언급하면서, 문장 면을 중심으로 이 작품을 비평하고 있다. 우선 그는 「게잡이 공선」의 문장을

'착실하고 수수한 작풍이다'라고 평가한 후에, 그 착실한 문장에 의해 '부분적이 아니고 작품 전체로써 투쟁하는 힘과 반항하는 힘을 힘차게 나타내고 있다'고 지적하고 있다. 그리고 이러한 문장은 구로시마 덴지의 수수한 작풍과 비슷하다고 보고 있다.

다음에 그는 이러한 문장과 작가의 관찰을 결부시켜 '작가의 오감을 통한 세세한 관찰'이 한 걸음 한 걸음 사실 묘사를 진척시켜 '모든 인물을 잘 살리고 있다'고 쓰고 있다. 그리고 그는 「게잡이 공선」 안에 개인이 매몰되어 있지 않고, '개인도 살려져 있다'라는 견해를 내고 있는 것이다. 이 견해는 구라하라와 다른 시각이다. 마지막으로 이시하마는 자연에 대한 묘사, 사건 묘사, 어부들의 반항이 당연하다고 생각하게 하는 기교, 작품을 끝내는 수완 등을 들며 이 작품의 예술성을 인정하고 있다.

(10) 가쓰모토 세이이치로(勝本淸一郎) 「『게잡이 공선』 그 외(『蟹工船』その他)」[문예월평](『신조』제26년 제 7호, 1929년 7월 1일 발행, 신조사)에는 다음과 같이 있다.

6월의 모든 잡지에서는 뭐라고 해도 고바야시 다키지 씨의 「게잡이 공선」(전기)가 가장 걸작이다. 5월과 두 번으로 나누어진 이백 매 정도의 소설이다. 이 작가의 작년도의 작품 「1928년 3월 15일」보다도 일층 진보를 보이고 있다.

이 작품의 제일의 특색은 개인적인 의미에서의 주인공이 없다는 점이다. 철두철미 집단을 취급하고 있다. 이 수법은 「3월 15일」에서도 시도되기는 했었지만, 그러나 그곳에서는 아직 개인 전기(傳記)식인 구도가 남겨져 있었다. 이번에는 그러한 개인의 전기가 전부 집단 속에 녹아 있고, 집단이 집단으로서 움직여 가는 모습이 그려져 있다. 개인적인 주인공 없이 이 정도의 분량을 읽히는 작품은 일본에서 조금 드물다. 그 점만으로도 매우 성공한 솜씨이다.

다음에 성격 소설과 심리 소설이 아닌 것 – 이것은 집단적 사건을 취급한 작품으로서 당연한 것이지만…….

다음에 더 중요한 특색은 이 작품이 게잡이 공선이라는 제재(題材)를 게잡이 공선 세계만의 것으로서가 아니라, 현대 일본의 자본주의적인 모든 사회 기구와의 관계에서 묘사하고 있는 점이다. 눈앞의 장면은 캄차카에 있는 게잡이 공선이면서, 늘 배경에 도쿄 마루노우치(丸の内) 빌딩 안의 사무실에서 자본의 이윤을 계산하고 있는 부르주아의 모습을 명멸시키고 있는 것이다. 이것은 「3월 15일」에서는 아직 불충분이었던 것을 드디어 상당히 실현한 것이 된다.

이렇게 하여 이 작가는 제국주의적 현 단계에 있는 국제 자본전의 본질(本質)적 의미 – 현재 일본의 부르주아 및 프롤레타리아트가 놓여 있는 국제적 경제 관계 – 의 일단을 잘 이해하고, 이 제재를 다루고 있다. 이것은 정말로 필요한 것이었다. 특히 이번 6월 분에서는 현재 일본에서의 자본가와 정부와 군대의 관계가 매우 선명하게 폭로되어 있다.

나는 이 작품을 읽으면서 마르크스가 「자본론」 제1권의 마지막 가까이에서 스페인과 포르투갈과 네덜란드와 프랑스와 영국의 유년기의 자본주의가 각각의 식민지에서 얼마나 흉포(兇暴), 잔학, 배신, 비열, 탐욕, 모질고 사나움을 제멋대로 했던가에 대한 구체적인 예를 들면서 기술하고 있는 것을 기억해냈다. 이 현재의 게잡이 공선에 있는 노동 형태는 그것과는 반대로 말기 자본주의가 똑같이 '××(강력)한 국가 ×××××(권력을 이용)하'여, 그 벽에 부딪친 보충을 하기 위해서 '××××(무모한) ××(수탈)'을 하는 광경 이다. 이러한 제재는 자본주의 경제의 현 단계를 폭로하기에 가장 유효한 화 제라고 생각한다. 그 점에서 이 작품은 취재 면에서도 성공의 제1보를 확보하 고 있는 것이다.

게다가 이 작품은 가장 필요한 시기에 발표되기도 했다. 신문을 보라. '일 러(日魯)'와 '시마도쿠(島德)'와 부르주아 정당을 둘러싼 소위 노령어구(露領 漁区) 문제가 마침 그 추악한 내장을 스스로 계속 폭로하고 있는 때가 아닌 가! 그런 만큼 ××(관권)은 재빨리 이 작품을 ××(발금)으로 해 버렸다!

더구나 이 작품은 이상과 같은 제재를 충분하고 객관적으로 다루기 위해 장면의 전개에 따라 카메라의 위치를 이동시켜가는 다원적 묘사법을 「3월 15일」의 경우보다도 훨씬 습득했다고 말할 수 있다. 게다가 또 마지막에서 는 좌익의 정치적 의식에 의해 단숨에 힘차게 전편(全篇)을 꽉 묶는 것도 결 코 잊지 않고 있는 점이다.

단지 이 작품의 다소의 결점을 말하면, 게잡이 공선에서의 노동의 전 작업 체계가 충분하게 묘사되어 있지 않은 점일 것이다. 게를 어떻게 잡는 것인가, 어떻게 통조림으로까지 완성되는 것인가 - 그것이 분명히 묘사되지 않으면 그 작업적 체계에 배치되는 어부, 잡부, 선원, 공장원 등등의 인적 조직이 - 따라서 집단적 행동이 충분하고 철저하게 전개되지 않는다. 이것은 주의해야 할 약점이라고 생각한다. 그것과 또 하나는 이 작품이 조금 낡은 형식으로 문 장이 복잡하고, 다소 읽기 어려운 점이다. 물론 현 러시아의 우수한 작품에서도 이 정도의 읽기 힘듦은 드물지 않다고 말하면 말할 수 있지만, 또 이 한 작품으로서는 이것 나름대로 완성되어 있다고도 말할 수 있지만, 그러나 이 작가의 앞으로의 작품에 대해서는 꼭 이러한 주문을 할 필요가 있다고 생각한다. 더 읽기 쉬운 것을, 대중화를, 단순화를 명심하는 것에 의해, 이 작가는 장래 더욱 뛰어난 예술적 형식을, 그리고 또 일층 전 사회적 관계를 표현할 수 있는 수법을 붙잡는 것이 가능할 것이다.

그렇다고 해도 이 「게잡이 공선」은 근래의 일본 프롤레타리아 문학 중에서의, 아니 모든 부르주아 문학도 포함하여 이전의 일본 문학 중에서의 출중한 작품이라고 평가하고 싶다. 러시아어 그 외 외국어로 번역되어 각각의 나라의 프롤레타리아트에 읽혀도 부끄럽지 않을 것이다.

가쓰모토 세이이치로는 형식면, 내용면, 문장면 등 여러 가지 관점에서 「게잡이 공선」을 비평하고 있다. 우선 그는 형식면에 언급하여 「게잡이 공선」의 가장 큰 특징으로써, '철두철미, 집단을 묘사하고 있다'는 점을 들고 있다. 이것은 앞에서 구라하라가 지적한 것과 같은 의견이다.

다음에 가쓰모토는 「게잡이 공선」의 내용면에 언급하여, 이 작품의 특색은 '게잡이 공선이라는 제재(題材)를 게잡이 공선 세계만의 것으로서가 아니라, 현대 일본의 자본주의적인 모든 사회 기구와의 관계에서 묘사하고 있는' 점을 지적한 뒤, 이 작품이 '제국주의적 현 단계에 있는 국제 자본전의 본질(本質)적 의미'를 폭로하였다고 그 의의를 평가한다. 또 그는 유년기 자본주의를 기술한 마르크스 「자본론」 제1권과 말기 자본주의 경제를 폭로한 「게잡이 공선」을 비교하면서, 이 작품의 취재적인 요소와 발표 시기를 평가한다. 한편 문장 면에서는 '카메라의 위치를 이동시켜 가는 다원적 묘사법을 사용했기 때문에, 이 제재를 객관적으로 묘사할 수 있었다'고 평가한다. '카메라 위치'라는 요소를 지적한 사람은 그가 처음이었다.

마지막으로 그는 「게잡이 공선」의 결점에 대하여 언급하여 '게잡이 공선에서의 노동의 전 작업 체계가 충분하게 묘사되어 있지 않은 점'과 '조금 낡은 형식으로 문장이 복잡하고, 다소 읽기 어려운 점'을 결점으로 지적하고 있다. 그의 '게잡이 공선에서의 노동의 전 작업 체계가 충분하게 묘사되어 있지 않다'라는 지적은 이 작품의 체계의 문제이기도 하다. 이 점은 지금까지 「게잡이 공선」의 중대한 결점이라고 말하여진다. 그렇다고 하여도, 그는 「게잡이 공선」이 '일본 문학 중에서 출중한 작품이다'라고, 그 가치를 인정하고 있다.

(11) 다니 료스케(谷 亮輔) 「『게잡이 공선』을 중심으로(『蟹工船』を中心として)」(『노동예술가(勞働藝術家)』제2권 제4호, 1929년 8월 1일 발행, 일본노동예술가 연맹문학부)에는 다음과 같이 있다.

앞의 「1928년 3월 15일」에서 일본의 프롤레타리아운동에서 가장 참혹한 수난의 역사적 의의를 우리들 앞에 보여주었던 고바야시 다키지 씨는 제2의 작품 「게잡이 공선」을 제공하여 주었다.

히라바야시 하쓰노스케 씨는 5월 7일 아사히 지상에서, '일본의 싱크레아'라는 제목으로 「게잡이 공선」의 획기적인 시대적 의의를 말하고 있다. 짧은 시평에서는 도저히 이러한 작품에 대해서 친절한 비평을 하는 것은 불가능하다고 말하지 않을 수 없을 것이다.

나는 「정글」과 「석유(石油)」 등과 「게잡이 공선」을 비교하는 것, 압톤 싱크레아와 고바야시 다키지 씨를 비교하는 것에 큰 흥미를 느끼지는 않는다. 그런데 히라바야시 씨가 이 작가에 대해 보인 태도에는 완전히 동감이다. 우리들은 일본의 프롤레타리아 작가 중에서 싱크레아 내지 그 이상의 문학적 유산을 남길 수 있다는 확신과 증거를 가질 수 있는 작가가 있다는 것을 모든 사람들 앞에서 공언할 수 있다.

「철」「1928년 3월 15일」「게잡이 공선」은 다음을 약속하기 위한 충분한 증거로 가치가 있는 것은 아닌가.

어쨌든 종래의 일본 작가의 작품은 모든 외국 작가들의 작품과 스케일에 있어서 한 걸음 뒤져 있었다. 이것은 분명히 작가가 커다란 문제를 다루는 힘이 부족했다는 것을 이야기하고 있는데, 커다란 문제로부터 일부러 눈을 딴 데로 돌리고 있었던 것을 이야기한다고 말해도 좋다고 생각한다.

물론 우리들은 스케일이 큰 것을 하나의 커다람에 대한 요망(要望) 때문에 바라고 있는 것이 아니다. 우리들은 프롤레타리아 문학이 당연히 받아들여야만 하는 과제로서 이 문제를 들고 있는 것이다.

우리들은 현재 세계의 자본주의 국가가 신자본의 흡수 장소와 막다른 국내 경제의 구제 장소를 혈안이 되어 찾고 있는 것을 알고 있다. 국제적 자본 경쟁은 식민지를 중심으로 하여 프롤레타리아트의 끊임없는 ××의 전제 아래, 점점 더없이 광폭(狂暴)해지고, 심각해지고 있는 것이다. 제국주의의 도화선은 점화를 기다리고 방치돼 있다.

이러한 정세에서 프롤레타리아트의 투쟁이 식민지의 ××, 제국주의 전쟁

절대××의 슬로건을 내건 것은 당연한 것이다. 따라서 프롤레타리아 작품이 다가오는 ××주의 전쟁에 대한 투쟁에 그들의 작품을 향하게 한다는 것도 당연한 것이 된다.

그러면 중대한 이 과제를 완수하기 위하여 일본의 프롤레타리아 작가의 활동은 얼마나 활발하였는가. 또 활발한가.

「철」이후, 수많은 반군국주의적인 작품은 나왔다. 그들은 어느 정도 작품 행동을 완수하고 있을 것이다. 그러나 유감스럽게도 그들 작품은 국제 자본의 투쟁을 접하고, 정면으로 비난하며 보여주는 것은 아니었다. 혹은 이러한 요구가 프롤레타리아 작가들에게는 조금 무거운 짐이었는지도 모른다.

하지만 고바야시 다키지 씨는 그 무거운 짐을 져 주었다. 이러한 정세에서 가장 필요하였던 곳의 성과를 시원스럽게 내던져 주었다. 「게잡이 공선」이 그것이다. 이 하나의 것만으로도 「게잡이 공선」의 의의는 매우 중대하다고 말하지 않으면 안 된다.

작가는 그 안에서 북해(北海)어장에서 밑바닥 생활을 계속하고 있는 어부들의 모습을 그려냈다. ××××라고 하는 가장 아름다운 입간판 아래에 ××되는 무수한 프롤레타리아트를 그려냈다. 또한 게잡이 공선 '학코마루'의 충성과 용맹하고 의기가 장렬한(!!) ××가 어떠한 것인가를 폭로했다.

우리들은 이 작품에서 다음과 같은 것을 배울 수 있다.

즉 자본주의 사회에 있어서는 어떠한 전통과 역사를 가지고, 어떠한 완비된 법률을 가지고, 또한 민중의 보호를 소리 높여 외치는 독지가가 있어도 그 ×× 자본주의적 조직에 있는 이상, 결코 ××××××약속하는 것은 아니라는 것, 프롤레타리아트는 ××의 독지가들이 조종하는 인형이 되어 있다는 것, 더욱이 프롤레타리아트는 그들의 강고한 성채를 향해 무서운 기세로 돌진하지 않으면 안 된다는 것 등등.

이 작품은 가장 첨단화된 자본주의의 정체를 남김없이 철저히 폭로했다. 부르주아가 동원한 것은 무엇이었는가? 마지막 몇 행은 이것에 대해 가장 올바른 해답을 주고 있다.

때때로 우리들은 드디어 단결하는 데 이르기까지의 어부들의 과정이 너무 한걸음 한 걸음인 것에 일종의 초조함조차 느낄 정도다. 그러나 사실은 비등점에 이르기까지의 과정은 그 이상 일 것이다. 「게잡이 공선」이 가지는 박진감은 그 프로세스의 저작(咀嚼)과 어디까지나 사건의 객관성을 이해하는 것으로부터 나왔다고 말할 수 있을 것이다. 이 작품의 매력도 프롤레타리아트의 의욕과 프롤레타리아트로서의 작가의 이데올로기와의 통합과 서로 어울려서 그려진 것이라고 말할 수 있을 것이다.

미조직 노동자가 ××짝이 없는 부르주아 및 그 수하들에 의해 혹사당하면서 병들어가는 생명을 사수하기 위해 단호하게 일어서기까지의 긴 발전의 역사 과정과 식민지에 침입하여가는 자본주의의 모습을 그려낸 「게잡이 공선」은 당연히 떠맡아만 할 프롤레타리아 작가의 과제 중 특히 중대한 것을 위해 대담한 작품이라고 말해도 결코 틀리지 않을 것이다.

우리들은 '식민지에 있는 자본주의 침입사'의 제2페이지를 널리 프롤레타리아트와 함께 고바야시 다키지 씨에게 바람과 함께, 그리고 많은 소원으로서 제 십, 제 이십의 「게잡이 공선」을 프롤레타리아 작가에게 바라지 않을 수 없는 것이다. (1929. 6. 4)

우선 다니 료스케는 프롤레타리아 작가가 떠맡을 과제로서 '스케일이 큰 작품'과 '제국전쟁에 대한 투쟁에 그 작품을 향하는 일'이라는 두 가지 문제를 들고 있다. 그 위에 그는 '스케일이 큰 작품'에서는 이제까지 일본의 작가는 '커다란 문제로부터는 일부러 눈을 딴 데로 돌리고 있었다'라는 것을, '제국주의 전쟁에 대한 투쟁에 그 작품을 향하는 일'에서는 '국제 자본의 투쟁을 접하고, 정면으로 비난하며 보여주는 것은 아니었다'고 지적한다. 그리고 그는 다키지의 「게잡이 공선」이 실로 이 두 가지의 과제를 완수해 주었다고 평가하고 있는 것이다.

다음에 그는 「게잡이 공선」이 '가장 첨단화한 자본주의의 정체를 철저히 폭로했다'고 하면서, 이 작품 안에 프롤레타리아트가 해야 할 해답이 있다고 이 작품의 의의를 논하고 있다. 또 그는 이 작품이 가지는 박진감은 '프로세스의 저작(咀嚼)과 어디까지나 사건의 객관성을 이해하는 것으로부터 나왔다'고, 이 작품의 구성과 문장을 평가하고 있다.

(12) 가쓰모토 세이이치로 「『게잡이 공선』의 승리(『蟹工船』の勝利)」(『요미우리신문』1929년 8월 11일, 요미우리신문사)에는 다음과 같이 있다.

고바야시 다키지 씨의 「게잡이 공선」에 대해서는 이미 히라바야시 하쓰노스케, 구라하라 고레히토 양 씨의 훌륭한 비평이 있고, 나도 또 「신조」의 월평(月評)에서 사족을 보탰다. 그런데 이제는 본지에서도 이 작품이 올해 상반기의 최고 걸작으로서 대다수의 문예가로부터 추천되기에 이르렀다. 그래서 한번 더 비평하라는 본지로부터의 주문에 따라 좋은 작품을 칭찬하는 것은 몇 번 반복해도 좋다고 생각하기 때문에 다시 펜을 들게 되었다.

조금 다른 논점에서 보자. 이 작품을 읽고 누구라도 연상하는 것은 압톤 싱
크레아의 「정글」일 것이다. 그러나 「정글」과는 문장의 밀도와 구도의 광협
(広狭)의 점에 있어 이 작품 쪽이 다소 아래에 있는 차이뿐만이 아니고, 더 근
본적인 전체 내용의 성격에 관한 차이가 있는 것도 이해하지 않으면 안될 것
이다. 「정글」이 다룬 것은 한 나라 안에서의 산업 자본주의의 시대적인 현상
이었다. 하지만 「게잡이 공선」은 제국주의 단계에서의 국제(國際) 자본전의
한 장면을 묘사하고 있다. 이 점에서는 이 작품이 「정글」보다도 오늘의 정세
에 한층 더 직접적으로 답할 수 있다. 즉 당연한 말이지만 「게잡이 공선」쪽이
확실히 오늘날의 작품인 것이다.

그런데 「정글」은 그 성질상 육류 통조림 공장에서의 생산 공정에 관한 폭
로에 주력했다. 그것에 대해 「게잡이 공선」은 내가 『신조』에서 지적한 대로,
게의 포획에서 통조림의 완성에 이르기까지의 생산 공정을 충분히 묘사하고
있지는 않다. 그 대신 관련된 각종 정치적 관계의 폭로에 전력을 기울였고,
또 성공하고 있다. 결국 이 점에 이 작품의 단점도 있지만, 장점도 있는 이유
이다.

그러나 대체로 금융 자본주의 시대에서 가장 중요한 중추적인 현상이라는
것은 작가에게는 더할 나위 없이 다루기 어려운 것이다. 왜냐하면 평범한 빌
딩의 한 사무실에서의 장부상의 계산이 바로 그것이기 때문이다. 문학적 기법
을 완전히 변혁하여 덤비지 않는다면, 그것은 불가능한 일일 것이다. 그래서
종래의 기법을 염두에 두고 이 단계에 있는 현상을 다루려고 하면 아무래도
식민지 또는 반식민지에서의 게잡이 공선의 경우와 같은 전(前)시대적인 착취

형태의 장면을 선택하지 않으면 안 된다. 정확히 그 점에 있어서도 이「게잡이 공선」은 잘 집중시킨 것이었다. 그 대신 앞으로 남겨진 문제는 어떻게 중앙에 있는 금융 자본의 중추적 기구를 예술 작품 속에서 폭로(暴露)해 보일 것인가 라는 것이다.

이번 달의『문예춘추』에 구라하라 씨가 쓰고 있는 바에 의하면, 이 작품은 지금 러시아어로 번역되고 있다고 한다. 러시아에서는 이 작품도 불유쾌한 ×× 없이 읽을 수 있을 것이다. 톨스토이의「예술론」이 영어 독자에게 먼저 완전한 형으로 읽혀진 경우와 비슷하다.(8월 9일)

가쓰모토 세이이치로의 두 번째의「게잡이 공선」비평이다.

우선 그는「게잡이 공선」과「정글」을 비교하여「정글」이 다루었던 것은, '한 나라 안에서의 산업 자본주의의 시대적인 현상이었'지만「게잡이 공선」은 '제국주의 단계에서의 국제(國際) 자본전의 한 장면을 묘사하고 있다'고 그 내용의 차이를 지적한다. 그리고 이러한 점에서「게잡이 공선」의 쪽이 '오늘날의 작품'이라고 평가한다. 앞에서 두 작품을 비교하여「정글」을 더 나은 작품으로 평가하였던 히라바야시와는 완전히 반대되는 평가인 것이다. 그는 앞으로 남겨져 있는 과제로써 '어떻게 중앙에 있는 금융 자본의 중추적 기구를 예술 작품 속에서 폭로(暴露)해 보일 것인가'라는 문제를 제시하고 있다.

이 가쓰모토 세이이치로의「『게잡이 공선』의 승리」는 1929년 8월 11일『요미우리신문』의 '문예일요부록(文芸日曜附録)'란에 게재된 것으로써, '본란 게재중인 본년도 상반기에 있는 문예사상, 그 외 모든 방면의

작품 중에서 인상에 남은 것으로써, 여러 사람의 회답 중 가장 많은 사람에 의하여 인정받은 사람으로서, 지금 여기에 「게잡이 공선」의 작가 고바야시 다키지 씨의 예술의 재비판을 하는 것으로 한다'라는 머리말이 붙어 있다. 이 머리말에서 '회답'이라는 것은 『요미우리신문』이 1929년 7월 30일부터 8월 13일까지 13회에 걸쳐 실시한 '1929년 상반기의 인상에 남은 예술 기타(昭和四年上半期の印象に残つた芸術其他)'라는 앙케트에 대한 회답을 말한다. 이 앙케트는 복수 추천을 인정하였는데, 여기에 회답한 사람 49명 가운데 20명이라는 가장 많은 숫자가 '인상에 남은 작품'으로서, 다키지의 「게잡이 공선」을 들고 있는 것이다.

(13) 나카무라 무라오(中村武羅夫) 「프롤레타리아 문학 이론과 그 작품의 음미(プロレタリア文学の理論とその作品の吟味)」(『신조』제26년 제 10호, 1929년 10월 1일 발행, 신조사)에는 다음과 같이 있다.

고바야시 다키지 씨의 「1928년 3월 15일」과 「게잡이 공선」과 이와토 유키오 씨의 「철」은 최근의 프롤레타리아 문학 중의 걸작으로서 압도적 칭찬을 받은 작품이다. 가쓰모토 씨, 하야시 씨 모두 합평회 석상에서 현 단계에서 가장 걸출한 작품이라고 이들 작품을 인정하고 있다.

「1928년 3월 15일」「게잡이 공선」「철」의 세 작품은 과연 걸작인가? 프롤레타리아 문학으로서도 또 일반 문학으로서도 종으로 보아도 횡으로 보아도 걸작임에 틀림없는가? 나는 이들 세 편의 작품에 대해서 - 그중에서도 특히 「게잡이 공선」이 가장 걸작이라고 하는 정평이 높기 때문에 특히 「게잡이 공선」에 대해 나의 감상과 비판을 해보기로 한다.

「게잡이 공선」이 노력한 작품인 것은 알 수 있다. 그러나 제재(題材)를 바꿔 놓으면 이것은 전부 자연주의 작품이라고 해도 좋다. 자연주의적 관찰, 자연주의 수법, 자연주의 서술, 제재를 노동자의 생활에서 취했다는 것 이외 ― 즉 종래 일본의 자연주의 문학이 아직 손대지 못했던 방면의 색다른 제재를 묘사했다는 것 이외 한걸음도 반걸음도 종래의 자연주의 문학으로부터 나아간 곳이 없다. 그리고 이 작품이 프롤레타리아 문학의 이론가들이 규정하고 선전하는 프롤레타리아 문학으로서 무엇보다 근본적으로 치명적인 결점은, 이 작품에 묘사되고 있는 것이 계급과의 대립, 자본주의와 피착취 계급과의 투쟁이라는 것보다도 개인(個人) 대 개인의 대립, 개인 대 개인의 투쟁으로서밖에 묘사되고 있지 않는 점이다. 즉 조직 악을 그린다기보다도 개인 악밖에 그리고 있지 않다. 그러한 점에서도 이 작품이 단지 제재의 방면을 바꾼 자연주의 소설에 불과한 까닭이다.

왜 개인 악밖에 그려져 있지 않는가? 그것은 감독인 아사카와 뒤에서 움직이고 있는 자본주의 조직의 기구에까지 작가의 눈이 미치고 있지 않기 때문이다. 그렇기 때문에 아사카와의 횡포(橫暴)와 악이 자본주의 기구에 조종되는 횡포와 악 ― 즉 자본주의 그것의 움직임으로부터 빚어지는 횡포와 악이 아니고, 아사카와 그 사람의 개성으로부터 나온 횡포이고 악으로 밖에 그려져 있지 않다. 이 작품에 나타난 것으로는 아사카와와 같은 개성 악을 가진 인간을 감독의 위치에서 떼어놓고 더 선량한 개성을 가진 인물을 감독의 위치에 가져오면 이 투쟁은 성립되지 않아 버린다.

만약 자본주의의 조직 악에 대항하는 노동 계급의 투쟁을 묘사한다면 일개 감독의 개성 악들은 문제가 아닐 것이다. 그 개성의 움직임도 자본주의 조직의 기구에 필연적으로 지배되는 것이고, 어떠한 성질을 가진 인간이 와도 그 위치에 있으면 자본주의 조직의 기구를 위하여 필연적으로 노동자 계급에 대해 횡포와 악을 폭로하지 않을 수 없도록 묘사하지 않으면, 즉 개성 뒤에 엄연히 삼가고, 어떻게든 개성을 앞잡이로 하여 조종하는 조직의 힘을 묘사하지 않으면, 계급의 대립, 계급적 투쟁을 묘사했다고 할 수 없다. 「게잡이 공선」에서는 나쁜 감독 대 노동자의 대립과 투쟁으로밖에 그려지고 있지 않다. 나쁜 감독인 아사카와의 횡포, 아사카와의 악으로 아사카와를 조종하고 있는 자본주의 기구는 어디에도 그려져 있지 않다. 만약 개인 악을 묘사하게 되면, 즉 개인 악 때문에 일어나는 투쟁을 묘사하게 되면, 그러한 개인 악의 소유자는 자본가 계급에도 있지만 똑같이 노동자 계급에도 있게 되는 것이기 때문에, 개인 악 때문에 일어나는 투쟁을 묘사하는 것으로는 계급 투쟁을 위한 프롤레타리아 소설로서의 의의를 가지지 않게 된다.

특히 「게잡이 공선」에서는 나쁜 감독인 아사카와의 폭압에 대한 노동자들의 증오감을 묘사하는 것이 주(主)이고, 가장 중요한 게잡이 공선으로서의 공업 과정은 조금도 묘사되고 있지 않다. 어떻게 하여 게를 잡고 어떠한 작업을 거쳐 게 통조림이 만들어지는가, 노동자들은 도대체 어떤 작업에 어떤 노동에 종사하고 있는 것인가 그러한 과정과 상태는 전혀 써져 있지 않다. 단지 때때로 게의 냄새가 날 뿐이다. 냄새나는 구멍 안에 들어가 잠잘 뿐이다. 조잡한 음식을 걸신들린 듯 먹을 뿐이다. 나쁜 감독의 채찍이 응응 소리를 낼 뿐이다. 어쨌든 그것과 비슷한 것들이다. 이것이면 특히 게잡이 공선이 아니어도 대구 어선이라도 좋은 것이고, 또 토목의 지옥 방에서도 광산의 갱부 생활에서도 무엇이라도 들어맞을 것 같다. 특히 1할 5푼이나 배당한다는 게 통조림 회사의 국가적 사업으로서의 게잡이 공선의 특수성이 매우 희박하다. 다만 구축함이 나오지만.

나쁜 감독인 아사카와는 노동자를 향해 '너희들은 비싼 자본이 걸려 있는 것이다'라는 의미의 말로 호통을 친다. 그렇기 때문에 일을 시키지 않으면 안 되는 것이다. 이것은 합리적이다. 그러나 그 아사카와는 그 비싼 자본이 걸려 있는 한 사람의 노동자가 어딘가에 이틀간 숨어 게으름을 피웠기 때문에 변소 안에 감금하여 죽여 버린다. 또 많은 게의 포획 때문에 안달하여 파도 경보를 당연히 주어야만 할 때에 주지 않아, 그 때문에 소형선이 난파하여 몇 척인가의 소형선과 몇 십 명의 어부들이 떠내려간다. 그 외 병에 걸린 어부를 혹사하여 연달아 죽음에 이르게 한다.

이것은 정말로 악인이다. 하지만 이것이 만약 진짜 자본주의이면 더 합리적으로 자본을 사랑하지 않으면 안 될 것이다. 이렇게 자본을 조잡하게는 하지 않을 것이다. 비싼 밑천이 들어간 어부를 이틀간 숨어 있었다고 해서 곧 죽이거나, 소형선에 탄 출어중의 어부에게 위험한 파도의 경보를 주지 않고, 다른 배의 소형선까지 훔칠 정도로 소중한 소형선 몇 척도, 그와 함께 비싼 밑천이 걸려 있는 어부를 몇 십 명이나 떠내려 버린다는 이런 터무니없는 일은 자본주의면 하지 않을 것이다. 이것은 자본을 바다에 처넣는 것과 같은 것이다. 자본주의는 더욱더 자본을 소중히 하여 더욱더 착취할 것이다. 이러한 비인도와 폭압은 아사카와가 자본주의의 괴뢰이고 자본주의 기구가 지배하는 것에 의한 필연적인 폭압이라는 것보다, 자본주의 그것을 배신한 아사카와 자신의 개성 악이다. 밑천이 든 먹는 것을 아끼고 밑천이 든 어부를 아끼지 않는 것은 커다란 모순이다. 자본주의 기구는 거대하고 정교한 기계와 같이 어떤 작은 구석구석까지 합리적으로 착취할 리이다. 그것이 이러한 불합리와 모순을 구태여 하는 것은 자본주의 기구에 지배되기 때문에 아니고, 개인의 감정에 기인하기 때문이다. 개인의 감정은 어느 경우에는 소중한 보석도 돌에 세차게 내리쳐서 부수는 때도 있는 것이다.

프롤레타리아 문학파의 사람들에 의해 현 단계에 있는 프롤레타리아 문학의 걸작이라고 불리고 있는 「게잡이 공선」은 여전히 여러 가지 약점과 모순에 차 있다. 하지만 여기에서는 「게잡이 공선」을 비평하는 것만이 목적이 아니다. 프롤레타리아 문학의 대표적 걸작이라고 하는 「게잡이 공선」도 그러한 걸작이 아닌 이유를 분명히 하는 것으로 족하다. 모순과 약점에 차 있는 작품을 걸작이라고 부를 수 없으니까. 나는 이 정도의 걸작(?)이면 가쓰모토 씨의 소위 '적'의 진영의 작품 중에서도 얼마든지 들 수가 있다는 것을 증명하고 싶었던 것이다. 주이치야(十一谷) 씨의 「외국인 오기치(唐人お吉)」「저 길 이길(あの道この道)」, 가무라 이소타(嘉村礒多) 씨의 「업고(業苦)」 그 외, 나카죠 유리코(中條百合子) 씨의 「빨간 화차(赤い貨車)」, 아사하라 로쿠로(淺原六朗) 씨 「어느 자살 계급자(或る自殺階級者)」, 그 외 대중 문예와 통속 소설 중에서도 얼마든지 들 수가 있다. 나는 「게잡이 공선」을 특히 나쁜 작품이라고 하는 것이 아니다. 같은 정도의 작품이면 그 외에도 수많이 있는 것을 주장하는 것이다.

「1928년 3월 15일」과 「철」의 비평을 할 여유가 없게 되었지만, 두 작품 모두 각각 특징은 있다고 해도 우선 보통 정도의 작품이다. 오히려 이들 두 작품 쪽이 「게잡이 공선」보다 작품으로서의 무리가 적기 때문에 나에게는 호감이 간다.

「게잡이 공선」이 발표되었을 때, 동시대의 많은 작가·비평가가 이 작품을 높게 평가하고 있었는데도 불구하고, 이 작품을 혹독하게 비난한 사람이 나카무라 무라오였다. 그는 이 작품의 가치를 전혀 인정하지 않았다.

이 비평 가운데 나카무라는 우선 「게잡이 공선」이 걸작이라는 정평을 정면으로 부정한 후, 이 작품의 비판을 시도하고 있다. 한편 여기의 합평회(合評会)는 같은 호에 이 비평과 함께 실려 있는 '최근 문단 실태 합평회 제75회 신조 합평회'를 가리킨다. 이 합평회의 참가자는 도쿠다 슈세이(德田秋声), 지카마쓰 슈코(近松秋江), 가와바타 야스나리, 가쓰모토 세이이치로, 하야시 후사오(林 房雄), 오야 소이치(大宅壯一). 미야지마 신사부로(宮島新三郎), 지바 가메오(千葉亀雄) 등으로 사회는 나카무라 무라오였다.

그의 비판은 한 마디로 말하면 「게잡이 공선」이 '조직 악을 묘사한 것이 아니고 개인(個人) 악 밖에 묘사되어 있지 않다. 따라서 이 작품은 단지 제재를 노동자의 생활에서 취한 자연주의 작품에 불과하다'라는 것이다. 그리고 그 이유로서, 그는 이 작품이 '감독인 아사카와(浅川)의 뒤에서 움직이고 있는 자본주의 조직의 기구에까지 작가의 눈이 미치지 못하고 있기 때문이다'라고 지적하고 있다.

다음에 나카무라는 「게잡이 공선」에서 '중요한 게잡이 공선에서의 공업 과정이 조금도 묘사되어 있지 않다'라고 지적한다. 이것은 앞에서 가쓰모토가 언급한 것이기도 하다. 마지막으로 그는 「게잡이 공선」에서의 노동자의 대우 면에 대하여 비판한다. 그는 자본주의에서는 '이렇게 자본을 소홀하게 취급하지 않을 것이다'라고 하면서, 이 작품에서의 노동자의 대우도 아사카와 자신의 개성악의 문제로써 지적하고 있다. 이 나카무라의 「게잡이 공선」의 비평에 대해서는 다키지의 반론과 함께 살펴보기로 한다.

이러한 나카무라 무라오의 「게잡이 공선」의 비판에 대해서 고바야시 다키지는 즉시 1929년 10월 20일 『요미우리신문』의 '문예일요부록'란에 '공개장'으로서 「머리의 파리를 쫓는다 – 짖는 무라오에게 답한다(頭の蠅を払ふ – 吠える武羅夫に答へる)」라는 반론을 쓰고 있다. 그 내용은 다음과 같다.

「신조」와 「근대생활」 10월호에서 무라오를 읽었다. – 프롤레타리아 문학을 향하여, 오오코치 덴지로(大河内伝次郎)와 같이 정색하여 '머리가 어지럽게 흐트러진' 나머지, 오카모토 잇페이(岡本一平)가 기뻐할 것 같은 그림이다. – 그 '구멍투성이'의 보자기는 크기만큼은 어쨌든 프롤레타리아 문학 전반을 덮고 있다.

지금 매우 바쁘다. 그래서 우선 당분간 '자신의 얼굴'의 파리만을 쫓아두기로 한다. 매우, 그렇기 때문에 간단하게.

A, 「게잡이 공선」에 생산 공정, 인적 조직을 묘사하지 않았다는 것.

이것에 관해서는 일찍이 오타루와 아키타(秋田)의 동지가 지적하고 있다. 그러나 자신은 처음부터 의식적으로 그것을 쓰지 않았던 것이다. 이유가 있다. – 그 작품은 도쿄 근처에서 자주 '무슨 공장 시찰 – 견학'이라든가를 하고 싶어 하는 인텔리의 호기심을 만족시키기 위해 쓴 것이 아니라는 것.

'게 통조림 공정'이 어떤 것인가는 어부에게는(또 식민지 노동자에게는) 문제가 아니고,(모두 알고 있다. 이런 것을 알고 싶어 하는 사람은 자선 귀부인과 창백한 인텔리뿐이다!) – 문제는, 알고 있지 않은 것은 자신들은 누구를 위하여 어떻게 일하고 때려눕히고, 어떤 '장치'로 연결되어 있는가 라는 것이다. –「게잡이 공선」의 중요한 방향과 목적은 여기에 있다고 해도 좋다. 무라오가 물구나무라도 서지 않으면 이것을 알 리가 없는 것이다.

단지 그러나 지금으로서는 이것은 그것 자체로서는 어디까지나 틀리지 않지만, 확실히 너무 일면적이었다고 생각하고 있기는 하다.

　B, 자연주의적이라는 것에 대해서.

그 의미가 작가의 심리, 이데올로기, 예술 태도에 자연주의적인 요소가 있다 라는 의미에서의 자연주의 운운이면 나는 단연코 반대이다. 뼛속까지 100% 부르주아 인텔리 무라오에게는 그러나 이것을 알게 하기에는 우선 '무리'이다. 그렇기 때문에 이러한 것에서는 누구라도 무라오가 말하는 것에 등을 돌리고 '무시하는' 것이다.

그러나 「게잡이 공선」에서 사용한 수법상의 리얼리즘에 다소 자연주의가 사용한 수법상의 리얼리즘 유풍이 잔존되어 있다는 것이면 나는 그것은 인정한다. – 그러나 '신감각파'를 조금 생김새를 바꾼 대학생식 인텔리 형식, 통속 소설을 조금 고급화한 저속한 인디 형식, 이러한 형식을 나는 100% 새로운 프롤레타리아 문학의 형식이라고는 생각하지 않는다. – 나는 늦어도 한 걸음 한 걸음 노동 계급 그것 자체의 특수성으로부터 진실로 새로운 '노동자적 형식'을 만들어내기 위해 노력하여 갈 것이다. 그렇게 생각하고 있다.

　C, 노동자와 기구를 소홀히 사용하는 것.

무라오 씨는 자신도 소자본가이기 때문에 잘 아신다고 보여 자본가는 결코 노동자와 기구를 소홀히 사용하지 않는 것이라고 말씀하신다. - 과연 물론! 말씀하신 그대로 자본가 정도 이것에 섬세한 계산을 가지고 있는 자는 없는 것이다. - 그러나 그 노동자가 모르모트(실험재료)보다 쌀 때는(「게잡이 공선」의 경우) 어떨까. 「게잡이 공선」은 정신적으로도 육체적으로도 '감옥 방'(무라오 씨가 작년 여름 솜옷을 두르고 돌아온 홋카이도 이와미자와쵸(岩見沢町) 부근에는 그것이 많이 세워져 있다. 무라오 씨는 이장과 경찰서장의 환영회로 정신이 없었기 때문에 그것을 모르셨던 것은 유감이다 - 라고 짐작하지만) 보다 열 배나 비참하다고 말해지고 있다. 그런데 그 감옥 방에서 조차 '막일꾼'은 하루 시가 6, 7엔(円)의 노동을 5, 60전으로 끝내는 것이다. 한 달 일시키면 배 가깝게 되어 소각되어 버리는 것이다. 뒤는 죽이지 않을 정도, 때려눕힐 정도로 일 시키면 좋다. - 무라오 씨가 뭐라고 말해도 부르주아 신문에서조차 매일같이 막일꾼의 '학대' '학대 살해' 사실을 싣고 있다.

무라오는 「게잡이 공선」에서는 마구 사람을 죽이고 있다고 터무니없는 거짓말을 하고 있지만, 한 번 더 다시 읽어보기 바란다. 직접적으로는 그리 간단히 한 사람도 죽이고 있지 않는 것이다.

노동기구에 대해서는 오타루 근해의 '청어 어장' 등에서도 그렇지만 '큰 폭풍'이라고 알고 있어도 배를 낸다. 이것은 히코자에몬(彦左衛門)과 같은 노안으로는 쓸데없이 보인다. 하지만 거기에는 몽땅 파내어 오는 '이윤'이 걸려 있는 것이다. - 아는 태도는 하지 말 것!

D, 개인 악과 계급 악에 대해서

여우에 홀려서 조종되고 있는 노파는 그러나 그 자체로 본다면 노파 자신의 의지로 행동하고 있는 듯이 보이고, 또 사실 그렇다. - 타인이 보아도 자기 자신이 보아도. '현상'과 '본질'은 일치하게 보인다.

감독 자신조차 자신이 '허수아비'인 것을 인식하지 못한다. 단지 '진짜 바위라고 생각해 기대었는데, 그것이 종이로 만든 무대 위의 바위였다' 그는 실로 그 때 청천벽력 같이 굴러 떨어진다. 게잡이 공선의 부기를 보라. 여기에서 비로소 알고 눈치 챈다.

아사카와는 실재 모델이 있고 더군다나 게잡이 공선의 귀신 감독으로 알려진 것도 사실이다. 하지만 가령 무라오 씨와 같은 온후독실한(温厚篤実)한 사람이 감독이 되었다고 하자. - 반년 5백만 엔의 이윤을 낳지 않으면 안 되는 자본의 '강제력'은 무라오의 문제도 되지 않는 자유, 온정주의의 눈물과 인텔리 반성을 날려버린다. 서투르게 울고 있으면 난폭한 어부에게 캄차카 바다 속에 내던져져 버린다. 그래서 차가운 바다에 들어가고 싶지 않은 무라오는 요릿집과 카페가 있는 편한 도쿄로 도망가든지, 아사카와가 되든 지의 어느 쪽인 것이다! - 이론으로 알 수 없으면 한 번 해보면 어떤가.

무라오 자신의 극히 일상적이고 무의식적인 게다가 양심적이기도 한 행동이 뜻밖에도 반대 계급으로서는 '가증스러운 행동' '무라오 개새끼!' 라고 생각되는 적이 없다고 라도 하는가. 가슴에 손을 얹고 생각해 보라! - 이럴 때 무라오 자신 '개인 악'과 '계급 악'을 어떻게 생각하고, 어떻게 처리하려고 하는가.

말해 두지만, 나는 그 작품에서는 특히 아사카와 자신의 심리에 대해서는 구체적으로는 한 마디도 언급하고 있지 않다. 이 의미는 상당히 중요한 것이기 때문에 덧붙여 둔다.

아직 여러 가지 말하고 싶은 것이 있다. 또 뒤에 말하겠다. 어쨌든 매우 바쁜 것이다.(1929년 10월 11일)

이렇게 다키지는 나카무라 무라오의 비평에 대하여 네 가지의 논점에서 반론을 시도하고 있다.

우선 다키지는 '"게잡이 공선"에 생산 공정(生産工程), 인적 조직을 묘사하지 않았다는 것'에 대하여 '의식적으로 묘사하지 않았다'고 하면서도, '확실히 너무 일면적이었다'라고 덧붙여, 게잡이 공선의 작업 체계를 묘사하지 않았다는 의견을 인정하고 있다.

다음에 '"게잡이 공선"이 자연주의적이다' 운운(云云)에 대하여도, '예술 태도에 자연주의적인 요소는 없지만, 자연주의가 사용한 수법상의 리얼리즘 유풍이 잔존되어 있다'라고 역시 기법상의 문제를 인정하고 있다. 이러한 솔직한 태도는 그가 자신의 작품에 대한 비평에 대하여, 보다 좋은 작품을 쓰기 위한 하나의 발전과정으로써 받아들이고 있다고 생각된다.

그러나 다키지는 '노동자와 기구를 소홀히 취급한 것'에 대해서는 자신의 의견을 양보하지 않는다. 그것은 그가 노동자와 기구를 전연 소홀히 취급하지 않았기 때문이다.

결국 두 사람의 논쟁은 한마디로 '이윤(利潤)'의 문제에 귀결한다고 말할 수 있다. 이 문제는 일본 자본주의에서 '큰 폭풍'이라고 알면서도 배를 내는가 라는 점에 있다. 요컨대 '큰 폭풍'이라고 알면서도 배를 띠우는 쪽의 '이윤'과, '큰 폭풍'이기 때문에 배를 띠우지 않는 쪽의 '이윤'의 차이가 이 논쟁의 해답인 것이다.

그것은 현실을 보면 알 수 있다. 현실은 배를 띠운다. 어업의 방식이 양식 어업이라는 발상이 없고, 다른 사람보다도 보다 많은 수확을 얻기 위하여, 일본 자본주의에서는 상당히 위험한 '큰 폭풍'이 와도, '이윤' 때문에 배를 내는 것이다.

다키지의 반론에 대하여 나카무라 무라오는 재반론을 하는 것이지만, 두 사람 사이의 문제는 게잡이 공선에 대한 현실 인식의 차이에서 온다고 생각할 수 있다.

그것은 다키지가 마지막으로 언급한 '개인 악과 계급(階級) 악'에 대하여도 같은 의미로 볼 수 있다. '감독 자신조차 자신이 "허수아비"라고 의식하지 않는다'라고 하면, 그리고 그 당시 게잡이 공선의 일반적인 상황이 이 아사카와의 경우와 그다지 다르지 않는다고 하면, 이 의견도 역시 게잡이 공선에 대한 두 사람의 현실 인식의 차이라고 볼 수 있다.

다키지의 「게잡이 공선」은 실재하는 게잡이 공선을 제재로 한 작품이고, 그 게잡이 공선의 현실은 「게잡이 공선」이라는 작품 안에 그대로 투영되어 묘사되고 있다. 이 작품에서 다키지는 감독인 아사카와를 통하여 그 뒤에 존재하고 있는 일본 자본주의의 구조를 폭로하고 있는 것이다. 「게잡이 공선」에서 감독인 아사카와를 움직이고 있는 힘은 실로 자본주의의 '이윤'에 다름 아니었다. 바꾸어 말하면, 그것은 일본 자본주의의 구조(構造)라고 말할 수 있는 것이다.

(14) 다테노 노부유키(立野信之) 「『게잡이 공선』에 대하여(『蟹工船』につ
  いて)」 (『전기』제2권 제 11호, 1929년 11월 1일 발행, 전기사)에는 다음과 같이 있다.

고바야시 다키지의 두 개의 소설 『1928년 3월 15일』과 『게잡이 공선』이 책이 되어 전기사에서 나왔다. 이러한 저작이 다른 곳이 아니고 우리들의 전기사에서 나왔다는 것 - 그것은 가장 적당한 방법으로 가장 높은 계획 아래 태어났다는 의미에 다름 아니다. 소위 우리들이 손수 만든 것이다. 이것은 우리들의 기쁨이고 자랑이다.

그렇다! 『게잡이 공선』은 다른 일련의 총서와 함께 우리들의 자랑으로 태어났다. 그리고 우리들은 이 기념해야 할 자랑을 떠맡았던 것이다.

×

1928년 3월 15일!

이 저주받은 날을 일본의 노동자 농민은 결코 잊지 않을 것이다. 이 날짜 아래 전국에 걸쳐 무엇이 행하여졌는가? 많은 것을 이야기할 필요는 없다. 단지 한 마디 - 굴욕의 날이다!

동지 고바야시 다키지의 『1928년 3월 15일』은 이 저주받은 날을 우리들이 가지는 최고의 방법으로 모사한 기념비이다.

하지만 쓸데없는 찬사를 늘어놓는 일은 그만두자. 그것은 아무것도 말하지 않는 것과 비슷하다. 우리들은 단지 소설 『1928년 3월 15일』에 대해 다음의 사실을 아는 것으로 충분하다.

1928년 3월 15일 - 이 날이 일본의 노동자 농민의 생활로부터 사라지지는 않는다는 것 - 우리들의 전방에는 여전히 많은 『3월 15일』이 소용돌이치고 있다는 것! 그리고 그것은 무엇을 의미하는가? 프롤레타리아트는 최후의 승리까지 끝까지 싸운다는 것의 반증에 다름 아니다.

우리들의 주위에는 무수한 『3월 15일』이 미친 듯이 날뛰고 있다. 우리들은 폭풍 안에 있다.

또 나는 쓸데없는 수다를 떨었다. 간단히 말하자. 소설 『1928년 3월 15일』은 영구히 인쇄 배포를 금지당했다. 그렇기 때문에 총서 『게잡이 공선』은 독자 대중이 바라고 있는 백분의 일도 배포되지 않았다는 것이다!

그것은 그들로서는 '영구히 금지'일 것이다. 하지만 우리들로서는 정말 극히 적은 기간의 침묵에 불과하다. 아니 우리들은 '금지' 기간 중에 빈둥빈둥하지는 않을 것이다. 다시 고바야시라도 좋고, 가타오카 뎃페이(片岡鉄兵)라도 좋고, 후지모리 나리키치(藤森成吉)라도 좋고, 나카노 시게하루라도 좋고, 다케노 노부유키라도 좋고, 다른 사람이라도 좋다……. 요는 누군가가 틀림없이 쓸 것이다. 쓰지 않고는 있을 수 없다는 것이다!

×

나는 『3월 15일』에 대해서만 너무 쓴 것 같다. 하지만 『3월 15일』이든 『게잡이 공선』이든 그 문학적 면모는 많은 사람들이 많은 언어로 다 비평하고 있다.

그래서 나는 프롤레타리아 측의 하나의 소설, 하나의 시, 하나의 저술이 나오면 곧 못과 같이 박히는 '그들'의 쇠망치에 대해서 말했던 것이다. 『3월 15일』에도 『게잡이 공선』에도 『태양이 없는 거리』에도 통하는 사항에 대해서 - 그리고 나는 이렇게 결론을 짓고 싶은 것이다.

서투른 목수여! 당신의 힘찬 쇠망치는 당신이 사랑하는 판자까지 깨는 것에 걸맞다!

이것은 다키지의 「게잡이 공선」이 「1928년 3월 15일」과 함께 『일본 프롤레타리아 작가총서 제2편 게잡이 공선』이라는 제목으로, 1929년 9월에 단행본으로 출판되었던 때의 감상이다. 이곳에서 다테노 노부유키는 1928년 3월 15일 사건을 묘사한 「1928년 3월 15일」을 중심으로 프롤레타리아 문학에 대한 정부의 탄압에 대하여 쓰고 있다.

(15) 다테노 노부유키 「게잡이 공선」 고바야시 다키지 저 [신간비평](『문학(文學)』제2호, 1929년 11월 1일 발행, 제일서방)에는 다음과 같이 있다.

고바야시 다키지의 소설 『1928년 3월 15일』과 『게잡이 공선』이 전기사에서 발행되었다. 일본 프롤레타리아 작가총서의 제2편.

총서 『게잡이 공선』은 「문학」의 독자도 아시겠지만 금지를 당했다. 그중 『1928년 3월 15일』이 안 된다 라는 것이다. 그리고 이것은 '영구히 인쇄 배포를 금지한다'라는 것이 되었다. ……하지만 이 금지의 '영구히'는 그쪽의 이야기로, 이쪽으로서는 그것은 극히 적은 기간에 불과하다 - 라고 말할 수 있는가 없는가.

1928년 3월 15일! 이 굴욕의 날은 일본의 노동자 농민의 걸음으로부터 결코 사라지지 않을 것이다. 많은 「3월 15일」이 여전히 전방에 가로 놓여 있다는 것! 그렇기 때문에 프롤레타리아 문학 작가는 고바야시가 아니어도 누군가가 - 예를 들면 가타오카 뎃페이가, 나카노 시게하루가, 후지모리 나리키치가, 다케노 노부유키가 또 다른 누군가가 쓸 것이다. 또 쓰지 않으면 안 된다!

그 의미에서 고바야시 다키지의 소설 『1928년 3월 15일』은 기념비가 되었다.

나는 고바야시 다키지의 소설의 '내용'에 대해서 말하는 것을 삼간다. 그것은 실로 많은 사람에 의해 시끄럽게 말해졌기 때문에. ……그래서 여기에서는 간단히 '형식' 방면에 대해서만 조금 말하려고 한다.

『1928년 3월 15일』에서는 우리들은 몇 명인가의 주요 인물의 뛰어난 개성 묘사를 보았다. 하지만 그 후 반년을 지나 나온 『게잡이 공선』에서는 집단 묘사에 대한 작가의 움직임을 발견했다. 작가는 확실히 향상했던 것이다. 그것은 사상적으로 보다 높게 되었을 뿐만이 아니고, 기술적으로도 높은 가치를 동반한다. 왜 그런가? 프롤레타리아트의 해방은 집단에서 분리된 소수의 개성 - 그것이 아무리 영웅이라고 해도 - 에 의해 이루어지는 것이 아니고, 반대로 조직되고 훈련된 조직 행동에 의해서만 이루어진다는 일반적인 명제만이 문학 작품의 가치를 결정하는 것이 아니다. 그것은 아무것도 가져오지 않는다. 문학 작품이 가지는 가치는 그런 곳에 있는 것이 아니고, 과거의 문학이 아직 일찍이 손댈 수 없었던 집단의 생활(행동)에 작가가 눈을 돌렸다는 것, 그리고 단지 그것을 보았을 뿐만이 아니고, 끝까지 그리려고 했던 작가의 의도 - 그 구성의 타이밍 속에 있는 것이다.

집단의 생활(행동)을 묘사한 『게잡이 공선』은 그 의미에 있어서 『1928년 3월 15일』보다 높게 평가되어야만 할 것이다.

『1928년 3월 15일』에서의 실패는 형식의 보다 좋은 대중성에도 불구하고, 몇 개인가의 개성이 집단을 배후에 가지고 있지 않은 채 묘사되고 있다는 것 - 소위 분리된 개성에 대한 작가의 문학자적 흥미 안에 있다. 『3월 15일』 - 이 역사상의 굴욕적 사건을 묘사하고자 했던 작가의 의도는 개성 묘사에 대한 문학적 흥미 때문에 뒤집혀 버렸다. 작가는 확실히 구성을 잘못했다. 그 때문에 『3월 15일』의 내용은 저 1928년 3월 15일일 필요가 없게 되는 것이다.

『게잡이 공선』에서 작가는 『1928년 3월 15일』의 불완전함을 완전히 고치고 있다. 이곳에서는 개성이 아니고, 일하고 채찍질당하고 신음하고 있는 노동자의 집단생활(행동)이 묘사되어 있다. 게다가 이 집단생활 가운데 작가는 개성을 묘사하는 것을 잊지 않았다. 그것은 학생과 '뻐기지마'와 그 외의 인물의 묘사에서 볼 수가 있을 것이다.

『게잡이 공선』은 변화 없는 사건과 과다한 묘사 때문에 몇 갠가의 읽기 어려움을 가지고 있음에도 불구하고, 그 시도는 결코 실패가 아니다. 『3월 15일』에서 『게잡이 공선』에로의 비약은 실로 보통 일이 아닌 노력의 흔적을 볼 수가 있다. 가타오카 뎃페이인가 누군가가 말했다 – '이 노력의 흔적은 눈물겹다!' 라고.

마지막으로 한 마디.

『게잡이 공선』에 조금 더 확실한 개성 묘사가 있었으면 더 좋은 작품이 되었을 것이다……라고, 누군가가(누군가는 잊어버렸다) 어딘가에서 말하고 있었다고 기억한다. 물론 그것은 필요하다. 하지만 그것은 이 제재에서는 무리일 것이다. 고바야시 다키지는 다른 제재에서 그것에 답할 것이다.

이것도 다테노 노부유키의, 같은 『일본 프롤레타리아 작가총서 제2편 게잡이 공선』의 출판 때의 감상이다. 이곳에는 「게잡이 공선」의 형식 면에 대한 새로운 견해가 보인다.

다테노는 다키지의 「게잡이 공선」이 가지는 가치는 '과거의 문학이 아직 일찍이 손댈 수 없었던 집단의 생활(행동)에 작가가 눈을 돌렸다는 것'과 함께 '단지 그것을 보았을 뿐만이 아니고, 끝까지 그리려고 했던 작가의 의도에 있는 것이다'라고 칭찬한다. 그리고 그는 몇 개인가의 개성을 묘사한 「1928년 3월 15일」과 노동자의 집단생활을 그린 「게잡이 공선」을 비교하여, '"3월 15일"에서 "게잡이 공선"에로의 비약은 실로 보통 일이 아닌 노력의 흔적을 볼 수가 있다'고 하면서, 집단을 묘사하고자 했던 다키지의 노력을 평가하고 있다.

(16) 가와바타 야스나리(川端康成) 「소설계의 일년(小説界の一年)」(『신문예일기(新文藝日記)』1929년 11월 12일 발행, 신조사)에는 다음과 같이 있다.

프롤레타리아 작가 측에서 고바야시 다키지 씨의 「게잡이 공선」(전기 5, 6월), 도쿠나가 스나오 씨의 「태양이 없는 거리」(전기 6월부터), 이와토 유키오 씨의 「철」(문예전선 3월) 등의 역작은 프롤레타리아 문학에도 한 시기의 경계를 짓는 작품으로서, 이 일년에서 가장 문단의 문제가 되었다. 이분들은 일약 화려한 지반을 획득했다. 「게잡이 공선」은 오호츠크 해의 게잡이 공선 승무원을 집단으로서, 자본주의적 전 사회기구 아래 묘사한 대작이다.

『신문예일기』의 '1929년 문단개관' 중의 '소설계의 일년'에 수록된, 가와바타 야스나리의 「게잡이 공선」평이다. 이것은 「게잡이 공선」을 언급하고 있는 정도의 문장이지만, 그는 이 작품을 '자본주의적 전 사회기구 아래 묘사한 대작이다'라고 높게 평가하고 있다. 이 비평 속에서 「게잡이 공선」에 대한 구체적인 지적은 하고 있지 않지만, 문학 이념이 전혀 다른 가와바타 야스나리가 이 작품을 평가했다는 의미가 있을 것이다.

(17) 나카무라 무라오 「누가 정말로 뽐내는 것인가 –『게잡이 공선』의 작가, 고바야시 다키지 씨에게 준다(誰が本当に威張れるのだ?－『蟹工船』の作者, 小林多喜二氏に与ふ－)」(『근대생활(近代生活)』 제1권 제8호, 1929년 12월 1일 발행, 근대생활사)에는 다음과 같이 있다.

「게잡이 공선」이 자연주의 문학적인 것은 작품 그것이 증명하고 있다. 고바야시 다키지 씨가 이러니저러니 말하는 만큼 약점이 드러날 뿐이다. 곧 항복해 버리는 쪽이 좋을 것이다.

고바야시 다키지 씨는 내가 소자본가이니까 자본가를 잘 안다고 말하고 있다. 이런 인식 부족의 오류투성이의 머리로 소설 등을 쓰면 참을 수 없다.(그 참을 수 없음은 「부재지주(不在地主)」에도 확실히 폭로되어 있다) 내가 소자본가라는 것은 나 자신도 처음 듣는다. 나는 원고를 쓰고 그 노동에 의해 생활을 지탱하고 있는데 아직 자본에 의한 수입 등 한 푼이라도 얻은 적이 없다. 가혹하기가 귀신 이상인 세금징세원도 근로 소득에 의한 소득세는 매년 나에게서 뺏어가지만(납득이 가지 않는 많은 소득세는 솔직히 낼 수 있는가!) 아직 자본 소득에 의한 소득세를 부과해 온 적은 없는 것이다. 도대체 나는 어떤 점이 소자본가일까? 본인도 모르는 일이 '바다 저편'의 오타루에 있는 고바야시 다키지 씨가 알고 있다고 하면 이런 불가사의한(무책임한) 일은 없을 것이다.

이 정도의 '엉터리'로 자신은 오타루 마을에 따뜻하게 살고 있고, 멀고 먼

‘바다 저쪽’의 캄차카의 ‘게잡이 공선 어부의 생활’을 도쿄(東京)의 마루노우치(丸の内) 빌딩의 자본주의 기구와 결부하여 썼던 것이기 때문에 단지 그것만 생각해보아도 「게잡이 공선」이 어느 정도 ‘엉터리’인가 라는 짐작이 갈 것이다.

노동자와 노동기구가 – 그것은 자본주의 기구에서 말하면 이윤을 낳는 가장 소중한 토대가 되는 것임에도 불구하고, 「게잡이 공선」에서는 나쁜 감독인 아사카와 때문에 그것이 소홀히 취급되고 있는 것이 사실이기 때문에 도저히 어쩔 수가 없다. 「게잡이 공선」에는 그렇게 쓰여 있기 때문에 고바야시 다키지 씨가 그렇지 않다고 주장한다면, 「게잡이 공선」을 한 번 더 새롭게 그렇지 않게 다시 쓰는 것 외에 방법이 없을 것이다. 몇 척의 소형선과 몇 백 명의 어부를 소홀히 하고, 큰 폭풍으로 소형선을 낼 수 없는 것을 빤히 알고 있는데도 불구하고 내어서, 그 때문에 소형선이 표류하여 그중의 한 척이 캄차카 해안에 도착하여 러시아인의 집에 이르러 대단한 친절로 대접받고(프롤레타리아 문학파의 작품에 나타나는 러시아인은 어느 작품의 어느 러시아인도 모두 친절하고, 조선인은 모두 다 학대되어 불쌍하고, 일본인 부르주아는 모두 나쁜 사람으로 – 통속 소설과 옛날이야기와 같이 형식이 정해져 있다) 그곳에서 더듬더듬 말하면서 적화되어(거참 정말로 값싸게!) 본선에 돌아오는 것은 아니었던가!

확실히! 이틀 숨어 있었기 때문에 어부 한 명은 변소 안에 처넣어져 살해당했다! 많은 어부는 각기병과 그 외의 병으로 일할 수 없게 되었는데 치료를 하기는커녕 오히려 학대하여 죽음에 이르게 하고 있다.

내가 지적한 것은 만약 감독인 아사카와가 자본주의 기구의 앞잡이로서 움직이고 있다고 하면 ‘생산의 도구’이고, ‘이윤을 낳는 기계’이고, ‘자본을 투자'한 이들 도구와 어부를 저런 식으로 - 「게잡이 공선」에 쓰여 있듯이 소홀하게 할 리가 없다는 것이다. 그것은 내가 말한 대로인 것이 정말이지 않은가!

「게잡이 공선」에서는 위험한 폭풍이라고 알고 있는데도 불구하고 그 위험을 구태여 무릅쓰고 어부를 바다에 내어 두고, 그 점을 맹렬히 비난하여 두고, 고바야시 다키지는 거기에는 '몽땅 파내어 오는 이윤이 걸려 있다'라고 변명한다. 그러나 이윤이 '몽땅 파내어 온다'는 것을 알고 있으면, 그 정도 폭풍에 배를 내는 것은 위험도 아무것도 아니고, 따라서 자본주의가 가혹하거나 아무것도 아니게 되는 것이 아닌가. 「게잡이 공선」에서는 감독인 아사카와의 가혹함이 어부를 몰아대어 빤히 위험하다고 알고 있는 폭풍의 바다에 몇 척의 소형선과 몇 십 명의 어부를 내팽개치기 때문에, 진정한 자본주의라면 그러한 '본전도 이자도 없어지는' 것 같은 바보 같은 흉내는 하지 않는다는 것을 지적했던 것이다. '몽땅 이윤이 파내어 온'다고 하면 조금도 위험하지 않기 때문에 그런 바다에 나가 일하는 것은 가혹하지도 아무것도 아니다. 「게잡이 공선」에 쓰여 있는 '위험한 바다'가 진실인가? '몽땅 파내어 오는 이윤' 쪽이 진실인가? 이 두 가지는 완전히 서로 대립하고 있는 이해 관계가 아닌가?

고바야시 다키지 씨는 어부가 모르모트보다 싼 경우에는(게잡이 공선과 같이) 소홀히 하는 것이 당연한 듯이 말하거나, 또 한편에서는 내가 새빨간 거짓말을 하고 있기 때문에 다시 한 번 읽어보라고 말하고 있다. 요컨대 소홀히 하고 있지 않다는 것이다.

도대체 어느 쪽이 진실인 것인가? 모르모트보다 싸기(게잡이 공선의 경우와 같이) 때문에 소홀히 하는 것이 당연하다는 것이 진실인가? 「게잡이 공선」에서는 자본주의 기구와 결부되어 소홀히 하고 있지 않다는 것이 진실인가?

「게잡이 공선」 그것에 대해 작가의 억지 주장 등에 고려하지 않고 말하면, 「게잡이 공선」에서는 앞에서도 말한 바와 같이 '도구' – 어부와 소형선을 소홀히 하고 있다. 그것은 모르모트보다 싸기 때문이라고 해도 만약 진정한 자본주의라면, 예를 들어 모르모트보다 싼 '쓰레기' 한 장이라도 그것이 자본의 일부이고 '이윤을 낳는 도구'인 이상, 사소한 것으로 살해하거나, 죽음에 이르게 하거나 또 폭풍의 바다 가운데에 내팽개치는 것 같은 '낭비'는 하지 않는다는 것을 지적하고 있는 것이다. 「게잡이 공선」에서 횡포를 제멋대로 하고 있는 아사카와가 자본주의로서는 소홀히 해서는 되지 않은 '도구'를 구태여 '소홀히' 하고 있는 것은, 그것은 아사카와 자신의 개성의 표현이고 그것이 자본주의 기구와 조금도 결부되고 있지 않은 탓인 것을 지적했던 것이다. 따라서 「게잡이 공선」에서는 자본주의에 대한 '감정'은 품고 있다고 해도, 자본주의 기구는 조금도 묘사되고 있지 않은 것을 지적했던 것이다. (이쯤에서 나와는 반대의 의미로 「신조」의 월평(月評)에서 「게잡이 공선」을 칭찬한 풋내기 마르크스주의 문예 비평가 가쓰모토 세이이치로 씨도 작가 고바야시 다키지 씨와 함께 패배를 자인하고 물러나기 바란다!) (도대체 프롤레타리아 문학파의 신참 비평가와 신참 작가들은 – 즉 전환 비평가와 전환 작가들은 뿌리 깊은 프롤레타리아 문학파의 사람들에 대한 자신의 열등감과 아양 떠는 마음에서 충성을 다해 한 일 해보려고 하는 경향이 있다.) (보기 흉하다!)

마지막으로 고바야시 다키지 씨는 나에게 게잡이 공선의 감독이 되어 보라고 말한다. 나는 부족하지만 고바야시 다키지 씨 자신이 한 번 되어 보는 것은 어떤가? 오타루에 있어 카페의 스토브에 따뜻해하면서 노동자 편을 드는 소설을 쓰고 있는 것보다(인간이기 때문에 카페에도 가는 것이 아닌가. 게이샤도 사는 것이 아닌가. 게다가 원고료도 들어온 것이다. 그것이 무엇이 나쁜가? 나쁜 것은 그럼에도 불구하고 자신만이 노동자 편인 듯한 얼굴을 하여 보이는 것이다!) 그쪽이 노동자의 진실된 생활이 어떤 것인가 라는 것을 확실히 알 것이다. 동시에 감독의 입장도 노동자의 성질도 모두 사람의 이야기와 책상 위에서 배운 것이 아니고, 자기 자신의 몸으로 배우고 체험할 수 있을 것이다.

건방진 태도로 허세를 떨 수 있는 것은 그 다음의 일인지도 모른다. 프롤레타리아 작가여! 진정한 노동자 편으로서 누가 정말로 뽐낼 수 있는 것인가?

『요미우리 신문』의 다키지의 반론에 대한 재반론이다. 이것은 처음의 「게잡이 공선」 비평보다 감정적인 면이 강하게 나타나고 있다.

이곳에서는 두 가지가 언급되어 있다. 첫 번째는 나카무라의 「게잡이 공선」에 대한 작품인식이다. 나카무라는 「게잡이 공선」이 '캄차카의 "게잡이 공선의 어부의 생활"을 도쿄(東京)의 마루노우치(丸の内) 빌딩의 자본주의 기구와 결부하여 썼던 것이기 때문에'라고 하면서, 그렇기 때문에 '엉터리'라고 주장한다. 그러면 '엉터리'는 차치하고, 그는 '캄차카의 "게잡이 공선의 어부의 생활"을 도쿄의 마루노우치 빌딩의 자본주의 기구와 결부하여 썼다'라고 하는, 이 작품의 의의를 확실하게 파악하고 있음에 틀림없다. 그럼에도 불구하고 그는 「게잡이 공선」과 자본주의 기구와의 관계를 오로지 부정하고 있는 것이다.

두 번째는 나카무라의 오류이다.

그는 '"게잡이 공선"에 쓰여 있는 "위험한 바다"가 진실인가? "몽땅 파내어 오는 이유” 쪽이 진실인가? 이 두 가지는 서로 대립하고 있는 이해 관계가 아닌가?’라고 주장하지만, ‘위험한 바다’도 진실이고, ‘몽땅 파내어 오는 이유’도 진실이다. 즉 이 두 가지는 완전히 서로 대립하고 있는 이해 관계가 아니라, 종속적인 관계인 것이다. 요컨대 「게잡이 공선」은 ‘위험한 바다’에서 ‘몽땅 파내어 오는 이유’를 찾아내고 있는 것이다.

「게잡이 공선」을 둘러싼 나카무라와 다키지의 논쟁은 나카무라의 감정적인 의견에 대하여, 다키지의 이성적인 면이 비교되는 것이었다. 자연주의 작품과 프롤레타리아 문학 작품의 차이는 자연주의 작품이 현실의 어두운 면을 파헤치는 데 머물고 있는 것에 대하여, 프롤레타리아 문학 작품은 그 구체적인 해결 방법을 제시하고 있다는 점이라고 생각할 수 있다. 다키지의 「게잡이 공선」은 현실을 자각한 어부들의 구체적인 행동을 통하여, 그 해결 방법을 제시하고 있는 것이다. 물론 「게잡이 공선」에 자연주의적인 요소가 다소 남아 있을 수도 있다. 그러나 「게잡이 공선」은 많은 사람들이 인정하고 있듯이 전형적인 프롤레타리아 문학 작품으로서, 일본 문학사상 중요한 위치를 차지하는 작품이라고 할 수 있을 것이다. 나카무라의 「게잡이 공선」 비평은, 프롤레타리아 문학 작품을 문학으로서 인정하지 않으려는 나카무라로서는 처음부터 반대 일변도의 논리로 밀어붙였다고 할 수 있다.

(18) 유우스이세이(幽水生) 「『게잡이 공선』과 『태양이 없는 거리』(『蟹工船』と『太陽のない街』)」[신간](『오사카아사히신문』 1929년 12월 28일, 오사카 아사히신문사)에는 다음과 같이 있다.

156

프롤레타리아파의 작품에는 미완성인 작품이 많은 것 같다. 나들이옷을 뒤집어쓰고 화장을 공들인 귀부인을 보는 듯한 갖추어진 작품은 아직 나타나지 않았다. 그 대다수는 아름다운 의상은커녕 실오라기 하나 걸치지 않은 알몸으로 활개를 치고 거리를 활보하고 있는 듯한, 말하자면 구식 문학에 길들여진 사람의 눈으로 보면 예의범절이 없는 작품이 많다. 그러나 미숙하고 생경한 그들의 많은 작품이 발랄한 생기를 띠고 있는 것만은 누구도 부정할 수 없을 것이다. 언제나 생생한 현실 문제를 붙잡고 있기 때문에 그 어느 것이나 다 진지하고 또한 반항적 투쟁적이기 때문에 작열하고 있는데, 이 열기가 예술적으로 연소한 경우 강한 힘이 되어 독자를 매혹하여 독자로 하여금 작품이 갖는 모든 결점을 망각시킴에 틀림없다. 이것은 모든 원시적이고 덜 다듬어진 예술이 갖는 특색이고 매력이다.

잡지 「전기」를 근거지로 하여 일대 세력을 뻗고 있는 프로파의 한 작가 고바야시 다키지 씨의 「게잡이 공선」은 이러한 특색을 다분히 가진 작품이다. 작가는 이 작품을 '식민지에 있는 자본주의 침입사'의 한 페이지를 쓴 것이라고 말하고 있다.

도쿄의 마루노우치 빌딩에 본사를 두고 다수의 넝마 배를 빌려서 노동자를 가득 싣고 캄차카 연해에 출어시켜 게를 잡아 통조림으로 제조하여 부를 교묘하게 가로채고 있는 자본가로부터 착취당하는 노동자들의 인고의 생활을 심각하게 묘사한 작품이다. 동료 배가 치는 SOS 무전을 받았으면서도, 넝마배와 화장실 종이처럼 평가된 수백 명의 노동자를 바닷속에 매장하는 것에 의해 벌어들이는 막대한 보험금이 있기 때문에, 무정하게도 그것을 구조하지 않는 자본가의 모습이 그려져 있다.

그리고 무지한 노동자가 영양 부족과 수면 부족과 과로와 음험한 협박과 비할 데 없는 북해의 풍랑에 시달리면서 점차로 깨달아 강한 단결의 힘을 알게 되어, 마침내 고용주에 반항하여 승리를 얻을 때까지의 이야기를 그리고 있다. 처음에 「전기」에 발표되고 일단 단행본이 되어 곧 발매 금지의 액을 만나 이번에 개정되었기 때문에 처음의 것과 비교하면 내용은 상당히 온화해진 것 같지만, 읽고 상당히 강한 필력(筆力)을 느끼게 한다.

이것은 초판본『일본 프롤레타리아 작가총서 제2편 게잡이 공선』의 발매 금지 때문에, 같은 해 11월 8일에『게잡이 공선 개정판』이라는 제목으로 다시 간행되었을 때의 '신간소개'이다.

이곳에서는 우선 프롤레타리아 문학의 특색과 매력에 대해 '예의범절이 없는 작품이 많지만 발랄한 생기를 띠고 있는 것'과 '생생한 현실 문제를 붙잡고 있기 때문에 진지하다'라는 점을 든다. 그리고 이것이 예술적으로 연소하는 경우, 모든 결점을 망각시키는 강한 힘이 되어 독자를 매료시킨다며, 「게잡이 공선」이 실로 그러한 작품이라고 평가한다. 마지막으로 「게잡이 공선」의 내용을 구체적으로 소개하면서 이 작품의 상당히 강한 문장력을 평가하고 있다.

(19) 지카마쓰 슈코(近松秋江) 「문학에 대한 회의와 이상 − 인간 혼의 문제 −(文学に対する懐疑と理想 − 人間の魂の問題 −)」(『신조』 제27년 제1호, 1930년 1월 1일 발행, 신조사)에는 다음과 같이 있다.

　무산파의 이론 비평가의 소위 예술적 가치인가 정치적 가치인가 어느 쪽인가 모르지만 고바야시 다키지 씨의 「게잡이 공선」 「부재지주」 등을 일별한 바에 의하면, 세간의 평가대로 상당히 잘 묘사하고 있는 작품이라고 생각한다. 우리들은 예술적 가치인가 정치적 가치 등을 구태여 구별할 필요를 느끼지 않는다. 고바야시 씨의 두 작품의 그 하나는 삭풍이 귀를 찢는 북해상에 풍랑과 싸우면서 게 통조림 작업을 하고 있는 인간의 간난신고(艱難辛苦)를 묘사하고 있는데 그것으로 충분하다고 생각한다.

　그 점이 일찍이 나카무라 무라오 씨의 비평에 대해 납득할 수 없다고 하여 작가가 항의를 한 이유였지만, 노동, 자본 양 계급의 투쟁 의식 등을 노골적으로 나타내는 것은 이 작가와 같은 열혈 남성에게는 억누를 수 없는 감정인지는 모르지만, 우리들은 노동자의 비참한 고통이 상당히 심각하게 묘사되어 있으면 그것으로 작가의 목적은 독자에게 통할 수 있는 것이라고 생각한다. 「부재지주」에서도 그대로이다. 음침한 농민 집의 누추한 부뚜막 주위의 악취를 묘사할 수 있는 필력만 있으면 그 예술은 어느 정도 성공하고 있는 것이다.

지카마쓰 슈코는 다키지와 나카무라 무라오의 논쟁에 언급하여, 그것은 어찌되었든 간에 이 작품이 '노동자의 비참한 고통이 상당히 심각하게 묘사되어 있으면' 그것으로 충분하고, 성공이라고 말한다. 그러나 「게잡이 공선」에서 '노동자의 비참한 고통이 상당히 심각하게 묘사되어 있으면 그것으로 작가의 목적이 독자에 통할 수 있다'고 단언할 수 있는 것일까.

　이것은 작품을 보는 시각 차이이다. '노동자의 비참한 고통이 상당히 심각하게 묘사되어 있으면 그것으로 충분하다'라는 의미는, 그 경험이 개인적인 감정에 그친다. 경험이 개인적일 때는 아무것도 아니다. 그 개인적인 감정으로부터 집단적 조직 행동으로 나아갈 수 없으면 현실 상황은 아무것도 변하지 않을 것이다. 다키지와의 관점의 차이가 보인다.

(20) 오카자와 히데토라(岡澤秀虎)「프롤레타리아 소설계의 현상(プロレタリヤ小説壇の現状)」(『문학시대(文學時代)』 제2권 제4호, 1930년 4월 1일 발행, 신조사)에는 다음과 같이 있다.

「게잡이 공선」은 뭐라고 해도 최근의 프롤레타리아 문학에 한 획을 그은 걸작이다. 이 작품은 프롤레타리아 소설에 하나의 중대한 진전을 이루었다. 아오노 스에키치 씨에 의해 주창된 '목적의식론'의 목적은 집단생활의 사회적 기구를 묘사할 수 있는 것에 의해 비로소 완전히 달성된다고 알려져 있지만, 당시의 구로시마 덴지, 히라바야시 다이코(平林たい子) 하야마 요시키(葉山嘉樹), 후지모리 나리키치 등은 뛰어난 집단주의적 소질을 가진 작가였지만, 좀처럼 그 요구를 충족시킬 정도의 성장에는 이르지 못했다. 이것은 앞의 두 사람의 경우에서는 그들이 집단을 그 집단 중에서 그들이 생활적으로 배운 것만 그렸고, 뒤의 두 사람의 경우에는 본격 소설 그대로 대중화의 길에 접근하지 않고 아지프로(선동적 선전) 대중 소설 쪽으로 나가기 시작했기 때문이다. 집단을 그 집단 내부에서 얻은 생활 감정에 입각하고 그 위에 일반 사회 기구와의 지식과 대조하여 묘사할 수 있을 때, 비로소 집단주의 문학은 그 최고의 발전 단계에 이른다. 고바야시 다키지 씨는 뛰어난 집단주의 소질(소질이 있어도 아직 예술적 체험이 적다. 체험에 있어서는 씨는 문전파(文戰派)의 사람

들에게 미치지 못한다)을 가지고 있는 위에, 문전파에 없는 지식(학문)의 원조를 보탤 수 있었기 때문에 거대한 사회적 기구를 묘사할 수 있었던 최고의 발전 단계에 이른 작품을 처음으로 프롤레타리아 소설 문단에 가져왔다. (이것에 의해서도 가장 뛰어난 문학자에는 무엇보다도 뛰어난 교양이 필요하다는 것을 알 수 있다) 「게잡이 공선」이 한 번 나타나면 문학 발전에 의해 중요 조건의 하나인 한 작품이 다른 작품에 대한 영향에 의해 문전 계통의 본격적 작가가 똑같이 그 스케일을 크게 하여 왔다. (중략)

고바야시 다키지 씨는 「전기」의 가장 뛰어난 문학자이다. 씨가 집단주의적인 좋은 소질을 가지고 있고, 그 「게잡이 공선」이 획기적인 대작인 것은 이미 말했다. 그러나 이 작품은 씨가 인텔리겐치아이고, 직접 「게잡이 공선」의 체험이 없었기 때문에 지식적 요소에 있어서는 「바다에 사는 사람들(海に生きる人々)」보다 낫지만, 생활적 감정적 요소에 있어서는 반드시 전자보다 강력하다 라고는 말할 수 없다. 양자에는 일장일단이 있다. 이와 같이 고바야시 씨는 그 프롤레타리아 집단생활 내에 경험적 요소가 적기 때문에(또 인텔리겐치아로서 아지프로 문학에 알맞기 때문에) 고도의 예술성을 가진 아지프로 대중 소설을 쓰려고 시도하고 있다.

오카자와 히데토라는 우선 아오노 스에키치의 '목적의식론'에 언급하여 '목적의식론'의 목적이라는 의미는 '집단생활의 사회적 기구를 묘사할 수 있는 것에 의해 비로소 완전히 달성된다'고 말한다. 그리고 오카자와는 '집단을 그 집단 내부에서 얻은 생활 감정에 입각하고 그 위에 일반 사회 기구와의 지식과 대조하여 묘사할 수 있을 때, 비로소 집단주의 문학은 그 최고의 발전 단계에 이른다'고 지적하면서, 고바야시 다키지의 「게잡이 공선」이 처음으로 그 역할을 해냈다고 평가하고 있다. 마지막으로 그는 체험을 바탕으로 한 '생활 감정적 요소'와 학문이라는 '지식적 요소'를 결부시켜야 비로소 거대한 사회적 기구를 묘사할 수 있다고 한 뒤, 다른 작품에 큰 영향을 준 점에 있어서 「게잡이 공선」의 의의를 평가하고 있다.

(21) 이타가키 나오코(板垣直子) 「고바야시 다키지 씨의 작품(小林多喜二氏の作品)」(『여인예술(女人藝術)』 제3권 제4호, 1930년 4월 1일 발행, 여인예술사)에는 다음과 같이 있다.

1929년 봄의 작품 「게잡이 공선」은 굉장히 야성적인 효과가 있는 작품으로, 표현이 지난(至難)한 대상을 묘사했다는 점에서도 풍부한 작가적 소질을 입증하고 있다. 문체와 구성 모두 전작과 같은 경향을 취하고 있는데, 이 작품에서는 문장이 들떠 있는 미숙한 느낌이 있다. 문장의 표현으로 볼 때 「게잡이 공선」에는 처녀작 같은 미숙함이 있다. 구성도 고바야시 씨답게 결말 방식에 깊은 생각이 없다. 전작에서 보았던 것과 같은 줄거리의 졸렬함을 보충하는 어떤 것도 없기 때문에 구성은 용두사미로 끝나고 있다. 그러나 문장과 구성 위의, 앞에 들었던 서투름과 기록적인 양식(樣式)이 오히려 이 제재에는 적합하고 있는 것, 이 작품의 야성적인 느낌과 선동적인 힘은 오로지 거기에서 나오고 있는 사실을 인정하지 않으면 안 된다.

마에다코(前田河) 씨의 「세무가(セムガ)」(1930년)의 문장은 재주가 넘치고

복잡한 줄거리가 있어 약간 지루한 느낌을 준다. 이러한 문체와 교묘히 정리된 구성은 오히려 노동자의 괴로운 생활의 인상을 엷게 만들어 작품의 선전성을 약하게 하고 있다. 같은 제재에서 스타일의 다름이 얼마나 효과의 차이를 낳는 것인가를 우리들은 여기에서 가장 잘 응시할 수 있다. 정치적 가치를 떼어놓을 수 없는 프롤레타리아 문학이 가야 할 표현 형식의 문제에 이 두 작품은 생각해야 할 많은 암시를 제공하고 있다.

우리들은 최근의 문화사에 있어 공통되는 신경향이 일본에서는 고바야시 씨의 프롤레타리아 문학에 가장 생생하게 탄생하고 있는 것을 인정한다. 또 형식 문제와는 별개로 이 작품이 멀리 인적이 드문 극지에서 인간을 기계와 같이 학대하는 자본주의의 책략을 매우 발랄하게 나타낸 점에서도 프롤레타리아 문학으로서 극히 의미가 있다. 이 작품에는 게가 통조림이 되는 작업의 묘사가 없기에 어딘가 부족한 느낌을 주지만, 「세무가」에는 연어가 식료품이 되는 과정의 묘사가 들어가 있어 작품의 느낌이 한층 완성되어 있다. 「살아 있는 인형(生ける人形)」(가타오카(片岡) 씨 作)의 세키(瀨木)와 같은 전철을 밟는 자본가의 꼭두각시인 아사카와를 작가는 감독으로서는 철저하게 살렸다. 이것은 작가에게 프롤레타리아 작가로서의 강한 신념이 있기 때문이다. 아사카와에 대해서도 논쟁이 있었지만, 작가에게는 귀찮은 일이었을 것이다.

이타가키 나오코의 다키지 론 중의 「게잡이 공선」 평이다.

우선 이타가키 나오코는 게잡이 공선이라는 극히 어려운 대상을 묘사했다는 점에서 다키지의 작가적 소질을 인정한다. 그리고 이 작품의 문장과 구성에 언급하여 '서투름'과 '기록적인 양식'을 지적했지만, 게잡이 공선이라는 제재에는 이것이 오히려 적합하다고 덧붙인다.

다음에 이타가키 나오코는 「게잡이 공선」과 같은 제재를 가진 마에다코 고이치로의 「세무가」를 비교하고 있다. 「세무가」는 1930년 1월에 일본평론사에서 간행된 작품이다. 그녀는 「세무가」의 문장과 구성이 완결되어 있지만 '노동자의 괴로운 생활의 인상을 엷게 만들어 작품의 선전성을 약하게 하고 있다'고 하면서, 프롤레타리아 문학이 가야 할 표현 방식으로 다키지 쪽을 평가하고 있다. 그리고 「게잡이 공선」의 장점으로서 '발랄하다'라는 점을, 단점으로서 '작업의 묘사가 없다'라는 점을 지적한 뒤, 다키지의 '프롤레타리아 작가로서의 강한 신념'을 높게 평가하고 있다.

(22) 고미야마 아키토시(小宮山明敏) 「『게잡이 공선』에 대하여(『蟹工船』について)」(『문학 혁명의 전초(文學革命の前哨)』1930년 9월 5일 발행, 세계사)에는 다음과 같이 있다.

지금까지의 일본의 많은 프롤레타리아 문학 작품은 개인의 경험의 기록에 불과했다. 그 경험이 단지 개인적인 것이고, 조직적 집단적인 것이 아니었다. 예를 들면 분노, 반항, 그 외의 감정에서도 단순한 개인적인 것이었기 때문에 과연 우리들은 그 감정에 잠시 움직이지만, 그것을 어떻게 해야 하는가 어떠한 방향으로 향해 가야 하는가에 대해 알려진 점이 없었다. 요컨대 그것을 개인적 감정으로써 전할 수 있지만, 그것을 집단적으로 조직할 수 없었던 것이다.

그런데 일본의 프롤레타리아트는 미조직적, 무정부주의적 시대는 이미 지나왔다. 계급은 그 감정 또는 사상을 개인적이 아니고, 집단적으로 조직할 수 있는 문학 작품을 요구하고 있다. 그리고 또 실제 그 개인으로부터 집단으로의 과도적인 모습이 보였던 것이었다. 하야마 요시키의 『매춘부(淫売婦)』와 구로시마 덴지의 『썰매(橇)』 등에도 부분적이지만 분명하게 보였다.(『일본 프롤레타리아 문학의 지위(日本プロレタリア文学の地位)』의 3장 '현대 프롤레타리아 문학 작품의 내용적 평가'참조)

그러나 그것이 전면적으로 표현되는 데까지는 이르지 못했다. 우리들은 그리고 『해저에 잠자는 마도로스 무리(海底に眠るマドロスの群)』의 주인공 '나미다(波田)'가 새로운 '나미다'가 되어 그것이 다른 작가에 의할지라도 출현할 때를 기다리고 있었던 것이다. 개인 '나미다'가 집단의 한 요소로서 그 조직 안에서 살 때를 기다렸던 것이다.

그리고 지금 그때가 왔던 것이다. 『전기』 5월호 및 6월호에 연재된 고바야시 다키지 작 『게잡이 공선』이 그것이다.

이곳에 묘사되어 있는 경험은 결코 개인적, 분산적, 미조직적인 것이 아니다. 그것은 분명히 집단적, 집중적, 조직적인 것이다. 하나의 '뜬 공장'으로서의 『게잡이 공선』 안에 폐쇄된 힘찬 개인들의 분노, 반항, 그 외가 점차로 어느 하나의 방향으로 집중되고 통일되고 조직되어 가서, 마침내 힘 약한 죽은 사람과 같았던 개인들이 믿을 수 없을 정도의 힘찬 집단이 되어 들고 일어서는 모습이 실로 굉장하게 표현되어 있다.

이 작품이 이상한 힘을 가지고 사람들에게 다가오는 이유는 - 여기에 있는 것이다. 즉 이곳에 묘사된 경험이 개인적인 것이 아니고 집단적인 것이었기 때문이다. 분노가 개인적일 때는 아무것도 아니다. 그것이 집단적일 때 비로소 힘을 가지는 것이다.

그러나 이 작품은 형식 내지 구성 방면에서 보면, 많은 결점을 찾아낼 수 있는 것도 물론이다.

예를 들어 구성상으로 말하면 작가는 여기저기 불필요하게 지정거리고 있다. 마루노우치 빌딩의 중역 이야기와 탄광 이야기들이 그것이다. 특히 마루노우치 빌딩의 중역 이야기들은 조금 변화를 주고 있는 모양이지만, 매우 서투르고 또한 효과적이지 않다. 탄광 이야기도 그렇다. 이러한 부분은 더 간단히 하지만 더 힘차게 그들 사이에 회화라도 시키는 것에 의해 표현해야만 한다. 이상하게 비유적이거나 설명적이거나 하는 것은 이 경우에 있어서는 그것이 장황하기 때문에 더더욱 효과적이지 않다. 그리고 이 하나의 좁은 '뜬 공장'과 들고 일어서는 집단적 조직에의 굉장한 분위기 사이에 그것이 장황하기 때문에 전체의 템포를 손상시키고 있다. 그렇지 않아도 재료가 대규모이기 때문에 작가는 부기를 붙이지 않으면 안 되었을 정도로, 조금 극언하면 작가는 이 대재료 앞에 서면 어떤 방식으로 묘사해야만 하는가에 곤란해 있는 것같이 보이는 것이기 때문에 더더욱 그러한 딴짓은 극히 간결하게 하고, 단지 '뜬 공장' 내의 조직화의 굉장한 경로의 발전에 그 모든 정력을 쏟아야만 했던 것이다.

다음에 형식 일반으로 말하면, 즉시 '낡다'라고 말해야 할 것이다. 그러나 일반적으로 말해 프롤레타리아 문학에서 새로운 형식이 창조되어 완성되기에는 상당히 장기에 걸친 시련을 거치지 않으면 안 되는 것은 분명하기 때문에 형식이 낡다는 것은 묵과해도 좋지는 않지만, 또 동시에 어쩔 수 없다고도

할 수 있다.

그러나 이 작품의 형식을 단지 낡은 것이라고 보는 것만으로는 불충분하다. 나는 이 형식 가운데 다음의 두 가지를 찾아낸 것이다.

하나는 같은 과거의 형식을 계승하고 있다고 해도 그것들의 많은 형식 가운데에는 여기에 사용된 형식이 이 작품에 다루어진 재료로서 볼 때, 불충분하지만 가장 적합하다는 사실이다.

다음에 더욱 중요한 사실이 있다. 그것은 낡은 형식이지만, 그곳에 사용된 언어가 불안전하지만 - 프롤레타리아트의 것이라는 사실이다. 아무리 형식이 낡았다고 해도 여기에 사용되어 있는 전체로서의 언어는 결코 종래의 부르주아 내지 인텔리겐치아 작가들에 의해 사용된 언어는 아니다. 이 점이 무엇보다 중요한 것이다.

그리고 주의해야만 하는 것은 다음의 새로운 형식은 - 실로 이 프롤레타리아트의 언어 안에서 생성되어야만 할 것이기 때문에 이 작품의 언어 가운데에 새로운 형식에 대한 어느 암시를 본 것이다. 무라야마 도모요시(村山知義), 가타오카 뎃페이 등의 형식적 노력도 그것에 대해 어느 측면적인 공헌을 할 수 있겠지만, 형식 생성의 본질적 창조력은 그들의 언어에서가 아니고 - 『매춘부』,『게잡이 공선』의 언어 가운데 있는 것이다.

그러므로 이 작품의 형식을 볼 때, 단지 전(前)시대적 기교성 내지 세련성을 기준으로 해야 하는 것은 아니다.

앞에서 말했듯이 『게잡이 공선』은 어느 점에서 보아도, 물론 그것 자체로는 불안전하지만, 현재 일본 프롤레타리아 문학 작품에서 최고의 위치에 있는 것이다.

이렇게 하여 새로운 『매춘부』는 상상 이상의 비교할 수 없는 위대함을 가지고 우리들 앞에 출현했던 것이다. (1929년 5월 30일 『게잡이 공선』 후편 독파 직후)

고미야마 아키토시의 이 비평은 세계사(世界社)에서 1930년 9월 5일에 발행된 『문학 혁명의 전초(文學革命の前哨)』 안에 수록된 것으로, 어디에 발표되었는지는 분명하지 않다. 단지 집필 날짜가 1929년 5월 30일로 되어 있다.

고미야마 아키토시는 우선 프롤레타리아 문학 작품에서 개인적 감정과 집단적 조직에 대해 설명한다. 그는 이제 계급은 '개인적이 아니고 집단적으로 조직할 수 있는 문학 작품을 요구하고 있다'라고 하면서, 그것이 전면적으로 표현된 작품이 「게잡이 공선」이라고 평가하고 있다. 고미야마 아키토시는 「게잡이 공선」이 주는 감동은 그것이 '집단적인 작품이었기 때문이었다'고 한 뒤, 집단적일 때 '비로소 힘을 가지는 것이다'라고 지적한다.

다음에 고미야마 아키토시는 구성과 형식의 두 가지 점에서 이 작품에 언급하고 있다.

첫 번째는 구성의 문제로 그는 이 작품에 나오는 '마루노우치 빌딩의 중역 이야기'와 '탄광 이야기'를 들어, 그것이 서투르고 효과적이지 않다고 말한다. 그는 '두 이야기가 장황하기 때문에 전체의 템포를 손상시키고 있다'고 지적하고 있는 것이다. 그러나 '마루노우치 빌딩의 중역 이야기'는 이 작품의 전체 구성에 있어 중요한 포인트라고 생각할 수 있다. 왜냐하면 일찍이 히라바야시 하쓰노스케가 지적한 바와 같이 '마루노우치 빌딩의 중역 이야기'는 오호츠크 해의 「게잡이 공선」의 노동자와 하나의 광경 안에 꿰뚫어 보고 묘사하고 있기 때문이다.

두 번째는 형식의 문제이다. 고미야마는 이 작품의 형식이 '낡다'라고 말한다. 그러나 그는 이러한 제재에 있어서는 이 형식이 '불충분하지만 가장 적합한 것이다'라고 덧붙인다. 그리고 그는 중요한 것은 '낡은 형식이지만, 그곳에 사용된 언어가 불안전하지만 - 프롤레타리아트의 것이라는 사실이다'라고 말한 뒤, '다음의 새로운 형식은 - 실로 이 프롤레타리아트의 언어 안에서 생성되어야만 할 것이다'라고 이 작품의 문장을 새로운 형식에의 암시로서 높게 평가하고 있다.

(23) 가와쿠치 히로시(川口 浩) 「고바야시 다키지론(小林多喜二論)」(『인물평론(人物評論)』 제1년 제2호, 1933년 4월 1일 발행, 인물평론사)에는 다음과 같이 있다.

고바야시의 제2작은 그 유명한 『게잡이 공선』(1929년 3월 30일작)이다. 이번에 또 그는 커다란 사회적 테마 - 그는 이 작품을 '식민지에 있는 자본주의 침입사'의 한 페이지라고 부르고 있다 - 를 문제 삼았다. 그도 그렇지만 계속 새로운 게다가 커다란 사회적인 테마를 문제 삼는다는 점에서는 그는 완전히 특이한, 경탄할 만한 작가이다.

『게잡이 공선』은 캄차카에 출어하는 게잡이 공선 내에서 야만적인 자본가적 착취와 노동자의 영웅적 투쟁을 그린 작품으로, 전작과 비교하면 예술적 방법에 있어서도 작품 완성도에 있어서도 상당한 진보를 보이고 있다. 고바야시는 이 작품으로 프롤레타리아 문학에서 제1인자로서의 자격을 확보했다.

현실에 대한 작가적 태도에 있어서 전작에는 아직 인도주의적 태도가 남아 있는 것은 이미 말했지만 『게잡이 공선』에서는 그것이 거의 지양(止揚)되어 있다. 과연 그곳에는 식민지적 착취에 대한 솟아오르는 듯한 분노가 있다. 하지만 그것은 결코 단순한 인도주의적 흥분이 아니다. 그것은 식민지에 있는 비인간적인 착취의 현실적 폭로와 결부되어 있고, 노동자와 자본가 사이의 치열한 투쟁의 필연성에 대한 심각한 척결과 분리되어 있지 않다. 이 의미에서 리얼리스트로서의 작가 고바야시의 분명한 전진이 이곳에서는 인정할 수 있다.

또 전작에서 보이던 개개의 사건 및 인간의 기계적인 연쇄 대신에, 『게잡이 공선』에서는 일군의 노동자의 집단적 투쟁이 전면에 내세워져 있다. 이것도 또 프롤레타리아 작가로서는 커다란 전진이다. 왜냐하면 현재의 부르주아 작가의 거의 대부분이 사회적 집단으로부터 분리된 개개인의 사소하고 소극적인 일상생활 심리의 문학적 표현에 시종일관하고 있을 때, 프롤레타리아 작가가 커다란 사회적 집단의 적극적인 투쟁의 문학적 표현을 보인다는 것은 프롤레타리아 작가로서의 올바르고 필연적인 방향이기 때문이다.

그러나 아쉬운 것은 이 집단의 파악과 표현은 반드시 전적으로 성공하고 있다고는 말할 수 없다. 작가는 노동자 집단을 그리려고 한 나머지, 개개인이 그 안에 매몰되는 위험을 범하고 있다. 이 의미에서는 『게잡이 공선』과 『3월 15일』은 완전히 대척적인 위치에 서 있다.

전체에서 분리된 개개인으로부터 계급적 집단의 묘사로 향하는 것은 그것 자체로서는 확실히 진보적이지만, 프롤레타리아 작가는 그 위에 집단에 종속

되는 개인을 묘사하지 않으면 안 되는 것이다. 이것이 실로 곤란한 과제인 것은 말할 필요도 없다. 그런 이유이기도 하겠지만, 고바야시와 같은 뛰어난 작가조차도 앞에서 말한 것 같은 결함은 여전히 뒤에까지도 계속되고 있는 것을 본다.

이것은 다키지론 가운데의 「게잡이 공선」평으로 다키지가 특고의 고문으로 살해된 직후에 나온 비평이다. 이 비평에서 가와쿠치 히로시는 「1928년 3월 15일」과 「게잡이 공선」을 비교하여, '인도주의적인 태도'라든가 '집단과 개인과의 관계' 등을 지적하고 있다. 그러나 이것은 이미 구라하라 고레히토가 지적한 바로 새로운 의견은 없다. 이곳에서는 다키지가 살해당한 직후이기도 하여 일반적인 「게잡이 공선」의 평가를 말하고 있는 것으로 보인다.

(24) 도쿠나가 스나오(德永 直)「『게잡이 공선』의 비실감성(『蟹工船』の非実感性)」(『문학안내(文學案内)』 제2권 제2호, 1936년 2월 1일 발행, 문학안내사)에는 다음과 같이 있다.

본지로부터 '고바야시 다키지 비평 가운데 "게잡이 공선"에 대해서' 7장 써 주세요, 라는 주문이 매우 급했기 때문에 나는 이것에 대해서 충분한 시간 없이 덤볐다. 그러나 「게잡이 공선」은 이제까지 자주 읽다 말다 하였기 때문에, 단편적인 감상이지만 이것은 비평이 아니고 아마 나 이외에도 쓰는 사람이 있을 것이기에 그것들과 포함하여 무언가 도움이 되고 싶어서 쓰는 것이다.

「게잡이 공선」에 대해 내가 처음부터 느꼈던 것은 '이 소설은 왜 읽기 힘들까?'라는 것이었다. 이 소설은 전기사만 2만 전후를 팔고, 그 후도 몇 천인가 몇 만인가 팔리고 있는 프롤레타리아 소설 중에 가장 대중화된 작품인 것을 알고 있지만, 처음부터 5, 6회나 걸려서 겨우 한 번 반 정도 읽은 나는 오늘 여전히 이 느낌이 사라지지 않는다.

물론 '읽기 어렵다'라는 것이 반드시 그 작품의 가치를 직접적으로 좌우하는 것은 아니고, 또 어쩌면 '읽기 어렵다'는 것은 나 혼자인지도 모르는 것이고, 특히 이 작품의 가치에 대해서는 구라하라 고레히토 이래 많은 비평가 독자에게 인정되고 있고, 나 자신도 시인하고 있다.

그러나 이번에는 아마 나의 '독단'을 마음껏 써 볼 생각이다. 이 '독단'이 혹은 웃음거리밖에 안 될지 모른다는 것도 각오하고 있다.

×

'읽기 어렵다'라는 것 중에도 여러 가지 성질이 있는 것 같다. 그중에도 한쪽으로 치우친 방언을 극도로 사용하고 있다든가 문자의 사용 방식이 부적당하고 또는 혼란하고 있다든가 하는 종류의 것은 사실대로 말하면 별거 아니다. 적어도 이차적인 것이다.

그러나 다음과 같은 성질의 '읽기 어려움'은 본질적인 것이고, 중요한 문제가 포함되어 오는 것 같다. 그것은 현실적인 문제를 취급한 작품, 즉 리얼리스틱한 작품에서 작가가 그 완고한 주관을 현실에는 그다지 신경 쓰지 않고 바짝바짝 일방적으로 단정하여 가는 경우의 소설의 '읽기 어려움'이다. 나의 경험으로는 그것도 로맨틱한 제재에 있어서는 그렇게 생각되지 않지만, 현재적이고 장래적인 제재의 경우는 매우 느끼는 것이다.

바꾸어 말하면 그 제재적 현실을 충분히 알지 못하고 혹은 간단한 조사로 그 위에 선 추상적 이념 내지는 관념으로, 그것보다 더 비중적으로 큰 자신의 주관성으로 바짝바짝 억지로 밀고 나아간 소설의 '읽기 어려움'이다. 이 경우의 '읽기 어려움'은 '재미없다'라는 용어 쪽이 적당한 지도 모르지만…….

그리고 나의 느낌으로는 「게잡이 공선」의 읽기 어려움은 아무래도 후자에 있는 듯이 생각되는 것이다.

×

우선 「게잡이 공선」에 나오는 모든 인물에는 거의 성격이 없다. 그 모질고 사나운 감독이든 학생이든 아키타 사투리의 어부들이든 또 떠듬거리는 일본어로 어부들을 선동하는 소련의 병사들이든 정말로 그럴 것이라고 생각하게 하는 현실성이 부족하다. 한 번 반 정도 읽고 나의 뇌리에는 어느 인물도 남아 있지 않고 생생한 광경도 거의 떠오르지 않는다. 게잡이 공선 어부들이 얼마나 비참한가를 강조하는 목적은 충분히 알지만, 좋아하든 말든 '과연'이라고 생각되기에는 아직 부족하다. 거친 증오적인 단어와 리듬은 전편에 넘쳐흐르고 있지만, 반대로 필연성이 부족하다. 만약 이 소설에서 그들의 거칠고 특수한 언어, 예들 들면 '홋카이도(北海道)에서는 문자 그대로 어느 철도의 침목도 그것은 그대로 하나하나 노동자의 파랗게 벗겨진 "시체"였다'든가, '벌이가 몽땅 캐어져 왔다'든가, '어부들은 마치 말린 오징어처럼 헐렁헐렁하게 된 메리야쓰의 셔츠'든가, '눅눅한 선반에 서 있으면 곧 스멀스멀 몇 십 마리의 빈대'든가, '죽이는 이네'든가, '"똥통"에 돌아오자, 말더듬이 어부는 벌렁 나자빠져 공중제비 했다. 분하고 분해서 참을 수 없었다' 든가 -. 그들의 리듬을 뺀다고 가정하면 뒤에는 예상외로 빈약한 것이 남아 있지 않을까?

물론 언어의 사용방식은 그 작가의 특징, 개성을 살리는 것이기 때문에 제멋대로 빼도 박도 못하지만 「게잡이 공선」의 문장은 오히려 시에 가까울 정도 리듬적이고, 게다가 뛰어난 산문이라고 할 수는 없다.

가령 내가 외국 작가라고 하고 이것을 번역한다고 하면, 매우 곤란할 것이라고 생각해 보았다. 뛰어난 산문이라고 하면 내용을 확실히 파악한, 이것저것 바꿀 수 없는 꼭 맞는 단어를 기초로 하지 않으면 안 된다.

×

그러나 「게잡이 공선」의 '읽기 어려움' '재미없음'은 아직 더 본질적인 결함이 있다. 리듬을 열심히 따르거나 부정확한 단어를 사용한 것은 중요하지 않은 일이고, 오히려 그 본질적 결함을 보충하려고 애쓴 결과인 것 같다.

본질적인 것은 아까 잠깐 말했듯이 작가가 충분히 「게잡이 공선」을 특히 어부와 감독을 알지 못했기 때문이다. 인간으로서 계급적 인간으로서 충분히 파악하고 있지 않았기 때문이다. 고바야시 다키지가 알고 있는 것은 「게잡이 공선」과 어부들의 계급적 관계를 추상(抽象)한 일면뿐이다. 이것은 나의 말이 지나친 것일까?

내 생활이 알고 있는 한, 고기가 물이 없는 곳에는 살기 어렵듯이 어떠한 포악한 인간이 사는 장소에서도 그곳에 어떤 형태로든 행하여지는 통일적인, 모순을 통일한 공기 없이는 인간은 생활할 수 없는 것이다. 그것은 혹한의 밤중에 도로에서 동사한 룸펜 노동자조차 그 시체 아래에는 반조각의 누더기이든 한줌의 짚이든 집고 있는 것과 같다. 만약 게잡이 공선 학코마루(博光丸)가 처음부터 이러한 인간과 생활만으로 성립되었다고 하면, 이 배는 우선 항구를 나갈 수조차 없었을 것이다. 우리들의 소설이 모순을 적발하고, 그 모순을 불러일으키게 하는 곳에 목적이 있는 것은 예로부터 지금까지 뛰어난 문학이 그런 것과 같이 누구도 의심하지 않는다. 그러나 생활이 없는 곳에 투쟁이 없듯이, 통일이 없는 곳에는 처음부터 모순은 존재하지 않는 것이다.

「게잡이 공선」 안의 생활에 대해 더 자세히 묘사하고 어부들의 인격을 전적으로 실감을 가지고 묘사해야 했다고 생각한다. 감독도 캄차카 깊은 바다에서는 다수 중의 한 사람이다. 그의 정체는 아직 여러 가지 면이 있는 것이 아닌가? 모순은 통일과 별개로 있는 것이 아니다. 어쩌면 그 투쟁 장면은 묘사하지 않아도 좋은, 그것에 이르지 않으면 안 되는 생활 내부를 자세히 추궁했으면, 어쩌면 더 재미있게 '읽기 어렵지 않은' 작품이 되었는지도 모른다고 나는 생각한다.

그러나 이것을 쓰고 있는 동안에 나는 그만두고 싶어졌다. 그것은 「게잡이 공선」에 대해 말하고 있는 것이 아니고, 자기 자신에게 말하고 있는 기분이 들었기 때문이다. (1935년 12월)

이 잡지의 다키지 추모 비평의 하나로, 전전의 마지막 「게잡이 공선」 비평이다.

이 비평에서 우선 도쿠나가 스나오는 「게잡이 공선」의 가치를 인정하고 있지만, '읽기 어렵다'고 말한다. 그는 이 작품의 '읽기 어려움'은 '제재적 현실을 충분히 알지 못하고 혹은 간단한 조사로 그 위에 선 추상적 이념 내지는 관념으로, 그것보다 더 비중적으로 큰 자신의 주관성으로 바짝바짝 억지로 밀고 나아간 소설의 "읽기 어려움이다"'라고 비판하고 있다. 그리고 이 '읽기 어려움'은 '재미없다'라는 의미로, 이 작품의 본질적인 결함이라고 말하고 있는 것이다.

그 이유에 대해 도쿠나가 스나오는 '"게잡이 공선"에 나오는 모든 인물에는 거의 성격이 없다', '현실성이 부족하다', '문장의 리듬이 다르다' 등을 든다. 다음에 그는 '어떠한 포악한 인간이 사는 장소에서도 그곳에 어떤 형태로든 행하여지는 통일적인, 모순을 통일한 공기 없이는 인간은 생활할 수 없는 것이다'고 하면서, 「게잡이 공선」의 상황이 사실이면, '이 배는 우선 항구를 나갈 수조차 없었을 것이다'라고 주장한다. 그리고 마지막으로 '그 투쟁 장면은 묘사하지 않아도 좋았다'고 말하고 있다. 이것은 나카무라 무라오의 「게잡이 공선」비평과 같은 견해라고 생각할 수 있다.

도쿠나가의 「게잡이 공선」에 대한 여러 가지 견해는 차치하고, 이 작품의 투쟁 장면에 대해 생각해 보자. 그는 '그 투쟁 장면은 묘사하지 않아도 좋았다'라고 말하고 있다. 그러나 이제까지 많은 작가·비평가들이 지적해 온 것과 같이 「게잡이 공선」의 투쟁 장면은 이 작품에서 빠트릴 수 없는 가장 중요한 장면이라고 할 수 있다. 좀 더 말하면, 이 장면이야말로 진짜 프롤레타리아 문학으로서의 「게잡이 공선」의 의미가 있다고 해도 좋다. 왜냐하면 어부 노동자들은 투쟁을 통하여 비로소 자신들의 위치를 자각하고 자신들이 가야 할 길을 알게 되기 때문이다. 투쟁 장면이 없었으면 노동자들의 자각은 없었을 것이다.

이것은 스스로 '독단'을 말해 본다고 했어도, 다키지와 함께 프롤레타리아 문학 진영의 뛰어난 작가인 도쿠나가 스나오라면 있을 수 없는 의견이다. 그러면 「게잡이 공선」에 반감을 가지고 있는 듯한 도쿠나가 스나오의 이러한 견해는 무엇을 이야기하고 있는 것일까. 그것은 말할 것도 없이 시대의 변화를 이야기하고 있는 것이다. 이 비평이 쓰인 1936년은 이미 프롤레타리아 문학 조직이 없어져 버린 시기이기도 해서, 이 작품에 대한 도쿠나가 스나오의 입장은 혹독한 것이었다. 그래서 「게잡이 공선」 비평이라기 보다, 그 비판이 되지 않을 수 없었던 것에 다름 아니다.

이 비평이 실려 있는 『문학안내』의 '편집 후에'에는 '고바야시 다키지의 작품 연구의 특집은 2월이 고바야시가 죽은 3주기이기 때문에, 그 다소의 기념도 겸하여 프롤레타리아 문학의 동향이 시대의 영향으로 이상하게 왜곡되어 있는 오늘날, 고바야시의 한결 같은 리얼리즘을 재검토하는 것에 의해 독자 제군의 문학 혼을 단련하고 싶기 때문이다'라고 되어 있다.

한편 「게잡이 공선」을 증보 각색하여 상연된 「북위 50도 이북」에 대한 비평도 세 개 보인다.

「북위 50도 이북」에 대해서는 「북위 50도 이북」 상연 전에 신쓰키지 극단 문예부에서 발행된 「신쓰키지 극단 상연 각본 해설 개요」(『제극(帝劇)』 제81호, 1929년 7월 25일 발행) 안의 「북위 50도 이북」의 '해설'란에, '"전기" 소재 고바야시 다키지 씨의 "게잡이 공선"이 본년도 상반기 문단에 있어 최대 걸작이라는 사실은 의심의 여지가 없다. 노동자의 생활로부터 유리된 프롤레타리아 문학이 횡행하는 가운데, 이것만은 참으로 프롤레타리아트의 현실 생활과 고난과 투쟁을 어디까지나 리얼하게 기록하고 묘사한 드물게 보는 명작이다. 이 소설을 각색 상연할 의도가 이미 여러 극단에서 계획되어 있었던 것을 보아도, 원작의 가치가 수긍될 것이다. 그런데 오호츠크 해에서 캄차카 해에 걸친 지방 사정을 잘 모르는 도쿄(東京)의 관중 앞에서는 "게잡이 공선"을 원작 그대로의 스케일로 무대화하는 것은 적당하지 않다. 따라서 이번 각색에서는 한층 더 사회적인 시야를 확대하여 제국 수도의 중앙에 있는 어업 회사인 본사의 내막 폭로도 집어넣고, 이것과 대비적으로 북해 바다의 거센 파도와 싸우는 노동자의 비참한 처지를 묘사하여, 현대 사회 기구(機構)의 장치를 드러내려고 했던 것이다. 다카다 다모쓰 씨의 입안(立案)에 의해, 특히 북일본 사정에 밝은 기타무라 고마쓰씨에게 집필을 부탁하였다. 또 극단에서도 미술부 요시다 겐키치(吉田謙吉) 군을 원작자가 사는 오타루에 보내어 그의 의견을 듣고, 또 어업의 실상을 답사시켜, 무대 위에서 게잡이 공선 어부의 실제 생활을 방불 시킬 충분한 준비를 갖추었던 것이다'라고 쓰고 있다.

이것에 의하면 「북위 50도 이북」의 상연을 위하여, 극단에서는 원작자인 다키지의 의견도 듣는 등 많은 준비를 한 것을 알 수 있다. 또 이 연극을 위해서 다키지도 「원작자의 한 마디(原作者の寸言)」라는 짧은 글을 보내고 있다. 다키지로서는 자신의 작품을 연극으로 상영하는 극단에게 격려의 메시지를 보낸 것이었다. 이 「신쓰키지 극단 상연 각본 해설 개요」의 다음 페이지에 원작자인 다키지의 「원작자의 한 마디」가 실려 있다. 이 「원작자의 한 마디」에는 '오타루·1929·7·14(小樽·一九二九·七·一四)'라고, 이 글을 쓴 장소와 날짜가 부기되어 있다. 이 「원작자의 한 마디」는 본서 제1장 제3절에 그 내용이 인용되어 있다.

이렇게 「게잡이 공선」을 증보 각색한 「북위 50도 이북」은 상당한 준비

단계를 걸쳐 상연되었다. 그러나 「북위 50도 이북」에 대한 반응은 좋지 않았다. 「게잡이 공선」을 증보 각색하여 상연된 「북위 50도 이북」은 「게잡이 공선」의 높은 평판과는 반대로, 이 작품을 손상하였다고 말하여 진다. 이것은 「북위 50도 이북」에 대한 세 개의 비평이 모두 혹평을 하고 있는 것으로도 알 수 있다. 이 연극에 대하여 무라야마 도모요시는 1929년 7월 29일 『도쿄아사히신문』의 '신쓰키지를 본다'라는 란을 통하여 '이것은 최근 우리들의 진영에서 최대의 수확의 하나일 고바야시 다키지 씨의 소설 "게잡이 공선"의 증보각색이라고 선전하지만, 양자에는 거의 어떤 공통점도 발견할 수 없을 정도로 하늘과 땅의 차이가 있다. 이 각본에 있는 것은 흥행사적인 장 나눔과, 거의 노동자에 대한 모욕이라고까지 생각되는 싸구려 같은 피상적인 묘사이다'라고 엄하게 비판하고 있다.

이러한 사정을 살펴보면, 처음에 다키지는 자신의 작품이 이렇게까지 각색되는 것을 몰랐다고 생각된다. 다키지는 이 연극을 위하여 「원작자의 한 마디」까지 보내고 있었지만, 그 각본을 보고 기가 막혔을 것이다. 이것에 대하여 무라야마의 비평과 역시 같은 날 발행된 『미야코 신문』은 '그 각색도 상당한 부분에서 고바야시 씨의 생각에 따르지 않는 곳이 있었던 것 같다고 듣고 있다'라고 그 경위(經緯)를 밝히고 있다. 이것은 이 연극이 「게잡이 공선」이라는 원작의 타이틀을 사용할 수 없었던 것으로도 알 수 있다.

이렇게 연극 「북위 50도 이북」은 원작 「게잡이 공선」과는 거리가 있는 것이었다. 「북위 50도 이북」과 「게잡이 공선」의 이러한 간격은 원작과 연극이라는 형식의 차이라는 문제라기보다는, 작품을 해석하는 관점의

179

차이라고 생각된다. 또 연극에서는 흥행성도 배제할 수 없는 원인이었을 것이다. 「북위 50도 이북」의 비평은 그 타이틀만 기록하기로 한다.

1) 무라야마 도모요시 「신쓰키지를 본다(新築地を見る)」(『도쿄아사히신문』 1929년 7월 29일, 도쿄아사히신문사)

2) 무명씨(無署名) 「기대를 저 버린 『북위 50도 이북』 - 신쓰키지의 제3회 제극 공연 - (期待を裏切つた『北緯五十度以北』 - 新築地の第三回帝劇公演 -)」[극평(劇評)](『미야코 신문』1929년 7월 29일, 미야코신문사)

3) 나카모토 다카코·도다 도요코(中本たか子·戸田豊子) 「북위 50도 이북을 본다(北緯五十度以北を観る)」(『여인예술』 제2권 제9호, 1929년 9월 1일 발행, 여인예술사)

3. 나오며

「게잡이 공선」을 일찍부터 '획기적인 작품이다'라고 평가한 히라바야시 하쓰노스케를 비롯하여 '우리나라 프롤레타리아 문학의 하나의 중요한 진전을 나타낸 것'(구라하라 고레히토), '후편이 나옴에 따라 더욱 명작이다'(이시하마 도모유키), '모든 부르주아 문학도 포함해 재래의 일본문학 중에서 출중한 작품'(가쓰모토 세이이치로), '현재의 일본 프롤레타리아 문학 작품에서 최고에 위치하는 것'(고미야마 아키토시), '뭐라고 하여도 최근의 프롤레타리아 문학에 한 획을 그은 걸작'(오카자와 히데토라)과 같이, 동시대의 많은 작가·비평가가 이 작품을 일본 근대문학사의 중요한 작품으로서 그 위치 매김을 하고 있다. 요컨대 「게잡이 공선」은 일본 근대문학의 이제까지의 작품과 일선(一線)을 그은 획기적인 작품이라고 할 수 있다.

동시대(同時代)의 「게잡이 공선」의 비평 중에서 중요하다고 생각되는 것은 히라바야시 하쓰노스케, 구라하라 고레히토, 이시하마 도모유키, 가쓰모토 세이이치로, 나카무라 무라오 등의 비평이다. 이 중에서 나카무라 무라오의 비평은 여러 가지 의미에서 이채를 띤 것이었다. 나카무라 무라오의 「게잡이 공선」의 비평은 혹독한 의견이었다. 동시대의 많은 작가·비평가가 이 작품을 높게 평가했음에도 불구하고, 그 혼자 이 작품을 강하게 비판하였다.

나카무라의 「게잡이 공선」의 비평은 억지라는 느낌이 없지 않다. 하지만 그가 비평에서 언급한 지적은 이 작품 전체의 구조에 관한 것이었음을 부정할 수 없다. 이론의 여지는 있지만 엄격한 비평에 귀를 기울이는 것도 필요할 것이다. 또 그와 다키지 사이에 펼쳐진 「게잡이 공선」에 대한 논쟁은 논점은 차치하고라도, 「게잡이 공선」이라는 작품의 이름을 알리는 효과도 있었던 것이다.

두 사람의 논쟁은 나카무라가 자본주의의 이상(理想)을 이야기하고 있는 것에 대하여, 다키지는 자본주의의 현실(現實)을 이야기하고 있는 것이라고 생각된다. 나카무라 무라오와 다키지의 논쟁에 있어서 나카무라가 인식하지 못하고 있는 점은 「게잡이 공선」의 노동자들이 임시직(臨時職)이라는 사실이었다. 그는 「게잡이 공선」의 노동자들이 그 회사의 정식

사원이라고 판단하여, 노동자를 대하는 방식에 대하여 강한 비판을 하였던 것이다.

그러나 홋카이도의 일이 거의 그렇듯이 「게잡이 공선」의 노동자들은 계절(季節)노동에 종사하는 임시직에 불과하였다. 8월이 되어 게잡이의 어기가 끝나면, 그들은 새로운 직장을 찾아서 홋카이도의 이곳저곳을 떠돌아다니지 않으면 안 되었다. 「게잡이 공선」의 일은 그러한 한시적인 것이었고, 공선(工船)의 어부들은 비정규직 노동자 신분이었다. 「게잡이 공선」에서 나카무라와 다키지의 커다란 인식의 차이는 이러한 노동자들의 신분에 대한 차이로부터 온다고 할 수 있다. 바꾸어 말하면 그것은 자본주의의 이상과 현실의 차이라고 할 수 있다.

한편 다키지의 반론에 대한 나카무라의 재반론의 경우에는, 시종 감정적인 반응이 전면에 나와 있는 인상을 준다. 이러한 나카무라 무라오의 비평 태도는 「게잡이 공선」만의 문제가 아니었다. 일찍이 나카무라와 『부동조(不同調)』의 동인이었던 도카와 마사오(戶川貞雄)는 「나카무라 무라오씨를 비판한다(中村武羅夫氏を批判す)」(『신조』제26년 제 12호, 1929년 12월 1일 발행)에서 '나카무라 씨는 어째서 감정적이고 반동적인가'라고, 우노 고지(宇野浩二)의 「알려지지 않은 걸작(知られざる傑作)」에 대한 나카무라 무라오의 비평 태도를 비판하고 있다.

또 나카무라 무라오의 「게잡이 공선」의 비평이 실려 있는 1929년 10월호의 『신조』의 '편집 후기'에 해당하는 '기자 편지'는 '나카무라 씨의 "프롤레타리아 문학 인식과 그 작품의 음미"는 당당히 50매에 걸친 긴 논문으로, 프롤레타리아 문학이론과 그 작품에 대한 비판은 소위 부르주아 파의 논객이 침묵을 고수하고 있는 이때, 단 한 사람, 나카무라 씨만에 의해서만 행하여졌다고 생각되는 열의에 찬 것이다'라고 쓰고 있다. 실로 그의 비평 태도를 엿볼 수 있는 문장이다.

다키지의 「게잡이 공선」이 발표되었을 때, 이 작품의 가치를 평가한 작가·비평가의 많은 수가 프롤레타리아 문학 운동 진영에 관계한 사람들이었다. 시기는 바야흐로 프롤레타리아 문학 운동 진영과 반 프롤레타리아 문학 운동 진영으로 나뉘었던 시대였던 것이다. 그 무렵 어느 동인잡지도 프롤레타리아 문학 운동파와 반 프롤레타리아 문학 운동파의 좌우의 대립 상황이 벌어지지 않는 곳은 없었다. 이러한 양진영의 반목은 같은 작품에 대한 평가가 상반된 평가로 나타나는 것이었다. 여기에 당시의 객관적인 비평의 어려움이 있었다.

이러한 비평의 어려움에 대하여 가토 다케오(加藤武雄)는 '독후(讀後)' 〈문예시평〉(『신조』 제26년 제 7호, 1929년 7월 발행) 란에서 '최근 월간 평가가 또 활발해졌다. 이전에는 갑의 비평, 을의 비평, 병의 비평을 통하여 대개 어느 일치점이 보였다. 지금은 거의 그것이 없다. 갑이 걸작이라는 것을 을은 졸작이라고 하고, 을이 시시한 작품이라고 하는 것을 병은 가작이라고 한다. 오히려 갑의 그것이 걸작이면 일수록 그것만큼 을에게는 졸작이 된다. ― 라는 식으로 조차 보인다. 걱정스러운 혼란이다. 생활의 혼란, 이데올로기의 혼란, 미학의 혼란, 감각의 혼란이다. 도무지 어쩔 수 없는 이야기다'라고 한탄하고 있다.

그 당시 여러 가지 혼란 중에서, 그가 무엇보다도 걱정하고 있던 것은 '이데올로기의 혼란'이었음에 틀림없다. 요컨대 그 당시 프롤레타리아 문학 진영의 사람으로서는 자신의 문학이 아니면 어떤 가치도 없고, 마찬가지로 이것은 그 반대의 경우도 성립하고 있기 때문이다. 당시는 상대방의 문학을 완전히 무시한다든가 심하게 혹평하는 것이 당연한 듯이 행해지고 있었던 이상한 분위기에 휩싸였던 시대였다. 상대 진영의 문학을 깔보는 문학 태도는 비단 이 시대만의 문제는 아니지만, 그것이 이 시대 정도 심했던 때는 없었다. 「게잡이 공선」에 대한 동시대의 평가도 이러한 한계가 있었다고 생각해야 할 것이다.

제4장

「1928년 3월 15일

(一九二八年三月十五日)」

1. 초출(初出)에 대하여

1928년의 3·15사건을 취재한 「1928년 3월 15일(一九二八年三月十五日)」은 고바야시 다키지의 실질적인 처녀작이다. 「1928년 3월 15일」은 1928년 11월호의 『전기』(제1권 제7호)와 1928년 12월호 『전기』(제1권 제8호)의 2회로 나누어 발표되었다. 전자에는 「1928년 3월 15일(1)」로써 1장에서 4장까지가, 후자에는 「1928년 3월 15일(2)」로써 5장에서 9장까지가 실려 있다.

「1928년 3월 15일」의 타이틀은 다키지의 육필(肉筆)원고에 「1928·3·15」로 되어 있다. 그러나 『전기』 11월호에는 목차의 제목은 「1928·3·15」이지만, 본문의 제목은 「1928년 3월 15일(1)」로 되어 있다. 목차의 제목과 본문의 제목이 다르다. 또 목차에서 게재 페이지가 '52'부터 라고 되어 있지만, 실제로는 55페이지부터 72페이지까지 게재되었다. 그리고 본문의 말미에는 '- 차호(次號)완결 -'이라고 부기가 붙어 있다.

이 「1928년 3월 15일(1)」이 게재된 『전기』 11월호에는, 같은 3·15사건을 제재(題材)로 한 니시자와 류지(西沢隆二)의 단편소설 「오가요(お加代)」가 실려 있다. 같은 3·15사건을 취급한 작품이지만 「오가요」에는 복자가 전혀 없고, 「1928년 3월 15일(1)」에는 복자 작업을 행하고 있는 것이 대조적이다. 그것은 「1928년 3월 15일(1)」이 무법(無法)적인 경찰의 폭력을 묘사하고 있는 것에 대하여, 「오가요」는 남편을 감옥에 보낸 노동자 아내의 분투를 묘사했다는 두 작품의 내용의 차이에서 온 것이라고 생각된다.

한편 「1928년 3월 15일(1)」에 대해서는, 이 작품이 게재된 『전기』 11월호의 '전초선(前哨線)'란에 구라하라 고레히토가 '이번 달부터 게재하게 된 고바야시 다키지 군의 소설 "1928년 3월 15일"은 여러 가지 의미에서 주목할 가치가 있다. 과연 그곳에는 매우 많은 예술적 결함이 보인다. 하지만 작가가 우리들에게 가장 가깝고 가장 생생한 문제를 작은 에피소드로써가 아니고, 커다란 시대적 스케일로써 묘사하려고 한 노력에는 프롤레타리아 문학의 이제부터의 발전에 대한 하나의 중요한 암시가 포함되어 있다. 이 암시는 작가가 그 예술적 결함을 극복한 때, 비로소 현실의 모습이 되어 나타날 것이다. 그러나 거기에는 이미 작가에 의해, 하나의 방향이 제시되어 있다. 우리들은 이러한 작품이 우리나라의 공장에서 농촌에서 나오는 것을 바라마지 않는다'라고 이 작품을 소개하고 있다.

또 『전기』 편집부로부터의 '편집후기'에는 '오타루에서 고바야시 다키지 씨가 소설을 보내왔다! 전기는 항상 이러한 공장의, 농촌의, 전국의 동지의 힘찬 솜씨를 희망한다! 그렇다! 먼 동지제군! 전국적인 편집회의에 참가하라! 각각의 지방색 있는 통일된 프롤레타리아트의 의지를 우리들의 전기에 명기(銘記)하라!'라고 있다.

「1928년 3월 15일(2)」는 12월호 『전기』의 10페이지에서 43페이지까지이고, 그 말미에 '(완)'이라고 있다. 그리고 이 작품의 탈고 일을 나타내는 '― (1928·8·17) ―'가 부기되어 있다. 「1928년 3월 15일(2)」의 타이틀은 목차에는 3월 15일의 15가 '十五'로 되어 있는데, 본문의 제목에서는 '一五'로 표시되어 있다. 이렇게 「1928년 3월 15일」은 초출 잡지의 발표 시에 있어서 그 타이틀의 표기가 제각각으로 통일되어 있지 않았다.

그리고 「1928년 3월 15일」의 타이틀은 『일본 프롤레타리아 작가총서 제2편 게잡이 공선(日本プロレタリア作家叢書第二篇 蟹工船)』이라는 제목으로, 「1928년 3월 15일」이 「게잡이 공선」과 함께 처음으로 단행본으로 출판되었을 때에도 통일되어 있지 않다. 이 책 안에서 「1928년 3월 15일」의 타이틀은 목차의 제목에서는 3월 15일의 15가 '十五'로 되어 있는데, 본문에서는 '一五'로 되어 있다. 또 본문 위의 기둥 부분에는 「一九二八·三·一五」로 되어 있고, 이 책의 내용으로 나와 있는 속표지(裏表紙)의 제목에는 아라비아 숫자로 「1928·3·15」로 되어 있어, 그 타이틀 표기가 완전히 각각이다.

이 작품의 타이틀은 이 책의 개정본인 『일본 프롤레타리아 작가총서 No.9 1928년 3월 15일 개정판(日本プロレタリア作家叢書 No.9 一九二八年 三月十五日 改訂版)』에 의해, 「1928년 3월 15일(一九二八年三月十五日)」로 통일되게 된다. 한편 1951년 1월에 발행된 이와나미(岩波) 문고판에서는 원래의 제목인 「1928·3·15」를 사용하고 있다. 이와나미 문고판은 다키지의 육필 원고를 그대로 복원했기 때문이다.

이것에 대하여 이 문고판에는 '"1928·3·15"의 복원 본문에 대하여'라는 제목으로, 가쓰모토 세이이치로(勝本清一郎)가 '삭제뿐만이 아니고 가필(加筆)도 많았다. 가필은 제목에까지 미쳤다. 고바야시의 노트 고(稿)에서도 구라하라에게 보낸 편지에서도 이 작품의 원제(原題)는 "1928·3·15"이다. 이번에는 이 제목에 이르기까지도 처음으로 복원했다'라고 하면서, 다테노(立野)의 회상으로써 다음과 같은 문장을 인용하고 있다.

발표에 있어 최초의 제목 「1928·3·15」가 「1928년 3월 15일」이 되어 있어, 이후 그것이 쭉 사용되고 있다. - 작가 자신도 그것을 사용하고 있다 - 하지만 그것은 아마 내가 그렇게 한 것이라고 생각한다. 그러나 지금으로서는 무엇 때문에 그렇게 바꾸었는가 그때의 마음은 기억나지 않아서 잘 모르겠다.[1]

다테노 노부유키는 당시 『전기』의 최종 편집자였다. 다키지가 구라하라(藏原)에게 보낸 「1928년 3월 15일」은 구라하라에서, 최종적으로 다테노의 교정 작업을 거쳐 『전기』 지상에 실렸던 것이다. 그는 「1928년 3월 15일」이 『전기』에 실릴 때, 원고가 구라하라로부터 자신에게 돌아왔다고 하면서 '단정한 서체의 백수십 매, 한 자(一字)도 지우지 않은 원고를 대하고, 당시의 검열에서는 도저히 통과할 수 없다고 생각되어지는 노골스러운 표현과 단어를, ××와 선으로 난폭하게 삭제했던 것을 확실하게 기억하고 있다'[2]라고 쓰고 있다. 이렇게 하여 보면 「1928년 3월 15일」이 『전기』에 게재되었던 때, 다테노의 판단으로 도저히 통과되지 않을 부분에 복자와 삭제를 했다고 생각할 수 있다.

그러나 하쓰모토는 「1928년 3월 15일」의 원고에 대하여, 다테노가 '단정한 서체의 백수십 매, 한 자(一字)도 지우지 않은 원고라고 했지만, 사실 그렇지 않았다'라고 하면서 '실제로 백사십오 매의 원고에 한 자의 정정도 없었던 것은 아니다. 고바야시 자신의 필적의 정정도 다소 있었던 것이다'[3]라고 쓰고 있다. 이러한 사정에 대해 다케노의 기억이 정확한지 가쓰모토의 기억이 정확하지는 알 수 없다. 원고에서의 가필이 다키지의 것인지 편집자의 것인지 불분명하기 때문이다. 하지만 「1928년 3월 15일」의 내용에 있어서 두 사람의 차이는 거의 없다고 말해도 좋을 것이다.

「1928년 3월 15일(1)」과 「1928년 3월 15일(2)」는 검열을 고려하여 복자와 삭제 작업을 하여 발행되었다. 「1928년 3월 15일(1)」과 「1928년 3월 15일(2)」에 행하여진 복자와 삭제 부분을 전부 합하면, 복자가 135개 부분, 삭제 부분이 121행 102자에 이르고 있다.

이 가운데 「1928년 3월 15일(1)」의 복자 부분은 11개 부분이다. 「1928년 3월 15일(2)」는 「1928년 3월 15일(1)」보다 훨씬 많고, 이러한 복자와 삭제 부분의 대부분은 「1928년 3월 15일(2)」의 제 8장의 고문 장면에 집중되어 있다. 「1928년 3월 15일(2)」의 경우, 검열에 걸리지 않도록 상당히 신경을 썼다고 생각할 수 있다.

그러나 이러한 노력에도 불구하고 「1928년 3월 15일(1)」이 게재된 『전기』 11월호와, 「1928년 3월 15일(2)」가 실린 『전기』 12월호는 안녕을 이유로 양쪽 모두 발매 금지에 처해졌다. 하지만 데즈카 히데타카의 '해제(解題)'(『고바야시 다키지 전집 제2권』 1982년 6월 발행, 신일본출판사)에 의하면, "'1928년 3월 15일"이 게재된 "전기" 11월호와 12월호는 각각 8000부를 발행하여 넓게 읽혔다'라고 한다. 신인 작가인 다키지의 「1928년 3월 15일」은 문단에 커다란 반응을 불러일으키게 된다. 하지만 일본 특고(特高) 경찰의 잔학성을 철저히 폭로했기 때문에 특고 경찰의 미움을 받는 결과가 되기도 했던 것이다.

「1928년 3월 15일」의 발매 금지에 대한 사항은 내무성 경보국으로부터 1928년 12월에 발행된 『출판경찰개관(出版警察概観)』의 '좌익출판물

경향'이라는 곳을 보면, 다음과 같이 쓰여 있다.

　3월 15일 사건을 문예작품으로써 취급한 것에는 「이쓰쿠라(いすくら)」 창
간호인 「밤(夜)」 및 전기 11월호, 12월호에 게재된
　　　「1928년 3월 15일」　　　　　　고바야시 다키지
가 있다. 후자는 각 방면에 있어서 문제가 되었던 작품으로 홋카이도에 있는
공산당 사건의 검거를 취급한 것으로, 심문 모습을 과대하게 취급하여, 이것
을 게재한 『전기』 11월, 12월호의 금지의 이유가 되었던 것이다.

이 책에 의하면 다키지의 「1928년 3월 15일」 때문에 『전기』 11월호와
12월호가 발매 금지가 되었던 것을 알 수 있다. 또 「1928년 3월 15일(2)」
가 게재된 『전기』 12월호에 대해서는, 같은 내무성 경보국에서 1928년
12월에 발행된 『출판경찰보 제3호』의 '안녕금지출판물 목록'에 '전기 12
월호, 제1권 제8호, 11월 30일, 동경'이라고 있고, 그 이유로써 '고문 기
사 및 부록 "신당 준비의 결당(結黨)"이라고 되어 있다. 고문 기사라는 것
은 다키지의 「1928년 3월 15일(2)」로, 부록의 신당 결당이라는 것은 야
지마 마쓰오(矢島益夫)의 '신당 준비회와 그 결당'을 가리킨다.

　한편 『전기』 11월호와 12월호의 발매 금지에 대하여, 1930년 1월호 『전
기』의 '전초선'란에 '11월에 이어, 12월호도 또 발매 금지! 11월호는 소비
에트 기념제 기사와 야나기세(柳瀬)의 "광견에 물린다(狂犬に噛まれる)"와
고바야시의 "1928년 3월 15일"이 나쁘고, 12월호는 별책부록 "신당 준비
회와 그 결당"과 도표(グラフ)인 "삿포로 공판(札幌の公判)"과 고바야시 소

설의 후속이 안 된다는 것이다'라는 문장이 보인다.

2. 초출 이후

「1928년 3월 15일」은 『전기』에 발표되고 나서, 전전(戰前)까지 세 개의 단행본에 수록되었다. 그것은 각각, 전기사에서 1929년 9월에 발행된 『일본 프롤레타리아 작가총서 제2권 게잡이 공선』 안에 수록된 「1928년 3월 15일」, 이 책의 개정본으로서 역시 전기사에서 1930년 5월에 발행된 『일본 프롤레타리아 작가총서 No.9 1928년 3월 15일 개정판』, 그리고 나우카 사에서 1935년 6월에 발행된 『고바야시 다키지 전집 제3권』 안에 수록된 것이다.

처음 단행본으로 발간된 「1928년 3월 15일」은 『일본 프롤레타리아 작가총서 제2편 게잡이 공선』이라는 제목으로, 전기사에서 1929년 9월 25일에 발행되었다. 「게잡이 공선」의 부록으로써 수록된 것이다. 이 책에서 「1928년 3월 15일」은 『전기』 초출의 복자와 삭제 부분을 복원하여 발행되었다. 여기에서 「1928년 3월 15일」은 129페이지부터 222페이지까지로 복자를 전부 복원하고 있지만, 마지막 한 페이지는 빠져 있다.

이것에 대하여 이 책을 복각(復刻)했던 때, 오다키리 스스무(小田切進)가 '해설'(『명저복각전집 근대문학관 작품해제 - 쇼와기 - (名著復刻全集近代文学館作品解題 - 昭和期 -)』 1969년 9월 발행, 일본근대문학관)에, '본서는 어느 원본도 마지막 한 페이지 "수록 작품 『1928년 3월 15일』의 말미에서, 앞의

페이지 『3·15를 잊지 마(三·一五を忘れるな)』에 이어지는 슬로건 부분 약 한 페이지"가 찢어져 있고, 분명히 페이지를 짜른 잔지(殘紙)가 남아 있는 책도 있다'라고 쓰고 있다. 이 작품과 함께 수록된 「게잡이 공선」에는 9개의 복자가 보인다. 그렇다고 하면 「1928년 3월 15일」도 이것과 맞추어서, 그 마지막 한 페이지는 당시의 검열을 고려하여 찢겨져 출판된 것이라고 생각할 수 있다.

이 「1928년 3월 15일」이 수록된 『일본 프롤레타리아 작가총서 제2편 게잡이 공선』은 발행일인 9월 25일에 발매 금지에 처해졌다. 이 사항에 대해서는 내무성 경보국에서 1929년 10월에 발행된 『출판경찰보 제13호』의 '주요출판물납본월보(主要出版物納本月報)'에 '후지모리 나리키치의 『일본 프롤레타리아 작가총서 제1편 빛과 어둠(光と闇)』, 야마다 세이사부로의 『일본 프롤레타리아 작가총서 제3편 오월제 전야(五月祭前夜)』와 함께, '일본 프롤레타리아 작가총서 제2 게잡이 공선(금지), 고바야시 다키지, 도쿄 전기사, 46판, 244, 0. 70'이라고 있다. 또 『일본 프롤레타리아 작가총서 제2편 게잡이 공선』과 야마다 세이사부로의 『일본 프롤레타리아 작가총서 제3편 오월제 전야』에 대해서는, 같은 책의 '사상관계출판물 해제'란에 그 금지 이유가 상세하게 설명되어 있다.

이것에 대하여 『일본 프롤레타리아 작가총서 제2편 게잡이 공선』의 발매 금지 때문에, 전기사에서 1929년 11월에 발행된 『게잡이 공선 개정판』의 '후기'에는 '개정판을 발행하는 데 있어 "1928년 3월 15일"은 그 전부를 삭제하지 않을 수 없게 되었다. "3월 15일" 그것이 현재의 검열 제도 치하에서는 발매 분포를 금지되는 것으로 되어 있다'라고 이 작품에 대한 발매 금지의 전후 사정이 쓰여 있다.

이렇게 하여 보면『일본 프롤레타리아 작가총서 제2편 게잡이 공선』에 대한 발매 금지 대상은 「게잡이 공선」이 아니고, 「1928년 3월 15일」이었다는 것을 알 수 있다.

「1928년 3월 15일」의 두 번째의 단행본은『일본 프롤레타리아 작가총서 No.9 1928년 3월 15일 개정판』(이하, 『1928년 3월 15일 개정판』으로 한다) 이라는 제목으로, 1930년 5월 13일에 같은 전기사에서 발매 출판되었다. 이것은『일본 프롤레타리아 작가총서 제2편 게잡이 공선』안의 「1928년 3월 15일」의 개정판으로써 발행된 것이다. 이 책은 「1928년 3월 15일」만의 전전 유일한 단행본으로, 1페이지에서 95페이지까지로 되어 있다.

이『1928년 3월 15일 개정판』의 발행에 있어서『전기』 1930년 3월호 (제3권 제4호)와 4월호, 그리고 5월호에는 '게잡이 공선과 함께 고바야시 다키지의 역작인 이 "1928년 3월 15일"은, 너무나도 사건을 진실 되게 묘사한 것과 3월 15일이라는 역사적 기념일을 다루었다는 점에서 지배 계급의 노여움을 샀다. 한 번 발매 금지의 어둠 속에 던져졌던 본서도 전 노동자 농민의 요구에도 내기 어려워, 개정하여 제군들에게 보낸다. 3·15 원한의 날, 눈보라 속에 악전고투하고 ××된 북해(北海) 동지의 모습, 그것은 전 노동자 농민의 가슴이 터질 듯한 분투와 결의에……'라는 이 작품의 선전광고(宣傳廣告)가 실려 있다.

『일본 프롤레타리아 작가총서 제2편 게잡이 공선』안의 「1928년 3월 15일」과 함께 수록된 「게잡이 공선」의 개정판에 대해서는 이미 앞에서 살펴보았다. 이『1928년 3월 15일 개정판』의 '개정'의 의미는, 이 작품이 처음으로 단행본의 형태로 나온 『일본 프롤레타리아 작가총서 제2편 게 잡이 공선』의 「1928년 3월 15일」에서 몇 개인가의 복자 작업을 한 것에 불과하다. 본문은 한 행(一行)도 개정되어 있지 않다. 요컨대 『1928년 3월 15일 개정판』은 단지 몇 개인가의 복자를 한 것으로 '개정판'이라는 제목으로 출판되었던 것이다.

『1928년 3월 15일 개정판』의 복자는 「　」라는 활자의 공백을 사용해 행해졌다. 즉 이 책의 지형(紙型)과 『일본 프롤레타리아 작가총서 제2편 게잡이 공선』안의 「1928년 3월 15일」의 지형이 완전히 똑같기 때문에, 이 책의 복자 작업은 『일본 프롤레타리아 작가총서 제2편 게잡이 공선』 안의 「1928년 3월 15일」에서 위험하다고 판단되는 곳을 적당히 지운 것 에 다름 아니다. 이러한 복자의 개수는 73곳으로, 단어만이 아니고, 문장 의 구(句)나 절(節) 등이 삭제되어 있다.

그런데 이 책에는 『일본 프롤레타리아 작가총서 제2편 게잡이 공선』안 의 이 작품에 빠져 있는 마지막 페이지가 보인다. 이것은 『일본 프롤레타 리아 작가총서 제2편 게잡이 공선』에 있어서 「1928년 3월 15일」의 마지 막 페이지가 찢겨진 사실을 뒷받침하고 있다고 생각할 수 있다.

「1928년 3월 15일」의 타이틀은 이 『1928년 3월 15일 개정판』에 의해, 비로소 통일된다. 타이틀 표기(表記)는 전부 일곱 군데 있는데, 표지(表紙) 제목, 책이름(標題) 제목, 뒷장 책 이름 제목, 본문 제목, 본문 마지막 부 분, 판권장(板權張) 등 여섯 군데가 「1928년 3월 15일」로 되어 있다. 다른 한 군데는 본문 위의 기둥 부분인데, 이것은 이 책의 지형과 『일본 프롤 레타리아 작가총서 제2편 게잡이 공선』안의 「1928년 3월 15일」의 지형이 같은 것이기 때문으로, 논외로 해도 좋을 것이다.

『1928년 3월 15일 개정판』의 발매일은 5월 13일이었지만, 발매 전인 5월 5일에 이미 발매 금지에 처해졌다. 이 책의 발매 금지에 대해서, 내무성 경보국에서 1930년 6월에 발행된 『출판경찰보 제21호』의 '주요출판물납본월보'에 '일본 프롤레타리아 작가총서 No.9 1928년 3월 15일(금지), 고바야시 다키지, 도쿄 전기사, 46판, 95, 0. 40'이라고 있다. 요컨대 이 문장은, 도쿄 전기사에서 발행된 46판, 95페이지, 정가 40전의 『일본 프롤레타리아 작가총서 No.9 1928년 3월 15일 개정판』이 발매 금지 처분을 받았다, 라는 내용인 것이다.

그 후, 「1928년 3월 15일」은 나우카 사에서 1935년 6월 20일에 발행된 『고바야시 다키지 전집 제3권』 안에 수록되었다. 이 『고바야시 다키지 전집 제3권』은 1935년 6월 16일 납본 인쇄, 1935년 6월 20일 발행이었다. 그리고 이 책의 보급판은 1936년 5월 12일 납본 인쇄, 1936년 5월 16일 발행으로 되어 있다. 이 책 안에 「1928년 3월 15일」은 「×생활자」「지구의 사람들(地区の人々)」「누마시리 마을(沼尻村)」「전형기의 사람들(転形期の人々)」 등과 함께 수록되었다. 이 책의 내용은 「×생활자」의 제목이 나타내고 있듯이, 복자와 삭제 투성이의 것이었다.

『고바야시 다키지 제3권』 안의 「1928년 3월 15일」은 547페이지에서부터 618페이지까지로, 「……」와 「——」, 그리고 활자의 공백인 「 」을 사용한 복자와 '(한 행 삭제)' '(14자 삭제)'라는 많은 삭제 부분을 가지고 발행되었다. 이 책의 「1928년 3월 15일」의 복자와 삭제 개수(個所)를 합하면 121개 정도이지만, 삭제 범위가 넓어서 가장 심한 곳에서는 '(이하 108행 삭제)'라는 표기도 보인다. 이러한 삭제 부분은 전부 274행 삭제와 241자 삭제에 이르고 있다.

이 『고바야시 다키지 제3권』에는 「1928년 3월 15일」뿐만이 아니고, 다른 작품에 있어서도 복자와 삭제 부분이 매우 많다. 이 책의 「1928년 3월 15일」은 다키지의 원래 작품과 비교하면, 작품의 가치를 손상했다고도 말할 수 있다. 그러나 이 책이 가지고 있는 의미가 전혀 없는 것은 아니다. 나우카 사판의 『고바야시 다키지 전집 제3권』은 그 발행 자체가 평가되어야 하는 것이다. 나우카 사판 『고바야시 다키지 전집 제3권』이 출판되었던 1935년(보급판 1936년)이라는 시기는 탄압에 의해 프롤레타리아 문학 운동이 괴멸한 후로써, 이 책의 출판은 의미가 있었던 것이라고 생각할 수 있다.

그러나 복자와 삭제 투성이인 이 책도 당시의 심한 검열을 그냥 지나칠 수 없었다. 『고바야시 다키지 전집 제3권』에 대하여 『증보판 쇼와 서적/신문/잡지 발금 연표 중(增補版昭和書籍 / 新聞 / 雜誌発禁年表中)』(1981년 5월 발행, 메이지(明治)문헌자료간행회)에서 1935년 6월의 '단행본'란에, '고바야시 다키지 전집 제3권, 6·20, 618, 도쿄 나우카사, 6·28, 안(安), "전형기의 사람들" 445-7, 476-9페이지 삭제'라고 있다. 요컨대 6월 20일에 도쿄 나우카 사에서 발행된 618페이지의 『고바야시 다키지 전집 제3권』은 6월 28일에 안녕금지 처분을 받아서 발매 금지가 되었다. 그 '처분 이유 또는 개요'로써는 '"전형기의 사람들" 445-7, 476-9페이지 삭제'로 되어 있다 라는 것이다. 그것에 의하면 이 책 안의 「1928년 3월 15일」과 「×생활자」가 문제가 되었던 것이 아니고, 「전형기의 사람들」이 문제가 되었던 것이라는 사실을 알 수 있다.

이렇게 「1928년 3월 15일」은 높은 평가를 받았음에도 불구하고, 나우카 판을 끝으로 전전 마지막 출판이 되었다. 이 작품은 발행된 모든 판본이 안녕을 이유로 발매 금지에 처해졌다. 그리고 「1928년 3월 15일」을 비롯하여, 고바야시 다키지의 모든 작품은 전전 국금(國禁)의 취급을 받아서, 1937년부터 패전까지의 8년간 출판될 수가 없었다.

3. 「1928년 3월 15일」의 '소리(音)'

다키지의 「1928년 3월 15일」은 '소리(音)'로 시작되어 '소리'로 끝난 작품이다. 이 작품에서 '소리'는 작중의 중심인물들과 깊게 관련하면서 작품 전체를 관통하고 있다. 류키치(龍吉), 와타(渡), 구도(工藤) 사다(佐多) 등 작품의 중심인물들은 '소리'와 밀접한 관계를 가지고 묘사되고 있다. 여기에서는 류키치, 와타, 구도, 사다 등, 작품의 중심인물을 통하여 이 작품에 나오는 '소리'의 의미에 대하여 생각해보기로 한다.

1) 류키치(龍吉)의 경우

류키치는 인텔리겐치아 출신의 운동가이다. 그는 아내 오게이(お惠)와 아이인 유키코(幸子)의 3인 가족이다. 이 가족이 자고 있는 한밤중에 갑작

스럽게 경찰이 들이닥친다. 그 장면이 어린이인 유키코의 눈을 통하여 묘
사되고 있다.

　　그날 아침 유키코는 오얏! 하고 무언가의 소리에 눈을 떴다. 유키코는 동그
랗게 뜬눈으로 무의식적으로 집안을 둘러보았다. 몇 시일까. 아침일까 하고
생각했다. 어째서인지 옆방에서 5, 6명의 사람들의 무엇인가 웅성거리는 소
리가 들려왔다. 한밤중이면 그럴 리가 없었다. 하지만 아직 전등이 밝게 켜져
있다. 아침은 아니다. 어떻게 된 것일까. 다다미 위를 쉬지 않고 삐걱삐걱 누
군가가 걷고 있는 소리가 났다.[4]

　　이것은 이 작품의 모두(冒頭) 부분이다. 유키코는 ‘무언가의 소리’ 때문
에 잠을 깬다. 그것은 ‘5, 6명의 사람들이 무엇인가 웅성거리는 소리’였
다. 그리고 이러한 유키코의 귀에 ‘다다미 위를 쉬지 않고 삐걱삐걱 누군
가가 걷고 있는 소리’가 들리는 것이다. 이렇게 다키지의 「1928년 3월 15
일」은 ‘무언가의 소리’로 시작되고 있다. 그리고 이 ‘소리’는 작품 전체에
걸쳐서 중요한 모티브로서 전개되는 것이다. 유키코의 잠을 깨운 어떤
‘소리’는 계속된다.

　　선반에서 물건을 내리거나, 신문지가 꺼칠꺼칠 거리거나, 다다미를 일으키
는 소리가 나거나 옷장 서랍을 하나하나씩 일곱 개까지 열고 있다. 그것이 전
부였다. 유키코는 그것을 마음속에서 세고 있었다. 그러자 부엌 쪽에서는 찬
장을 열고 있다. 유키코는 몸의 저쪽 밑바닥으로부터 오싹오싹 한기가 밀려

왔다. 그렇게 되자 몸을 어떻게 굽혀도, 어떻게 방향을 바꾸어도 그 한기가 멈추지 않고 몸이 떨려왔다. 갑자기 이빨과 이빨이 조금씩 덜덜 떨렸다. 깜짝 놀라서 턱에 힘을 주어 그것을 막았다. 아버지와 어머니의 말소리는 하나도 들리지 않았다. 어떻게 된 것일까. 무엇인가 말하고 있는 것은 남의 집사람뿐이었다.

자신의 집에는 언제나 많은 사람들이 온다. 그러나 지금 와있는 사람들은 그러한 사람들과는 전혀 다른 무서운 사람들이라고 직감했다.[5]

'선반에서 물건을 내리거나, 신문지가 꺼칠꺼칠 거리거나, 다다미를 일으키는 소리', '옷장 서랍을 열고 있는 소리', '찬장을 열고 있는 소리' 이러한 '소리'가 그것을 세고 있는 유키코의 마음에 들어가자, 유키코는 '한기(寒氣)'를 느끼게 된다. 그리고 그녀는 '한기' 때문에 '이빨과 이빨이 조금씩 덜덜 떨리'는 상태가 되는 것이다.

청각은 무생물인 '소리(音)'와 생물의 '소리(声)'로 구성되는 감각이다. 잠에서 깨어나 눈을 떴지만 지금 유키코가 느끼는 감각은 '소리(音)'와 '소리(声)'라는 청각뿐이다. 여기에서 무생물인 '소리'는 유키코의 몸을 통하여 생물화된다. 생물화된 '소리'의 힘은 점점 커질 뿐이었다.

유키코가 이러한 '소리'에 겁내고 있는 또 하나의 이유는 '아버지와 어머니의 말소리가 하나도 들리지 않았'기 때문이다. 자신의 집인데도 불구하고 '무엇인가 말하고 있는 것은 남의 집 사람뿐이었'던 것이다. 이것은 부적절하고 일방적인 관계를 그녀에게 전해준다. 말할 것도 없이 부적절하고 일방적인 관계는 올바른 상태가 아닌 것이다.

이렇게 유키코는 '소리'를 통하여 지금 집에서 일어나고 있는 상황을 파악하고 있다. 그녀는 이러한 상황을 통하여 지금 자신의 집이 올바른 상태에 있지 않고, 지금 자신의 집에 있는 남의 집사람들은 '무서운 사람들이라고 직감'하게 되는 것이다. 유키코로서 '소리'는 '무서운 사람들'을 의미하는 것에 다름 아니다.

이러한 유키코에 대하여, 류키치도 어떤 '소리'를 듣고 있다.

그는 몹시 허둥거리고 있었다. 바지를 입으면서 고꾸라질 뻔하거나 비틀거리거나 자기 스스로 그러한 자신에게 불쾌해지는 것을 느끼기조차 했다. 그러나 그는 바로 옆방에서 자신을 기다리고 있는 경찰의 짤그랑짤그랑 거리는 칼 소리가 유키코의 귀에 들린다, 지금이라도 들린다고 그렇게 생각해 조마조마하고 있었다. 그는 그 소리를 유키코가 들으면 유키코의 '마음'에 금이 가는 것을 알고 있었다.

'아빠는 학교 사람들과 함께 여행가는 거야'

유키코가 검고 큰 눈을 둥그렇게 뜨고 그를 올려보았다.

'선물로 뭐 사올 건대?'

그는 뭉클하고 와 닿았다. 그러나 '응, 좋은 것 듬뿍'

라고 말하자, 유키코가 안쪽으로 휙 머리를 돌렸다. 그는 갑자기 양손으로 자신의 머리를 붙잡았다. 핀 - , 도자기가 갈라지는 그 소리를 그는 확실히 들었다. 그는 앗 하고 걱정스런 비명을 지르고, 가까이 가서 서둘러 유키코의 품 속을 열어 보았다. 검포도를 붙인 것 같은 두 개의 유방 사이에 도자기 그릇과 같은 마음이 붙어 있다. - 살펴보니 머리털과 같은 금이 그곳에 나 있는 것이 아닌가!

앗 앗 앗 앗…… 류키치는 계속해서 숨 막힐 것 같은 외마디 비명을 질렀다.[6]

여기에서 '소리'는 '칼 소리'가 되어 있다. '칼 소리'는 무슨 사건을 일으키는 상징이라고 할 수 있다. 그러므로 이 '칼 소리'의 의미를 알고 있는 류키치는 '경찰의 짤그랑짤그랑 거리는 칼 소리가 유키코의 귀에 들린다, 지금이라도 들린다고 생각해 조마조마하고 있는' 것이다. 그는 그 소리가 유키코에게 들리면, 유키코의 어린 '마음'에 금이 가는 것을 알고 있는 것이다.

이윽고 이 '칼 소리'는 더 기분이 나쁜 '도자기가 깨지는 소리'로 변한다. 그 때문에 유키코의 도자기 그릇과 같은 마음이 붙어있는, 건포도를 붙인 것 같은 두 개의 유방 사이에 '머리털과 같은 금이 그곳에 나게 되는' 것이다. 그리고 그 '금'을 보고, 류키치는 '외마디 비명'을 지르는 것이다.

이 장면은 류키치의 꿈속에서의 것이다. 경찰이 그의 집을 들이닥쳤을 때, 류키치는 유키코의 자고 있는 모습을 보고 있었다. 그러므로 유키코는 아무것도 듣고 있지 않고, 또 당연히 어떤 일도 없을 것이었다. 그러나 꿈에서 유키코는 경찰의 '칼 소리'를 듣게 되고, 그녀의 마음에 '금'이 간다. 그리고 그것을 보고, 그는 '외마디 비명'을 지르는 것이다. 이렇게 '칼 소리'는 유키코의 신체를 통하여 류키치의 '외마디 비명'에 이르게 된다.

‘칼 소리’도, ‘도자기가 깨지는 소리’도, ‘외마디 비명’도, 모두가 불길한 ‘소리’에 다름 아니다. 다키지는 이러한 류키치에 대하여, ‘그는 지금 비몽사몽간에 꾼 꿈이 기분 나쁜 실감(實感)의 여운을 언제까지나 마음에 남기고 있는 것을 느꼈다’고 쓰고 있다. 꿈이 현실의 잠재적인 반영이라고 한다면, 실로 이 ‘기분 나쁜 실감의 여운’은 뒤의 고문(拷問)의 전조였다고 생각할 수 있다.

고문은 이성적인 인간이 상상할 수 있는 범위를 넘는 동물적인 행위이다. 고문은 이성적인 인간을 동물적인 모습으로 바꾸어 놓는다고 말할 수 있다. 그러나 류키지는 달랐다. 고문을 받고 난 후의 류키치는 더 단단해져 있었다. 다키치는 고문을 받은 후의 류키치를 다음과 같이 묘사하고 있다.

다음 날 아침, 류키치는 지독한 열이 났다. 옆에 붙어있는 나이든 경찰이 이마를 젖은 수건으로 식혀주었다. 계속 잠꼬대를 하고 있었다. 하루 지나자 그것이 나았다. 건달이

‘당신의 헛소리는 어지간했소’

류키치는 깜짝 놀라 상대가 전부 말하기도 전에 ‘뭐라고, 뭐라고?’ 하고 다그쳤다. 그는 옆에 붙어 있는 경찰이 있는 곳에서 당치도 않은 것을 말해 버리지는 않았나, 하고 움찔했다. 외국에서는 심문할 때 헛소리를 하는 액체 주사를 놓아 그 효과로 증언을 얻는, 그러한 바보 같은 방법까지 행해지고 있는 것을 류키치는 책에서 읽어 알고 있었다.

‘그리 간단히 죽을까. ― 좀 지나자, 또 그리 간단히 죽을까, 그런. 뭐가 뭔

지 모르지만 몇 십 번이나 그것만 헛소리를 하고 있었소'

　류키치는 어깨에 힘을 넣고 무의식중에 숨을 죽이고 있었는데, 안심이 되자 갑자기 부자연스럽게 큰소리로 웃기 시작했다. 그러나 '아파 아파 아파……' 하고 웃음소리가 몸에 울려 엉겁결에 외쳤다.[7]

'칼 소리'라는, '도자기가 깨지는 소리'라는, '외마디 비명'이라는, 불길한 '소리'였던 이러한 '소리'가 이곳에 와서 '웃음소리'로 변하고 있다. 모든 불길한 '소리'는 고문이라는 가혹한 과정을 거치면서, 오히려 '웃음소리'로 변해오는 것이다. 인텔리겐치아 출신인 류키치로서 고문이라는 행위는 생각만으로도 미쳐버릴 것 같은 무서운 경험이었을 것이다. 이것은 인텔리겐치아 출신 운동가의 약점이기도 하다. 그렇기 때문에 노동자 출신인 와타는 언제나 류키치에게 '오가와씨는 경찰에게 한 번 호되게 맞으면 훨씬 더 유망해질 텐데 말이야'하고 말하고 있었던 것이다.

　그러므로 고문이라는 잔학(殘虐)한 행위를 스스로 극복했을 때, 류키치는 비로소 진정한 운동가가 될 수 있었던 것이다. 류키치의 '웃음소리'가 이것을 극명하게 나타낸다. 고문은 비명 '소리'를 동반한다. 그러나 가혹한 고문에 대한 그의 마음은 '그리 간단히 죽을까'라는 한 마디로 요약될 수 있다. 류키치로서 고문은 이미 무서운 것이 아닌 것이다. 그리고 가혹한 고문을 극복할 수 있었던 류키치에게 '소리'는 더 이상 기분 나쁜 것이 아니었다. 류키치에게 '소리'는 '헛소리'를 거쳐, '웃음소리'로 연결된다. 모든 것을 극복한 그는 '큰소리로 웃기 시작'했던 것이다.

　'큰소리로 웃기 시작'한 상태는 모든 곤란한 상황을 극복한 후에만 나올 수 있는 감정의 표현이다. 고문에 대한 불안이 사라진 순간, 그의 마음 속으로부터 떠올라오는 안도의 마음이 이 '웃음소리'로 나타난 것이다. 이 '웃음소리'는 류키치의 승화(昇華)된 마음이라고 볼 수 있다. 그리고 그의 '웃음소리'에 의하여, 비로소 금이 간 유키코의 마음도 나을 수 있을 것이라고 생각된다.

2) 와타(渡)와 구도(工藤)

와타는 노동자 출신의 운동가이다. 그는 철과 같은 강한 의지를 가지고 있는 인물로서, 동료들은 그를 리더로 따르고 있다. 그는 다른 노동자와 함께 자고 있던 합동노동조합에서 검거된다. 와타의 검거 장면은 경찰의 '발소리'로 시작되고 있다.

공기가 공간을 채우고 있는 그대로의 형태로 파랗게 얼어 버린 듯했다. 아무런 소리도 들리지 않았고. 사람의 모습도 없었다. - 밤이 깊어 있었다. 조금씩 한기가 뼈 속까지 스며들고 있었다. 새벽 3시였다. 바스락바스락 눈이 얼고 있는 거리에 5, 6인의 발소리가 급히 났다. 그것은 어슴푸레한 골목에서였다. 쥐죽은 듯 고요한 거리에 그 소리가 생각보다 높게 울려 퍼졌다. 전신주에 전등이 켜져 있는 조금 넓은 도로에 발소리가 났다. - 모자 턱근을 한 경찰이었다. 칼 소리가 나지 않도록 한 손으로 그것을 잡고 있었다. 우르르 하고 구두를 신은 채(!) 경찰이 합동노동조합의 2층에 일제히 뛰어올랐다! 조합

원은 1시간쯤 전에 막 잠들었던 것이었다.[8]

처음에는 '아무런 소리도 들리지 않고 사람의 모습도 없었다'라고 되어 있다. 여기에 '소리'가 남으로써 사건이 시작된다. '소리'는 무생물인 '바스락바스락 눈이 얼고 있는 소리'로부터 시작되어, 생물인 경찰의 '5, 6인의 발소리'로 변해간다. 또 그것은 '어슴푸레한 골목'에서 '전신주에 전등이 켜져 있는 조금 넓은 도로'로 확장된다. 쥐죽은 듯 고요한 거리에 '경찰 5, 6인의 발소리'만 나고 있는 것이다.

경찰은 '칼 소리가 나지 않도록 한 손으로 그것을 잡고 있'어서, 경찰이 내는 '소리'는 '우르르 하는 구두 소리'뿐이었다. 이렇게 경찰이 내는 '소리'는 여러 곳으로 분산되지 않고, 한 곳에 집중되어 있다. 한 곳에 집중된 '우르르 하는 구두 소리'는 무엇인가 심상치 않은 사건이 벌어지려고 하는 것을 예기하고 있다.

'우르르' 하는 '소리'는 많은 사람이 발소리를 높게 내어가는 모습으로, 기세 좋게 일시에 파고들어 가는 모습이다. 여기에 '우르르 하는 구두 소리'는 '짤그랑짤그랑 거리는 칼 소리'보다 중량이 무겁다. 그렇다고 한다면, '우르르'하는 '소리'로써, 이 사건의 성격이 앞의 류키치의 사건보다 중대(重大)하다는 것을 알 수 있다. 그것은 류키치의 귀에 들린 '짤그랑짤그랑 거리는 칼 소리'가 개인(個人)적인 문제인 것에 대하여, 이곳은 집단(集團)적인 사건이라는 차이 때문이라고 생각할 수 있다. 요컨대 '소리'는 그 음량의 크기와 함께, 사건을 확대시켜 간다. 이 작품에서는 검거된 후의 와타가 다음과 같이 묘사되어 있다.

밤이 밝아오고 있었다. 전등이 꺼지자, 그러나 눈이 익숙해지기 전에 방안이 갑자기 어두워졌다. 벽의 낙서도 보이지 않았다. 창백한 새벽빛이 사각(四角)인 창문에 나누어져 아래쪽으로 3, 40도 각도로 들어왔다. 와타는 갑자기 크게 방귀를 뀌었다. 그리고 걸으면서도 힘을 주어 몇 번이나 계속해 방귀를 뀌었다. 와타는 치질이 있었기 때문에 방귀는 얼마라도 나왔다. 그리고 그것이 스스로도 싫어질 정도로 지독한 냄새가 났다. '엣, 꾸려, 꾸려!' 와타는 그때마다 한 발을 조금 들고 방귀를 뀌었다. 8시경인지도 몰랐다. 입구의 열쇠가 짤그랑짤그랑 울렸다. 문이 열리고 허리에 칼을 차지 않은 경찰이 발끝이 갈라져있는 양말에 짚신을 끌고 들어왔다.

'나와'

'동물원의 짐승이 아니야'

'바보'

'내보내 주는 건가. 고맙군'

'취조야'

그렇게 말했지만, 갑자기 '냄새, 냄새!'하고, 복도로 뛰어나가 버렸다. 와타는 방귀라고 알자, 큰소리를 내어 웃기 시작했다. 우습고 우스워서 참을 수 없었다. 몸을 한껏 구부러뜨리면서 자지러지게 웃었다. 이런 일이 왜 이렇게 우스운지 몰랐지만, 우습고 우스워서 참을 수 없었다.[9]

'방귀'라는 것은 가스가 항문으로 나오는 생리 현상으로, 오랫동안 막혀있던 불순물이 배출되는 행위이다. 그런데 와타는 유치장 안에서 '갑자기 방귀를 뀌는' 것이다.

‘방귀’는 ‘소리’와 냄새가 합성된 물질이다. 그것은 ‘소리’라는 청각에, 냄새라는 후각이 더해진 것이다. 그러므로 그 범위는 ‘소리’라는 청각 감각을 넘어선 것이라고 생각할 수 있다. 와타의 ‘방귀’는 ‘스스로도 싫어질 정도로 지독한 냄새가 났다’라고 되어 있다. 이 ‘지독한 냄새’가 나는 그의 ‘방귀’는, ‘입구의 열쇠가 짤그랑짤그랑 울리’는 ‘소리’를 내면서 취조를 알리려고 온, 경찰을 덮친다. 경찰이 취조라고 말하는 순간, 냄새가 진동한다. 그리고 ‘지독한 냄새’가 나는 와타의 ‘방귀’는 취조를 알리려고 온 경찰을 유치장 밖으로 내쫓아 버리는 것이다.

취조는 말할 것도 없이 고문을 의미하는 것이다. ‘지독한 냄새’가 나는 와타의 ‘방귀’는 취조, 즉 고문을 알리려고 온 경찰을 내쫓아 버린다. 그는 그것을 보고 ‘큰소리를 내어 웃기 시작했다. 우습고 우스워서 참을 수 없었다. 몸을 한껏 구부러뜨리면서 자지러지게 웃었다. 이런 일이 왜 이렇게 우스운지 몰랐지만 우습고 우스워서 참을 수 없었’던 것이다. 노동자 출신의 운동가인 와타에게 고문이라는 행위는, ‘우습고 우스워서 참을 수 없’는 행위에 불과한 것이라고 생각할 수 있다.

‘큰소리를 내어 웃기 시작’한 그의 모습은 고문을 극복한 후에 나온 류키치의 ‘웃음소리’와 완전히 같은 상태라고 할 수 있다. 또 그것은 고문 뒤에 이시다(石田)가 보였던 ‘웃는 얼굴’과 같은 상태이다. 와타의 이러한 ‘몸을 한껏 구부러뜨리면서 자지러지게 웃’는 감정 표현은 모든 걱정을 벗어버린 자만이 느낄 수 있는 마음 상태이다. 이러한 그의 모습은 자유로운 경지에 이른 평화(平和)로운 마음 상태라고 할 수 있다. 와타는 이미 고문을 극복하고 있는 것이다.

노동자 출신으로 투사 의식에 투철한 와타에게 유치장은 오히려 별장 같은 곳이었다. 그는 '독방에 털썩 앉았을 때, 먼 여행으로부터 오랜만에 자기 집에 돌아온 사람 같이 넓고 편안한 마음을 느끼'는 사람이었다. 이러한 그가 경찰의 고문을 두려워할 리가 없었다. 그는 '고문을 받을 때마다 오히려 증오가 더해갈 뿐이다'고 말하고 있을 정도였다.

고문에 신경 쓰지 않는 그의 마음은 이 '방귀'라는 행동으로써 나타나고 있다. 그가 '크게 방귀를 꾼'뒤 '힘을 주어 몇 번이나 계속해 방귀를 뀌었'던 것은, 경찰이라는 존재를 전혀 신경 쓰지 않는 행동이라고 생각할 수 있다. 감방 안에 '지독한 냄새'가 났지만, 와타가 '그때마다 한 발을 조금 들고 방귀를 뀌'는 장면은, 마치 그의 일인(一人) 무대와 같다. 와타의 이러한 행위는 경찰의 고문에 대한 사전의 예행연습이라고 생각할 수도 있다. 그는 자신이 경찰의 유치장 안에 있으면서도 철저하게 경찰을 무시하고 있는 것이다. 그렇게 경찰로 대표되는 국가 권력을 무시하고 있는 것이다.

이렇게 경찰의 유치장 안에 갇혀있으면서도, 와타는 누구에게도 신경 쓰지 않고 단지 자신의 세계(世界)를 즐기고 있다. 그에게는 이곳이 경찰의 유치장 안이라는 의식이 없는 것이다. 경찰의 유치장 안이지만, 그에게 이곳은 마치 자기 집과 같이 몸과 마음이 자유로운 곳이었다. 그에게는 단지 '방귀'라는 자신의 세계만이 존재할 뿐이었다. 그에게 경찰의 고문 따위는 아무래도 상관없는 것이었다. 고문은 그의 '방귀'에 의하여 이미 극복되어 있는 것이었다.

한편, 와타와 같은 노동자 출신의 운동가인 구도(工藤)는 어떻게 묘사되어 있을까. 「1928년 3월 15일」에서는 경찰이 구도의 집에 들이닥치는 장면이 다음과 같이 묘사되어 있다.

　－구도의 집에 경찰이 들이닥친 때, 집안은 아주 캄캄했다. 경찰은 '어이, 일어나!'라고 하면서, 전등이 매달려있는 주위를 손으로 더듬었다. 세 명의 아이가 잠을 깨서 큰소리로 한꺼번에 울기 시작했다. 전등의 위치를 찾고 있는 경찰은 '야스나(保名)'[10]라도 추고 있는 것 같은 손놀림을 하며, 하늘을 더듬고 있었다. 그러자 어둠 속에서 빠친, 빠친 하고 스위치를 돌리는 소리가 났다. '어떻게 된 거야, 응?'
　'전등은 켜지지 않아'
　그때까지 아무 말도 하지 않고 있던 구도가 경찰이 당황하고 있는 것과는 정반대로, 얄미울 정도로 침착한 목소리로 말했다. 구도의 집은 전기료가 체납되어, 2개월이나 전부터 전기가 끊어져 있었다.[11]

사건은 경찰의 '어이, 일어나!'라는 외침으로부터 시작된다. 그 '소리'에 의하여 '세 명의 아이가 큰소리로 한꺼번에 울기 시작'하는 상황이 전개되는 것이다. 그리고 '"야스나"라도 추고 있는 것 같은 손놀림을 하며, 경찰이 전등을 켜는' 빠친 빠친 하는 '소리'가 이어진다.

구도 집에서의 장면은 경찰이 전등을 켜는 '소리'로써 상징적으로 묘사되고 있다. 전등을 켜는 '빠친, 빠친 하고 스위치를 돌리는 소리가 났'지만 전등은 켜지지 않는다. 그리고 거기에서 오는 '경찰의 당황하는 소리'와, 그것과 반대로 철과 같은 노동자 출신 운동가인 구도의 '얄미울 정도로 침착한 목소리'가 비교되고 있는 것이다.

이렇게 구도의 경우는 전등을 켜는 '빠친, 빠친 하고 스위치를 돌리는 소리'에 의해, 집안의 장면을 모두 파악할 수 있다. 물론 여기에서 '소리'는 경찰이 외치는 소리도 있고, 아이들이 우는 소리도 있다. 그러나 전등을 켜는 '빠친, 빠친 하고 스위치를 돌리는 소리'에 의해, 그 외의 '소리'는 모두 해소(解消)되어 버리고 있다. 구도의 집은 전등을 켜는 '빠친, 빠친 하고 스위치를 돌리는 소리'에 그 모든 상황이 집중(集中)되어 있는 것이다.

3) 사다(佐多)

사다는 은행에 근무하고 있으면서 운동에 참가하고 있는 인텔리겐치아다. 이 작품에서 사다는 인텔리겐치아의 전형(典型)을 보여주는 인물로서 그려지고 있다. 유치장에서의 그의 모습은 인텔리겐치아의 특성인 '이중성(二重性)' 바로 그것이었다. 그의 이러한 모습은 '하루에도 그에게는 이상반된 두 가지의 마음이 번갈아 일어났다. 그는 그때마다 우울해지거나 쾌활해지거나 했다. 아마도 긴, 게다가 아무것도 하는 일 없이 단지 한 방안에만 있지 않으면 안 되는 그에게는 그것이외에 달리 생각할 것이 없'게 되는 것이다. 사다에게 일어난 '상반된 두 가지의 마음'은 '자신을 위한 운동'과 '타인을 위한 운동'과의 고민이었다고 생각할 수 있다. 이것은 인텔리겐치아의 특성인 이중성에 다름 아니었다. 이러한 사다에 어떤

‘소리’가 들려온다.

두 사람은 잠시 숨을 죽였다. 전신이 귀가 되었다. 깊은 밤처럼 지잉, 지잉, 징 하고 귀에 울리는 소리가 났다. 사다는 점점 졸음으로부터 멀어져갔다.

‘들리지’

멀리서 검술을 하고 있는 것 같은 죽도(竹刀) 소리(확실하게 죽도 소리였다)가 그의 귀에 들려왔다. 그것만이 아니고, 그 사이에 무언가 사람 소리 같은 것도 섞여서 들렸다. 그러나 그것은 확실히 알 수 없었다.

‘호라, 호라…… 호라, 아’ 그 소리가 높아질 때마다 불량소년이 그에게 주의시켰다. ‘무엇일까’ 사다도 소리를 죽여 그에게 물었다.

‘고문이야’

‘……!?’ 갑자기 목에 총이 들어왔다고 생각되었다.

‘좀 더 잘 들어봐. 그렇지. 호라, 호라, 저것은 당하고 있는 놈이 지르는 소리야. 맞지’

사다는 그것이 뭐라고 말하고 있는지 몰랐지만, 한번 들으면 마음에 그대로 스며들어 필시 평생 잊을 수 없을 것 같은 비통한 소리였다. 그는 꼼짝 않고 그 소리에 귀를 기울이고 있는 동안에, 밤에 기분 나쁜 종소리를 들으면서 불구경을 하고 있는 때와 같이, 몸이 떨려왔다. ‘이’가 덜덜 떨렸다. 그는 모르는 사이에 한 손으로 이불 끝자락을 꽉 잡고 있었다.

‘알아, 알아! 죽 – 여라, 죽 – 여라, 하고 말하고 있는 것 같아’

‘죽 – 이라고?’

‘응, 잘 들어봐’

두 사람은 다시 가만히 숨을 죽이고 들었다. 외마디 소리는 먼 곳으로부터, 바이올린의 가장 높은 음(音)의 가느다란 예리함으로, 바늘 끝과 같이 두 사람의 고막을 쳤다. 죽 – 여라, 죽 – 여라! 그렇다. 확실히 그렇게 말하고 있었다.

'아아, 아아'

'……'

사다는 귀를 양손으로 덮고, 땀 냄새나는 끈적끈적한 이불에 얼굴을 묻어 버렸다. 그러나 그의 귀는, 그리고 또 그의 뇌 깊숙이에서는 그 비명소리를 아직 듣고 있었다.[12]

처음에 사다가 들은 '소리'는 분명하지 않았다. 하지만 무언가의 '소리'를 듣고 그는 '전신이 귀가 되'는 것이다. 그리고 전신이 귀가 되어있는 사다에게 '지잉, 지잉, 징 하고 귀에 울리는 소리'가 나는 것이다.

검술을 하고 있는 것 같은 '죽도 소리'로 시작되는 '소리'는 그것과 함께 '무언가 사람소리 같은 것'도 섞여서 들려온다. 그것은 고문을 당하는 소리였다. '죽도 소리'는 고문하는 '소리'로, '무언가 사람 소리 같은 것'은 고문당하고 있는 사람이 지르는 '비명소리'였던 것이다. '한 번 들으면 마음에 그대로 스며들어 필시 평생 잊을 수 없을 것 같은 비통한 소리'를 듣고, 사다는 '이가 덜덜 떨릴' 정도로 두려움을 느끼게 된다. 그것은 유키코가 한기가 나서 '이빨과 이빨이 조금씩 덜덜 떨리는 상태'와 똑같은 현상(現象)이라고 생각할 수 있다. 사다는 어린이인 유키코와 같은 정도의 두려움을 느끼고 있는 약한 사람이라고 생각할 수 있다.

더욱이 사다는 '귀를 양손으로 덮고, 땀 냄새나는 끈적끈적한 이불에 얼굴을 묻어버렸다. 그러나 그의 귀는, 그리고 또 뇌 깊숙이에서는 그 비명소리를 아직 듣고 있'는 것이었다. 사다는 이러한 소리로부터 필사적으로 벗어나려고 하였지만, 마음이 약한 그는 고문 '소리'로부터 벗어날 수가 없었다. 사다가 들은 '소리'는 그의 마음속에 '비명소리'로써 남아있게 되는 것이다.

이렇게 '소리'는 사다에게 견딜 수 없는 공포의 소리로써 묘사되어 있다. 그런데 다른 사람과 마찬가지로 사다에게도 이러한 '소리'의 의미는 변해간다. 「1928년 3월 15일」에서는 사다에게 변해 가는 '소리'의 의미(意味)가 다음과 같이 그려져 있다.

가장 뒤의 '쇠사슬은 풀리지 않는다'의 구절에, 와타 답게 마음속에 있는 힘을 넣어 부르고 있는 것을 알았다. 그곳만을 몇 번이고 반드시 반복해서 불렀다. 그에게는 와타의 마음이 직접 가슴으로 전해오는 기분이 들었다.

사다에게는 그것이 항상 기다려지는 즐거움이었다. 언제나 저녁 무렵이었다. 사다는 보통 때라면, 그런 노래는 그가 자주 경멸하여 말하던 단어로, '민중예술'이라고 치워 버린 것이었다. 그것이 싹 변해 버렸다. 그러나 또 그 노래가 아니어도, 밖에서 걷는 사람의 단순히 껄껄 웃는 소리, 눈길이 웅웅 하고 울리는 소리, 그러한 것에도 잘 들어보면 복잡한 음조가 있는 것을 처음으로 알거나, 어디인지 모르지만 소곤소곤 거리는 이야기 소리에 이상하게 음악적인 섬세한 뉘앙스를 느끼거나 했다. 천장에 보슬보슬 눈이 내리는 희미한 소리를 한 시간이나 - 두 시간이나 열심히 들었다. 그러자 그것에 여러 가지 환상이 섞여서, 그의 마음을 지루함으로부터 구해주었다. 그는 아무것도 필요하지 않았다. '소리'가 필요했다. 그의 마음이 조금이라도 아직 '생물(生物)'인 증거로써 움직일 수 있다고 하면, 그것은 '소리'에 대해서 일 뿐이었다. 함께 있는 불량소년의 여자를 꾀는 이야기와 부랑자의 참혹한 생활 등은 보통 때라면 사다의 흥미를 끌 이야기였다. 하지만 그것은 2, 3일 지나면 이미 싫증이 나버렸다.

오타루의 하나의 명물로써 '광고 사람'이 있다. 그것은 시내 상점의 의뢰를 받으면 어릿광대의 모습을 하고, 길가에 서서, 우스운 가락으로 그 광고 선전을 한다. 거기에 북과 피리가 가세한다. ‒ 그것이 한번 유치장 밖 근처에서 있었다. 딱따기가 언 공기에 금이라도 가듯이 투명한 울림을 전하자, 어릿광대의 우스운 가락이 들렸다.

스왓!! 그것은 문자 그대로 '스왓!!'이었다. 유치장 안에 있는 모든 사람들은 '성 뺏기'라도 하듯이, 작게 사각형으로 높은 곳에 붙어있는 창문을 향하여 쇄도하였다. 늦은 사람은 앞사람의 등에 반동을 붙여서 뛰어올라 탔다. 그리고 그 뒤에도 똑같이 다른 사람이. ‒ '소리'에는 사다 뿐만이 아니었던 것이다![13]

「1928년 3월 15일」에서는 '비명소리'를 들은 이후의 사다의 모습이 그려져 있지 않다. 그 변화 과정을 생략하고, 이 작품에서는 단지 변화된 사다의 모습이 묘사되어 있다. 사다에게 있어, 귀를 막고 이불을 뒤집어쓸 정도로 견딜 수 없었던 '소리'는 이곳에 와서 구원(救援)의 의미로 변한다. 도저히 견딜 수 없었던 '소리'에 대하여, 처음에 사다의 의식을 움직였던 것은 동지인 와타의 '노래 소리'였다. 와타는 유치장 안에서 '와타답게 마음속에 있는 힘을 넣어' 노래를 부르고 있는 것이었다.

그는 '쇠사슬은 풀리지 않는다'라는 곳을, '그곳만을 몇 번이고 반드시 반복하여 부르는' 것이었다. 와타가 이 '쇠사슬은 풀리지 않는다'라는 구절을 몇 번이나 반복해서 부르고 있는 것은 고문을 극복한 자신감으로부터 온 것이라고 생각할 수 있다. 그리고 이 노래가 사다에게는 '와타의 마음이 직접 가슴으로 전해오는 기분이 들게 되는' 것이다. 이렇게 와타의 '노래 소리'는 도저히 견딜 수 없었던 사다의 '소리'에 대한 의식을 정반대의 의미로 바꾸어버린다.

지금 사다 자신이 묶여 있는 쇠사슬은 '소리'에 다름 아니었다. 그에게는 고문의 '비명소리'가 쇠사슬이 되어있는 것이었다. 그러나 '비명소리'라는 견딜 수 없었던 '소리'는 와타의 '노래 소리'에 의해, '그것이 싹 변해 버리'게 되는 것이다. 그리고 이렇게 와타의 '노래 소리'로부터 시작된 새로운 '소리'는 '밖에서 걷는 사람의 단순히 껄껄 웃는 소리', '눈길이 웅웅 하고 울리는 소리', '어디인지 모르게 소곤소곤 거리는 이야기 소리', '천장에 보슬보슬 눈이 내리는 희미한 소리'로 계속 변하면서, 사다에게 친근하게 들려온다.

실은 사다를 그렇게 괴롭혔던 고문의 '비명소리'의 당사자는 와타였는지도 모른다. 「1928년 3월 15일」에는 와타, 구도, 스즈키, 그리고 류키치에 대한 고문 묘사가 있다. 그러나 죽도를 이용한 고문과 '죽 - 여라'라는 비명소리를 지른 사람은 와타밖에 없다. 그렇다고 한다면, 사다는 와타 때문에 괴로워하고, 와타에 의하여 구원받았다고 생각할 수 있다.

이렇게 '그의 마음을 지루함으로부터 구해준' 것, 즉 사다를 그 상태에서 구해준 것은 공교롭게도 자신을 그렇게도 괴롭혔던 '소리'였던 것이다. 사다를 괴롭혔던 것도 '소리'였고, 또 사다를 구해준 것도 실로 이 '소리'에 다름 아니었던 것이다. 그렇다고 하여도 지금의 '소리'는 물론 고문의 '비명소리'는 아니다. 일찍이 사다의 마음에 그대로 스며들어 필시 평생 잊을 수 없을 것 같았던 비통한 '비명소리'는 여러 가지의 환상이 담아지면서 '마음이 들뜨는 소리'로 변해 있는 것이다.

지금 사다에게 '소리'라는 의미는 '비명소리'를 넘은 정반대의 영역에 있다고 생각할 수 있다. 사다의 이러한 '소리'에 대한 변화(變化)는 무엇보다도 그의 마음가짐의 문제로부터 온다고 생각된다. 불안한 마음과 사물을 침착한 눈으로 바라보는 마음의 차이가 그의 '소리'에 대한 의식에 그대로 반영된 것이다. 사다는 와타의 마음속에 힘을 넣어 부르는 '노래소리'를 듣고, 비로소 그의 침착한 평소의 마음을 되찾았던 것이다.

그는 '아무것도 필요 없었다. "소리"가 필요했다'고 한다. 그에게는 '소리'에 대한 반응만이 남아있는 것이다. 요컨대 사다는 '소리'가 있으면 자신은 살아있다고 느끼고 있다. 사다는 '소리'에 대한 의식을 자신이 살아있다는 증거로써 받아들이고 있는 것이다. 이렇게 '소리'는 그에게 구원의 의미로 변해 있다고 생각된다.

그런데 이러한 '소리'에 대한 절실한 마음은 비단 사다만이 아니라, '유치장 안에 있는 모든 사람들'에게 해당한다. '유치장 안에 있는 모든 사람들'은 모두 '소리'를 갈망하고 있었다. 그들에게 '소리'는 폐쇄되어 있는 유치장이라는 공간을 넘어서, 열려진 공간에 이르는 유일한 수단이었다.

또 '소리'는 열려진 자유로운 공간으로부터 폐쇄되어 있는 유치장에 이른
다. 요컨대 '소리'에는 자유(自由)에의 희망이 숨어져 있다고 볼 수 있다.
이렇게 '소리'는 '유치장 안에 있는 모든 사람들'에게 살아있는 표징으로
써, 그리고 자유에의 희망의 메시지로써 받아들여지고 있다고 생각할 수
있다. '유치장 안에 있는 모든 사람들'에게 있어 '소리'에의 갈망, 그것은
자유에의 갈망에 다름 아닌 것이다.

그리고 또 '소리'는 그 변화를 통하여 사다의 경우에 현저하게 나타나
듯이, 인물 내면의 변화, 바꾸어 말하면 그 인간의 단련된 결과로써의 변
혁(變革)을 표현한다는 중요한 역할을 하고 있는 것을 본서에서는 독해하
고 싶은 것이다.

역주

1 『게잡이 공선 1928 · 3 · 15』 1951년 1월, 이와나미(岩波) 문고, p.208.

2 다테노 노부유키 「고바야시 다키지(1))」 『문예(文芸)』 1949년 11월, 가와데(河出)서방.

3 『게잡이 공선 1928년 3월 15일』 이와나미(岩波)서점, p.210.

4 「1928년 3월 15일」 『고바야시 다키지 전집 제2권』 신일본출판사, 1982년, p.125.

5 같은 책, pp.125-126.

6 같은 책, pp.153-154.

7 같은 책, pp.190-191.

8 같은 책, p.130.

9 같은 책, pp.164-165.

10 가부키(歌舞伎). 삼세오가미고로(三世尾上五郎)의 일곱 가지 변화의 무용으로써, 「미야마노하나토도가누에다부리(深山桜及兼樹振)」의 봄(春)의 부의 하나. 1818년에 초연되었다.

11 「1928년 3월 15일」 『고바야시 다키지 전집 제2권』 신일본출판사, 1982년, p.137.

12 같은 책, pp.186-187.

13 같은 책, pp.199-200.

제5장

「당생활자(党生活者)」

―'나'와 가사하라(笠原)의 관계―

1. 들어가는 말

고바야시 다키지(1903-1933)의 「당생활자」는 「전환시대(轉換時代)」라는 가제(仮題)로써 다키지 사후, 1933년 4월호와 5월호의 『중앙공론(中央公論)』에 2회로 나누어서 발표되었다. 「당생활자」는 한마디로 말하면, 비합법 공산주의자의 활동을 묘사한 작품이다. 다키지는 이 작품에서, 이제까지 일본근대문학에 존재하지 않았던 불굴의 정신을 관철하는 새로운 인간상(人間像)을 창조하였다.

「당생활자」는, 전후 '나(私)'의 가사하라(笠原)에 대한 취급이 비인간적이다 라는 문제가 『근대문학(近代文学)』의 동인들로부터 제기되었다. 그 때문에 『근대문학』의 히라노 겐(平野謙), 아라 마사히토(荒正人)와 『신일본문학(新日本文学)』의 나카노 시게하루(中野重治) 사이에, 이 문제를 둘러싼 격렬한 논쟁이 펼쳐졌다. 이 문제는 「당생활자」라는 작품의 중요성이라든가, 작품의 의미 등과는 멀리 떨어져 있다. 그러나 이 문제를 둘러싸고 격렬한 논쟁이 펼쳐진 것은 인간적인 삶을 그 이상으로 하는 프롤레타리아 문학에 있어서 피할 수 없는 문제였다고 생각할 수 있다.

뒤에 혼다 슈고(本多秋五)는 『이야기 전후 문학사(物語戦後文学史)』(1966)에서 「당생활자」에 있는 '나'의 가사하라에 대한 취급의 문제에 대하여 '그 시대에서는 어쩔 수 없었지만 결점이 있다 라는 주장과, 결점은 있지만 그 시대에서는 어쩔 수 없었다 라는 주장의 종이 한 장 차이의 대립이었다'라고 명쾌하게 결론을 내고 있다. 그러면 그 '결점'과 '그 시대에서는 어쩔 수 없었다'의 관계는 어떠한 것이었을까.

여기에서는 히라노 겐이 제기한 '나'의 가사하라에 대한 취급 문제에 대하여, '나'와 가사하라의 본성(素性)을 중심으로 하여 두 사람 관계의 발전 과정을 통하여, 이 문제를 고찰하여 보려고 한다. 본서에서는 '나'와 가사하라의 본성을 중심으로 두 사람이 '함께 되기(一緒になる)' 이전과, '함께 된' 이후, 가사하라의 '실직' 이후, 또 가사하라의 '다방 취직' 이후, 그리고 가사하라의 '다방 숙박' 이후 등의 여러 가지의 상황 변화에 의한 '나'와 가사하라의 관계 변화 과정을 살펴보려고 한다. '나'와 가사하라 사이에 주어진 환경 변화에 따른 애정의 변화(變化)를 통하여, 두 사람 사이의 관계를 생각할 것이다.

2. '함께 되기' 이전

다키지는 「당생활자」에서 가사하라에 대하여 다음과 같이 설정하고 있다.

나에게는 지금까지 한, 두 번 피난 장소의 교섭을 해준 여자가 있다. 그 여자는 내가 부탁하면 반드시 그것을 하여 주었다. 여자는 어느 상점 3층에 세를 살고 있고, 작은 회사에 근무하고 있었다. 좌익 운동에 호의는 가지고 있었지만, 특별히 스스로 적극적으로 하고 있는 것은 아니었다.[1]

이 문장에 의하면 가사하라는 '좌익 운동에 호의를 가지고 있으면서 작

은 상점에 근무하고 있는 소시민적 여성이다'라고 위치되어 있다. 소위 '심파(シンパ)'라고 할 수 있다. '심파'는 적극적으로 공산주의 운동을 하고 있지는 않지만, 운동에 찬성하여 이것을 지지하는 사람을 말한다. 이러한 가사하라에 대하여 '나'는 비합법의 공산주의자로서 경찰에게 쫓기고 있는 신분이다.

'나'는 '이제까지 한, 두 번 피난 장소'를 부탁하여, 가사하라는 '내가 부탁하면 반드시 그것을 들어주었다'고 되어있다. 경찰에게 쫓기고 있는 '나'와 같은 공산주의자에게 '피난 장소'를 교섭하여 주는 것은 상당히 위험한 일이다. '나'가 부탁한 것이 '한, 두 번'이라고 하여도, '나'의 부탁을 들어주는 것은 중대한 죄에 해당하는 일인 것이다. 물론 가사하라도 자신의 행동이 중대한 죄에 해당한다는 것을 모를 리가 없다. 즉 이곳의 '반드시'라는 단어에서 가사하라의 성격을 엿볼 수 있다. 가사하라는 비록 운동에는 적극적이지 않지만, 자기가 맡은 일을 확실하게 책임지는 성격이라고 볼 수 있다.

여기에서 '나'와 가사하라의 본성을 살펴보자.

우선 '나'는 철과 같은 의지를 가진 비합법의 공산주의자이다. '나'는 세계 제일을 자랑하는 일본 경찰에 대하여도 전혀 신경을 쓰지 않는 인물이다. 그러나 '나'는 한 여성인 가사하라에 대하여 부끄러움을 느끼고 있다.

오오타(大田)의 배신으로 '나'는 경찰에게 쫓기게 된다. 어떤 일이 있어도 잡혀서는 안 되는 '나'에게는 단 하나의 선택이 남아 있었다. 가사하라의 집을 방문한 '나'는 가사하라에게 '이곳은'이라고 말한다. 그런데 이

말에 대하여 '나'는 '그 말을 꺼내기에는 용기가 필요하였다'라고 하면서, '나는 대담하게 말했지만 스스로 빨갛게 되고 말을 더듬었다'라고 하고 있다. 그리고 '사람들에게는 대담하게 보일지 모르지만 어쩔 수 없었다'고 덧붙인다. 이렇게 '나'는 불의에는 타협을 하지 않는 강한 의지를 가지고 있지만, 한 여성에게 어색한 부탁을 할 때 용기를 필요로 하는 보통 남자이다. 그리고 몹시 부끄러움을 타는 내성적인 성격의 사람이라고 할 수 있다. 요컨대 '나'는 불굴의 의지를 가진 비합법 공산주의자이지만, 본성은 한 여성의 처지를 배려하는 평범한 남자이다.

다음에 가사하라의 본성을 살펴보자.

다키지는 가사하라의 용모(容貌)에 대하여 '그녀는 간소하지만 언제라도 깔끔한 양장을 하고 있고, 머리는 반 단발머리이며, 어린아이 같은 얼굴'을 하고 있는 여성이라고 묘사하고 있다. 용모는 사람의 성격을 나타낸다. 즉 간소, 깔끔, 양장이라는 단어에서 그녀의 성격을 알 수 있다.

'이곳은'이라는 '나'의 말에 대하여 가사하라는 침묵한다. 그리고 그녀는 '나의 얼굴을 갑자기 큰 눈으로 보고, 잠깐 숨을 멈추었다. 그리고 얼굴이 빨갛게 되어, 조금 당황한 듯 이제까지 옆으로 하여 앉아 있던 무릎을 바로 세웠다'고 하고, '잠시 후 그녀는 각오를 하고 밑으로 내려갔다'고 되어 있다.

'나'의 말에 대하여 그녀는 굳고, 긴장된 얼굴을 하고 있다. 물론 보통 여성으로서 단지 남자가 묵는다는 것은 단순한 일이 아니다. 그러나 이러한 묘사에 그녀의 성격의 일면이 나타나고 있다. '나'와 가사하라는 어색한 이야기를 할 때, 두 사람 모두 얼굴이 빨갛게 되고 이야기는 곧 끊어져 버린다. 가사하라도 역시 '나'와 같이 내성적이고 수줍음을 많이 타는 성격(性格)의 사람이라는 것을 알 수 있다.

'나'는 어떠한 잠자리에도 익숙해져 있었지만, 그러나 여자의 숙소에 묵는 것은 처음이었기에 '정말이지 잠자리가 불편했다'. '나'는 경찰에게 쫓기는 꿈만 꾸었던 것이다. '나'는 몇 번이나 몸을 뒤척였고, 거의 잠을 잔 것 같지도 않았다. 그러나 가사하라는 아침까지 한 번도 뒤척이지 않았고, 조금도 몸을 움직이는 소리를 내지 않는다. '나'는 가사하라가 처음부터 아침까지 자지 않을 작정으로 있었던 것을 깨닫는다. 여기에서도 가사하라의 성격이 보인다. 그녀는 상대방의 부탁을 들어주는 순한 성격의 여자이지만, 또 자신의 행동은 자신이 결정하는 책임 있는 의지를 가진 성격의 소유자라고 할 수 있다.

이러한 성격의 가사하라는 다음날 밖에 나가자마자 어젯밤의 걱정거리를 한꺼번에 토해낸다. 다키지는 '밖에 나가자마자 가사하라는 자못 어제부터의 걱정거리를 한꺼번에 토해내듯 "아 - 아 -" 하고 큰소리를 내었다. 그리고 "거지같은 할망구"라고 슬쩍 덧붙였다'라고 쓰고 있다. 다키지는 이러한 가사하라를 '남자처럼 밝게 외치는 여자스러움'으로 묘사하였는데, 수줍은 성격의 여성인 가사하라가 남자와 같이 외치는 것만 보아도 그녀로서 어젯밤의 일이 얼마나 힘든 일이었는가를 알 수 있다. 보통 여성으로서 단지 남자가 묵는다는 것은 단순한 일이 아니다. 가사하라가 처음부터 아침까지 자지 않을 작정으로 있었다고 해도, 역시 당시의 보통 여자로서 어젯밤의 사건은 어려운 일이었음에 틀림없었던 것이다.

그런데 제2의 피난장소를 항상 마련해둘 필요가 있는 '나'는 다음 연락에서 만났을 때, 가사하라에게 이것을 의뢰하게 된다. 그리고 이러한 상황에서 경찰에게 쫓기고 있는 '나'는 가사하라와 '함께 되기'를 생각한다. 다키지는 이러한 '나'의 생각을 다음과 같이 묘사하고 있다.

그 후 나는 가사하라와 갑자기 친해지게 되었다. 나는 스스로도 묘한 일이라고 생각했다. 그녀는 부탁한 일을 이것저것 깔끔하게 처리해 주었다. 오오타의 배신으로 나는 최근 다른 지구로 옮기기로 했는데 내가 집을 구하러 갈 수 없었기 때문에 그것을 가사하라에게 부탁했다. 그것과 동시에 나는 가사하라와 함께 되는 것을 생각해 보았다. 비합법의 일을 확실하고, 길게 해나가기 위해서도 그것은 편리했던 것이다.[2]

'나'는 가사하라와 갑자기 친해지게 되었고, 그래서 가사하라와 함께 되는 것을 생각한다. 그런데 두 사람이 '함께 되는' 것에 대한 전제 조건은 말할 것도 없이 두 사람 사이의 애정(愛情)이다. '함께 되는' 것에의 전제 조건은 두 사람 사이에 있는 간격에도 불구하고, '나'의 가사하라에 대한 애정과, 가사하라의 '나'에 대한 배려와 신뢰에 걸려 있다고 할 수 있다. 이 '함께 되는' 것에 대한 '나'와 가사하라의 서로에 대한 감정은 중요하다. 두 사람의 애정이 없으면, 이 '함께 되는' 것은 '나'의 가사하라에 대한 '이용'의 문제가 발생할 수 있기 때문이다. 그러므로 일찍이 히라노 겐은 이것에 대하여, '나'의 가사하라에 대한 '이용'의 문제를 제기하고, 가사하라가 '하우스 키퍼(ハウスキーパ)'[3]라는 의견을 내고 있다.
그러나 가사하라가 '하우스 키퍼'라는 의견은 두 사람의 애정을 생각하지 않은 견해이다. '나'의 가사하라에 대한 애정이 있고, 또 가사하라가 '나'에 대한 애정이 있는 한, '이용'의 관계는 성립하지 않는다. 그런데 두 사람이 '함께 되는' 것은 '나'의 가사하라에 대한 애정과, 가사하라의 '나'에 대한 애정 양쪽 모두에 해당된다.

우선 '나'의 가사하라에 대한 애정에 대하여 생각해보자.

'나'는 '이제까지 한, 두 번 피난 장소'를 부탁하여, 가사하라는 '내가 부탁하면 반드시 그것을 들어주었다'고 되어있다. 이곳에 '반드시'라는 단어에서 '나'의 가사하라에 대한 믿음이 보인다. 또한 '나'가 제2의 피난 장소를 부탁했을 때, 가사하라는 그것을 구해준다. 그리고 그녀는 '나'가 부탁한 일을 이것저것 깔끔하게 처리해 주었고, 오오타의 배신으로 '나'가 다른 지구로 옮기게 되었을 때, 가사하라는 '나' 대신에 집을 알아보아 준다. 이렇게 하여 보면 '나'는 자신의 부탁을 들어주는 가사하라에게 고마운 감정을 느끼고, 또 이러한 것으로부터 그녀에 대한 애정이 싹트고 있다고 할 수 있다. 그래서 '나'는 가사하라와 함께 되는 것을 생각해 보고, 또 '비합법의 일을 확실하고 길게 해나가기 위해서도 그것은 편리했던 것이었다'라고 설명하고 있다. 즉 자신의 일을 위하여 가사하라와 함께 되는 것이 아니고, 가사하라와 함께 되는 것이 자신의 일을 위하여도 좋았던 것이다. '나'가 가사하라와 함께 되는 것이 먼저이고, 자신의 일은 나중이다.

한편 이것은 가사하라의 경우에도 똑같이 적용할 수 있다.

경찰에게 쫓기고 있는 '나'와 같은 공산주의자에게 '피난 장소'를 교섭하여 주는 것은 상당히 위험한 일이다. '나'가 부탁한 것이 '한, 두 번'이라고 하여도, ‘나’의 부탁을 들어주는 것은 중대한 죄에 해당하는 일인 것이다. 그러나 가사하라는 이것을 충분히 알고 있으면서 ‘나’의 부탁을 들어준다. 이것은 ‘나’에 대한 가사하라의 기본적인 믿음이 있기 때문에 가능한 일이라고 볼 수 있다.

물론 두 사람이 서로에 대한 열렬한 연애 과정을 거친 것은 아니었다. 그리고 ‘나’와 가사하라 두 사람 사이에 깊은 애정이 있어서 함께 된다고 말할 수는 없다. 그러나 이와 마찬가지로 가사하라가 ‘나’에 대한 애정이 없는데도 ‘나’와 함께 되었다고 생각할 수는 없는 것이다. 이것은 가사하라가 ‘나’에 대하여 보여준 행동에 잘 나타나 있다. 가사하라의 운동에의 의지는 소극적이었다. 그러나 그녀가 제2의 피난 장소를 마련해주고, 여러 가지 일들을 깔끔하게 처리해 주고, ‘나’ 대신에 집을 구해주고 하는 행동들은 이미 소극적인 운동의 범위를 넘어선 것이다. 운동에 소극적인 그녀가 이렇게 적극적으로 바뀐 데에는 분명히 ‘나’의 존재가 들어가 있다. 그리고 이러한 가사하라의 행동에는 ‘나’에 대한 인간적인 믿음과 배려가 들어가 있다고 볼 수 있다. 인간적인 믿음과 배려는 애정으로 연결된다.

「당생활자」에서는 ‘나’와 가사하라가 함께 되는 장면이 다음과 같이 묘사되고 있다.

가사하라는 회사에 다니고 있기 때문에 아침 일정한 시간에 나간다. 그렇게 되면 내가 놀고 있는 듯이 보여도 아내의 급료로 생활하고 있다는 것이 된다. 세상은 일정한 직업을 가지고 있는 사람밖에 신용하지 않는 것이다. — 그래서 내가 가사하라에게 함께 되어 주겠는가 하고 물었다. 그것을 듣자 그녀는 또 갑자기 그 커다란(크게 된)눈으로 놀라며 나의 얼굴을 보았다. 그러나 그녀는 아무 말도 하지 않았다. 나는 잠시 후 대답을 재촉하였다. 하지만 잠자코 있었다. 그녀는 그날 결국 아무 말도 하지 않고 돌아가 버렸다.

그 다음에 만나자, 가사하라는 내 앞에 이제까지와는 다르게 오도카니 앉아 있듯이 보였다. 그것은 정말이지 오도카니 였다. 어깨를 움츠리고 양손을 무릎 위에 놓고 몸을 긴장하고 있었다. 그녀의 하숙에 묵은 다음날 아침 하숙에서 한발 나왔을 때, '아 – 아, 이제 됐다. 빌어먹을!'하고 남자처럼 밝게 외치는 여자스러움이 어디에도 보이지 않았다. (중략) – 그녀는 자신의 결심을 정하고 와 있었던 것이었다.[4]

'나'가 가사하라에게 함께 되어 주겠는가하고 물었던 때, 가사하라는 그날 아무것도 말하지 않고 돌아가 버린다. 그러나 그녀는 다음에 자신의 결심을 정하고 온다. 그녀는 '나'의 갑작스러운 제안에 놀라 그날은 어떠한 결정을 할 수 없었기에 아무런 말도 하지 않고 돌아갈 수밖에 없었다. 그러나 그 뒤 그녀는 '나'의 제안에 대하여 신중히 생각하여 '함께 되는' 것을 결심하고 오는 것이다.

가사하라가 그날 아무 말도 안 하고 돌아간 것은 '나'의 제안에 대하여 깊이 생각할 시간이 필요했었던 것이었다. 그녀에게 '나'의 제안은 갑작스러운 것이었지만, 이 제안에 대한 대답은 그녀의 인생에 있어서 가장 중요한 결정이기 때문이다. '나'에게 가사하라와 '함께 된다'라는 의미가 무엇이었던 간에, 가사하라로서 '함께 된다'라는 의미는 말할 것도 없이

‘결혼’이었던 것이다.

이곳에서 가사하라라는 인물의 성격을 알 수 있다. ‘나’와 가사하라는 이야기가 끊어지면, 머뭇머뭇한다. 두 사람 모두 이 앞의 이야기를 피해 중요한 이야기를 뒤로 뒤로 남겨 가는 것이었다. 그렇게 가사하라는 수줍음을 많이 타는 여성이었다. 그러나 그녀는 어느 정도의 의지(意志)가 있는 여성이기도 했다. 그것은 그녀가 소극적이지만 법으로 금지되어 있는 운동을 돕고 있다는 것에서 알 수 있다. 이러한 운동에는 자신의 주관에 대한 확고한 의지가 필요하다. 요컨대 가사하라는 내성적인 성격이지만 자신의 주관에 대한 의지가 있고, 자기 행동에 대한 책임을 가지고 있는 여성이라고 할 수 있다. 그리고 이러한 의지와 책임이 있기에, 그녀는 ‘나’와 ‘함께 되는’ 것을 결정하였다고 생각할 수 있다.

물론 두 사람이 만난 시간으로 볼 때, 두 사람이 서로에 대한 애정을 쌓아갈 충분한 시간이 있었다고 볼 수는 없다. 그리고 가사하라가 ‘나’에 대하여 적극적으로 생각한 것도 아니었다. 그러나 역시 이와 마찬가지로 가사하라가 ‘나’에 대한 애정이 없는데도 ‘나’와 함께 되었다고 생각할 수는 없는 것이다. 이것은 앞에서 말했듯이, 가사하라가 ‘나’에 대하여 보여준 행동에 나타나 있다고 볼 수 있다. 한편 ‘나’로서도 가사하라와 ‘함께 된다’라는 의미는 결혼의 의미이다. 이것은 앞으로 생각해 본다. 요컨대 ‘나’와 가사하라는 서로의 애정이 있었기 때문에 ‘함께 된다’고 생각할 수 있다.

‘나’와 가사하라의 관계는 공산주의적 인간과 소시민적 인간이라는 차이와 함께, 비합법 생활자와 합법 생활자라는 두 사람의 차이에서 시작되고 있다. 그리고 '나'와 가사하라는 공산주의적 인간과 소시민적 인간이라는 본질적인 차이가 있음에도 불구하고, 두 사람의 애정이 그것을 넘었다고 할 수 있다. 그런데 여기에 두 사람이 함께 되는 전제 조건이 존재한다. '나'와 가사하라 두 사람이 함께 되는 전제 조건은 가사하라의 정규적인 수입이었다. 「당생활자」에는 '나'와 가사하라 두 사람이 함께 되는 전제 조건으로 가사하라의 정규적인 수입이 숨어져 있다. 또한 이것이 나중에 두 사람 관계의 갈등의 원인이 되는 것이다.

3. '함께 된' 이후

'나'와 가사하라는 함께 되는 것에 의하여, 상대에 대한 애정이 깊어진다. 비합법의 공산주의자인 '나'는 항상 경찰의 눈을 걱정하고 있다. 그렇기 때문에 '나'는 경찰의 정보를 찾기 위하여 자신이 보고 있는 신문뿐만이 아니라, 여러 신문을 주의 깊게 읽고 있다. 함께 된 이후 가사하라는 이러한 '나'에 배려하고 있다. 「당생활자」에는 이러한 장면이 다음과 같이 묘사되어 있다.

일상생활을 우연에 의지하고 있어서는 안 되기 때문에, 과학적인 생각에 서서 행동할 필요가 있었다. 가사하라는 때때로 고서점에서 『신청년(新青年)』을 사와, 나에게 읽으라고 말한다. 나는 다분히 때로는 탐정 소설을 진지하게 읽는 적이 있다.[5]

『신청년』이란 당시 탐정 소설을 많이 연재한 잡지이다.[6] 즉 가사하라는 '나'가 이러한 탐정 잡지를 읽고 경찰의 추적을 따돌리는 방법을 생각해보라고 잡지를 사다주는 것이다.

이러한 가사하라의 배려에 대하여, '나'는 가사하라를 동지인 이토(伊藤)와 비교하여, '나는 이토의 경대를 보고, 그것이 가사하라의 경대보다 매우 좋고, 노랑색과 빨강과 녹색의 분까지 갖추어져 있기에, "오얏!"이라고 말했다'고 한다. '나'는 가사하라와 비교하여 이토의 경대가 좋다는 것을 알고, 경제적으로 아무것도 하여 주지 못하는 그녀에게 미안한 감정을 느끼는 것이다.

이렇게 '나'와 가사하라는 '함께 된' 이후, 서로에 대한 애정이 깊어져 간다. 요컨대 '나'와 가사하라가 '함께 된다'는 의미는 하우스 키퍼의 의미가 아니라, 일반적인 결혼의 의미였다고 생각할 수 있다. 이것은 가사하라가 '나'의 안전에 신경을 쓰고 있는 것과, 또 '나'가 가사하라와 같은 여자인 이토를 남성의 입장에서 비교하고 있는 것에서 잘 나타나고 있다. '나'는 가사하라와 이토를 비교하여 봄으로써 더욱 그녀에 대한 애정이 깊어진다고 볼 수 있다.

그러나 시간이 지남에 따라 비합법 공산주의자인 '나'와 보통의 생활을 하고 있는 가사하라는 점차로 메울 수 없는 간격이 생기게 된다. 전혀 개인적인 생활을 할 수 없는 인간과, 대부분의 개인적인 생활의 범위를 배후에 가지고 있는 인간이 함께 있는 것은 쉬운 일이 아니다. 특히 신혼(新婚)인 가사하라로서는 개인적 생활을 할 수 없는 '나'와의 결혼이 당연히 참기 힘든 생활이었다. 이것은 경제적인 문제만이 아니었다. 신혼부부인

두 사람으로서는 경제적인 것은 차치하고, 무엇보다도 함께 있을 수 있는 시간이 필요하였다. 하지만 두 사람에게는 그것이 불가능하였다. '나'는 사람들에게 얼굴을 보이면 안 되기 때문에, 산보조차도 할 수 없는 신분이었던 것이다. 「당생활자」에는 '나'와 가사하라가 생활상에 있어서 맞지 않는 장면이 다음과 같이 묘사되고 있다.

하지만 나에게는 어떻게 해도 그렇게 하지 않으면 안 된다는 자각이 있었기 때문에 괜찮았지만, 함께 있는 가사하라에게는 매우 그것이 심각한 것 같았다. 그녀는 때로는 역시 나와 함께 밖을 걷고 싶다고 생각한다. 하지만 그것이 전혀 불가능하기 때문에 짜증을 내고 있는 것 같았다. 게다가 가사하라가 낮 근무를 마치고 돌아올 무렵, 언제나 엇갈리게 내가 밖으로 나갔다. 나는 낮에 집에 있고 밤에만 움직이기 때문이다. 그래서 함께 방안에 앉아 있는 적이 드물었다. 그러한 상태가 1개월, 2개월 지나는 동안에 가사하라는 눈에 띠게 기분이 나빠져 갔다. 그녀는 그렇게 되어서는 안 된다고 자신을 억제하고 있는 듯 했지만, 긴 시간에는 져서 나에게 부딪쳐 왔다.[7]

이렇게 '나'와 가사하라는 애정으로 결합되었음에도, 두 사람의 생활환경의 차이로 인하여 시간이 지남에 따라 점차로 두 사람 사이에 간격(間隔)이 벌어지게 된다. 가사하라는 처음에는 참고 있었지만, 시간이 지남에 따라 점차 지쳐서 자신의 감정을 나타낸다. 결국 그녀는 '당신은 함께 되고 나서 한 번도 밤에 집에 있던 적도, 한 번도 같이 산책했던 적도 없다!'라고 자신의 감정을 표출하게 된다. 여기에서 가사하라가 '한 번도'라는 단어를 두 번씩이나 사용한 것에서 그녀의 불만이 얼마나 큰지를 알 수 있다. 지난번 그녀의 하숙에서 묵었을 때, 그녀는 내가 원고를 쓰고 있자, '자신이 먼저 "이제 잘까요"라고 말하지 않는' 사려 깊은 여성이었다. 그렇게 가사하라는 상대방을 존중하는 여성이었다. 하지만 이러한 그녀도 긴 시간에는 지쳐서 '함께 된' 이후, 가사하라는 보통의 생활을 할 수 없는 '나'에 대하여 불만을 드러내게 되는 것이다.

한편 '나'는 이 간격을 메우기 위하여 가사하라를 같은 일에 끌어들이려는 시도를 한다. 그러나 '나'는 '함께 되고 나서 가사하라는 그것에 적합한 사람이 아닌 것을 알았다'고 하면서, 그녀의 다른 면을 보고 있다. 여기에서 중요한 것은 가사하라에 대한 '나'의 평가가 '함께 되기 전'과 '함께 된 후'에 변화가 있다는 점이다. 요컨대 '함께 된 후', 가사하라에 대한 '나'의 평가는 '정말이지 감정이 얕고 끈질기지 않은 여자'로 바뀌게 되었던 것이다.

이것은 중요한 문장이다. 즉 일찍이 히라노 겐이 제기하였던 하우스 키퍼의 문제는 여기에서도 해결된다. 요컨대 '나'가 만약 하우스 키퍼로서 가사하라를 이용(利用)한다는 생각이었다면, 가사하라의 성격이 어떠한 것은 아무런 상관이 없기 때문이다. 하우스 키퍼는 단지 조직 활동을 손쉽게 하기 위한 위장에 불과하다. 그러므로 가사하라와 '함께 되는' 것이 하우스 키퍼의 의미였다면, 그녀의 성격이 어떠한지는 문제의 대상이 될 수 없고, 또 '함께 된 후' 가사하라에 대한 '나'의 평가도 아무런 의미가 없는 것이다.

그런데 '나'는 가사하라에 대하여 가엾다고 생각하고 있고, 그녀에게

좀 더 높은 수준의 의식을 요구한다. 그러나 그녀는 그것에 따라오지 못한다. 그러므로 '나'도 가사하라에 대하여 불만의 감정을 가지게 된다. 여기에서 만약 가사하라가 하우스 키퍼의 의미였다면, '나'가 그녀에게 어떠한 요구와 불만을 가지게 될 수는 없었을 것이다.

이것은 가사하라에게서도 해당된다. 그녀는 '나'에게 '한 번도 같이 산보에 나간 적도 없다'라고 불평한다. 그런데 역시 같은 의미로 만약 가사하라가 하우스 키퍼의 의미였다면, 그녀가 '나'에게 이러한 요구와 불만을 표시할 수는 없었을 것이다. 요컨대 '나'와 가사하라가 동등(同等)한 위치에 있기 때문에 서로 상대방에게 불만과 요구를 할 수 있다고 생각된다.

'나'가 가사하라에게 불만을 가지고, 그녀가 '나'에게 불만을 표시할 수 있는 것은 서로의 애정에 대한 또 다른 표현 방법이라고 생각할 수 있다. 이것은 상대방에 대한 '요구'에 있어서도 마찬가지이다. 이렇게 '나'와 가사하라 두 사람은 애정을 가지고 함께 되었지만, 두 사람은 '함께 된' 후, 관계의 변화를 겪게 된다. '함께 된' 후, 원래 각자가 가지고 있었던 의식의 차이가 나타나면서 두 사람의 갈등이 나타나는 것이다.

4. '가사하라의 실직' 이후

이러한 두 사람 사이에 어느 날, 가사하라가 다니고 있던 회사로부터 해고되는 사건이 발생한다. 그리고 이 사건에 의하여 '나'와 가사하라의 관계는 중대한 위기가 찾아오게 된다. 그 동안 두 사람 내면에 숨어져 있지만 겉으로 나타나지 않았던 문제점들이 한꺼번에 폭발하여 버리는 것이다. 두 사람 사이에 등장한 문제는 두 사람이 '함께 된' 기본 구조로부터의 일탈의 문제였다. 「당생활자」에는 '가사하라의 실직' 모습이 다음과 같이 묘사되어 있다.

> 나는 자동차를 도중에서 내려 두 정류장을 걸어서 골목으로 들어와 집으로 돌아왔다. 가사하라는 창백하고 우울한 얼굴을 하고 방안에서 다리를 옆으로 하고 앉아 있었다. 나의 얼굴을 보자,
> '해고되었어요.'
> 하고 말했다.
> 그것이 너무나도 갑작스러운 것이었기에 나는 선 채로 잠자코 상대를 보았다.[8]

가사하라의 실직이라는 말을, '나'는 선 채로 듣고 있다. 이 말이 '나'에게 얼마나 갑작스럽고 충격적인 말이었는가를 알 수 있다. 가사하라의 실직은 두 사람의 관계를 근본적으로 되돌아보게 하는 사건이었다. 두 사람이 '함께 되는' 것에서 암묵적으로 동의되어 있는 사실은 가사하라의 월급(月給)이었다. 왜냐하면 비합법 활동을 하는 '나'는 벌이가 없기 때문이다. 이제까지 '나'는 가사하라의 급료로 모든 생활과 활동을 해왔고, 이것은 앞으로도 변하지 않아야 할 기본 조건이었다.

그러므로 그녀의 실직이 두 사람의 관계에 영향을 주는 것은 피할 수 없는 사실이었다. 두 사람이 '함께 되는' 것에서 암묵적으로 동의되어 있던

가사하라의 월급이라는 조건이 없어졌을 때, 두 사람의 관계는 뿌리부터 흔들리지 않을 수 없는 것이다. 가사하라의 월급이 생활적인 면도 포함하여, 근본적으로 두 사람이 '함께 되는' 기본 조건이었기 때문이다. 「당생활자」에는 '가사하라의 실직'에 의하여 생활에 곤란을 받는 '나'의 모습이 다음과 같이 섬세하게 그려져 있다.

가지가 싸서 5전이라도 사려고하면 2, 30개나 사기에 그것을 아래층 아주 머니의 겨된장에 처넣고 아침, 점심, 밤, 세 번 모두 그 가지로 해결했다. 사흘이나 그렇게 계속하자, 즉각적으로 몸이 반응하여 왔다. 계단을 오를 때마다 숨이 차고 땀이 나와 곤란했다.

배가 고프고 몸이 피곤해 있는데도, 똑같은 것이면 조금도 식욕이 나지 않았다. 마지막에는 밥에 뜨거운 물을 붓고 눈을 힘껏 감고 덤벙덤벙 급히 먹었다. 그래도 밥이 있을 때는 좋았다. 밤에 세 번 정도의 연락이 기다리고 있고, 게다가 돈이 없어서 걸어가지 않으면 안 될 때, 아침부터 한 번밖에 밥을 먹지 않았을 때는 비참한 마음이 들었다.[9]

결국 생활비에 고민하던 '나'는 최후의 수단을 취하기로 한다. 그것은 남자로서는 주저되는 이야기였다. 그것은 가사하라에게 카페(カフェー)의 여급이 되면 어떻겠냐는 이야기였던 것이다. 물론 이것은 '나'에게도 괴로운 이야기였다. 하지만 이것은 가사하라의 입장에서 보면 당치도 않은 이야기였던 것이다. 카페의 여급이 된다는 것은 보통의 여성들로서 꺼릴 수밖에 없는 직업이기 때문이다. 당시 카페라는 것은 여급(女給)을 두고

양식과 양주 및 맥주 등을 파는 음식점이었다.[10]

그러므로 카페의 여급이라는 직업은 일종의 여성의 서비스가 필요한 직업이라고 할 수 있다. 어쨌든 카페의 여급이라는 직업은 보통 여성인 가사하라로서는 가능하면 피하고 싶은 직업이었을 것이다. 이 이야기를 듣고 가사하라가 화를 내는 것은 당연한 일이었다.

나는 최후의 수단을 취하기로 했다. 그날 돌아와 나는 용기를 내어 가사하라에게 카페 여급이 되면 어떤가 하고 말했다. 그녀는 요즈음 매일 취직을 구하기 위하여 돌아다녀서 피곤하고 기분이 나빠져 있었다. 나의 말을 듣자 그녀는 갑자기 몸을 돌려, 그리고 어둡고 싫은 얼굴을 했다. 나는 정말이지 그녀에게서 눈을 피했다. 하지만 그녀는 그것뿐 고집스럽게 입을 다물었다. 나도 어쩔 수 없이 잠자코 있었다.

'일 때문이라고 하겠죠?'

가사하라는 나를 보지 않고, 오히려 침착하고 낮은 목소리로 말했다. 그리고 나의 대답도 듣지 않고 갑자기 새된 소리를 냈다.

'몸 파는 여자라도 되겠어요!'[11]

'나'가 가사하라에게 카페 여급의 이야기를 하였을 때, 가사하라는 '몸 파는 여자라도 되겠어요!'하고 화를 낸다. 물론 카페 여급과 몸 파는 여자와는 그 직업상 상당한 차이가 있음에도 가사하라는 그렇게 말해버린다. 이러한 가사하라의 반응으로 볼 때, 그동안의 결혼생활에서 그녀가 '나'에 대하여 얼마나 실망하고 있었는지를 알 수 있고, 또 그동안 두 사람 사이에 얼마나 깊은 거리가 생겨져 버렸는지 알 수 있다.

원인을 따지면 가사하라가 다니고 있던 회사로부터 해고되었던 것도 사실은 '나'때문이라고 할 수 있다. 가사하라는 다른 사람에게 절대로 주소를 알려서는 안 되는 '나'때문에, 회사에서 해고되었던 것이다. 그런데 함께 된 이후, '나'와의 생활에 실망하고 있고, 취직자리를 알아보는데 지쳐있는 가사하라에게 '나'는 또 다시 곤란한 제안을 하는 것이다. 그녀로서는 어쩌면 기가 막힌 일이라고 할 수 있다. 다키지는 이 작품에서 '나'와 가사하라가 갈등하는 장면을 다음과 같이 묘사하고 있다.

> 가사하라에게는 그것이 역시 몸에 사무치지는 않았고 게다가 나쁜 것에는 모두가 '나의 희생'이라는 식으로 생각하고 있는 것이다. '당신은 위대한 사람이기 때문에 나와 같은 바보가 희생이 되는 것은 당연한 일이다!' – 그러나 나는 전혀 개인 생활이라는 것을 가지지 않는 '나'이다.(중략) 내가 위대하기 때문도 내가 영웅이기 때문도 아니다. – 개인 생활 밖에 모르는 가사하라는 그렇기 때문에 타인도 개인적 척도로밖에 이해할 수 없었다.[12]

'나'와 가사하라 두 사람의 갈등의 원인은 개인적 생활이 가능한 사람과 개인적 생활이 가능하지 않는 사람의 차이에서 오는 것이었다고 할 수 있다. 즉 두 사람의 갈등은 '나'가 사회적 척도로 살아가는 것에 대하여, 가사하라는 개인적 척도로 살아가는 생활에 의한 것이다. 그리고 이것은 두 사람이 함께 되기 이전부터 만들어진 환경의 차이에 의한 것이었다.

'나'는 희생이라는 것을 가사하라에게 이야기한다. 그러나 개인(個人)

적인 척도로 사물을 보는 가사하라에게 사회(社會)적 척도의 희생이라는 의미는 이해될 수 없는 이야기였다. 그녀는 잠자코 듣고 있었지만, 그날은 한마디도 하지 않고 혼자서 자 버린다. 가사하라는 침묵으로써 '나'와의 대화를 거부하는 것이다. '나'는 가사하라가 '언제나 나에게 쫓아오려고 하고 있지 않기 때문에, 하는 것 모두가 자신의 희생이라는 식으로 밖에 생각할 수 없었다'라고 불평한다. 하지만 보통 사람으로서는 가사하라가 생각하는 것처럼 개인 생활을 가지는 것은 당연하다. 단지 '나'가 특수한 상황 아래에 있기 때문에, 두 사람의 관계가 어려워지는 것이다.

무엇보다 이렇게 두 사람이 생활 환경의 차이로 인하여 갈등하게 되는 것은 두 사람이 함께 되기 전에 충분히 예견되어 있던 일이었다. 전(全)프롤레타리아의 해방을 위한 일을 하고 있는 '나'와, 보통의 생활을 하고 있는 가사하라와는 처음부터 메울 수 없는 간격이 있었다. 하지만 경제적인 여건이 되어 있었을 때는 이 간격이 숨어져 있었다. 가사하라의 실직이라는 극한 상황의 변화가 나타났을 때, 비로소 숨어져 있던 모든 문제가 한꺼번에 표출되어 나왔던 것이다. 이렇게 '가사하라의 실직'이라는 환경의 변화에 의하여 두 사람의 관계는 멀어져간다.

5. 가사하라의 취직

결국 가사하라는 작은 다방(喫茶店)에 들어가게 된다. 그런데 가사하라가 다방에 들어간 이후, '나'의 가사하라에 대한 애정이 깊어진다. 이것은

취직에 대하여 자신의 의견을 들어준 가사하라에 대한 고마움과 여자가
다방이라는 힘든 일을 하는 것에 대한 안타까움 비슷한 것이었다. 여기에
서 가사하라는 카페의 여급이 아니고, 다방이라는 곳에 취직하고 있다.
앞에서 설명했듯이 같은 여급의 서비스가 있어도 당시 카페가 술을 파는
음식점이었던 것에 비하여, 다방은 커피만을 파는 곳이었다. 당연히 보통
여성은 카페보다는 다방을 선호했을 것이라고 짐작할 수 있다. 「당생활
자」에서는 가사하라의 다방 취직이 다음과 같이 묘사되어 있다.

　　가사하라는 작은 다방에 들어가게 되었다. 들어간다고 정해지자 과연 가엾
　었다. 운동하고 있는 자가 생활 때문에 다방 등에 들어가는 것은 뭐라고 해도
　무서운 것으로, 그러한 동지는 자신은 아무리 굳건히 있으려고 하여도 눈에
　보이게 떨어져 간다. 우리들로서 '분위기'라는 것은 물고기에게 있어 물과 조
　금도 다르지 않을 정도로 중요한 것이다. 여자 동지가 자기 혼자를 위해서도,
　또는 남과 여가 함께 일을 하고 있어서 같이 쓰러지지 않기 위하여 다방에 들
　어갈 때에도 똑같은 것이다. 그런데 가사하라의 경우, 그 일의 훈련조차도 되
　어있지 않기 때문에 질질 나쁜 쪽으로 자신의 몸을 기대어 가는 것은 뻔한 일
　이었다.[13]

이렇게 '나'는 가사하라가 '질질 나쁜 쪽으로 자신의 몸을 기대어 가는
것'을 알고 있고, 또 그것을 무엇보다도 걱정하고 있다. 그런데 가사하라
가 변하는 것은 시간이 걸리는 일이었고, 오히려 두 사람의 관계는 원래
의 애정 있는 상태로 돌아온다. 「당생활자」에는 가사하라가 다방에 들어

간 후, '나'와 가사하라 두 사람의 다정스런 애정의 모습이 구체적으로 그려져 있다.

가사하라는 처음에 하숙에서 그곳에 다녔다. 밤늦게 익숙하지 않은 잔걱정이 많은 일이었기 때문에, 피곤하여 불쾌한 얼굴을 하고 돌아왔다. 핸드백을 내팽개친 채 그곳에 옆으로 앉으며 어깨를 축 떨어뜨렸다. 말하는 것조차 귀찮은 모양이었다. 잠시 후 그녀는 내 앞에 말없이 발을 뻗어 왔다.

" ─ ?"

나는 가사하라의 얼굴을 보고 ─ 발을 만져 보았다. 무릎과 복사뼈가 몰라볼 정도 부어 있었다. 그녀는 발을 다다미 위에 구부려 보았다. 그러자 관절 부분의 살이 희미하게 으드득 소리를 냈다. 그것은 거슬리는 소리였다.

"하루 종일 서 있는다는 것은 힘든 일이네."

하고 말했다. (중략) 나는 오랜만에 자신의 다리 안에 작은 가사하라의 몸을 안아주었다. ─ 그녀는 눈을 감고 그대로 있었다.[14]

그녀는 내 앞에 말없이 발을 뻗어 오고, '나'는 자신의 무릎에 작은 가사하라의 몸을 안아준다. 그리고 그녀는 눈을 감고 그대로 되어 있는다. 이것은 가사하라에 대한 '나'의 구체적인 애정(愛情)의 표현이고, 가사하라는 이러한 '나'의 애정을 받아들인다. 실직 이후 '나'와의 대화를 거부하던 가사하라는 '다방 취직 이후 '나'와의 대화를 시도하고, '나'를 다시 받아들인다. '나'도 또한 그녀를 따뜻하게 대해준다. 이미 두 사람 사이는 이전의 불편한 관계가 아닌 것이다. 실직이라는 어려운 고비를 극복한 두 사람의 관계는 이전보다 더욱더 가까워졌다고 생각할 수 있다.

'나'는 가사하라에게 서서 일하기 때문에 다리가 붓는 방적 공장에서의 일을 이야기하면서 그녀의 일이 자신만의 일이 아니고, 전프롤레타리아의 일로써 생각하라고 이야기한다. 그녀는 이 이야기를 듣고 '정말!'하고 말한다. 실직 이후 대화조차 거부하던 가사하라가 사회적 척도로 생활하는 '나'의 이야기에 공감을 나타나게 되는 것이다.

몸 파는 여자라도 되겠다며 '나'와의 대화를 거부하던 가사하라는 '다방 취직'을 함으로써, 두 사람의 관계는 원래의 모습으로 돌아오게 된다. 여기에는 두 사람이 '함께 된' 때의 암묵적인 약속, 즉 가사하라의 경제적 능력이 복원된 것이 큰 역할을 하고 있다. 요컨대 그녀의 경제적 능력의 복원 이후, 두 사람의 관계는 일단 예전의 모습으로 돌아온 것이다. 가사하라의 실직 이후, 거리가 멀어져있던 두 사람은 그녀의 취직에 의하여 대화와 행동 모두, 두 사람이 '함께 된' 직후의 애정 있는 상태로 돌아왔다고 생각할 수 있다.

6. '가사하라의 다방 숙박' 이후

그러나 이렇게 서로에 대한 관계를 회복한 두 사람 사이에 새로운 문제가 발생한다. 그것은 가사하라의 '다방 숙박'이었다. 처음에 집에서 다니던 가사하라는 주인의 요청으로 다방에 묵으면서 생활하게 된다. '다방 숙박'이라는 새로운 환경으로 두 사람의 관계는 변해 간다. 가사하라의

다방 취직 때 '나'가 걱정하는 상황이 바야흐로 현실로 나타나게 되는 것
이다. '다방 숙박' 이후, 생활 환경이 달라진 두 사람은 점차 그 관계가 멀
어져 간다. 다키지는 이것을 다음과 같이 묘사하고 있다.

그러나 가사하라의 분위기는 더할 나위 없이 나쁘다. 여주인의 생활도 그
렇고, 여자가 있는 다방에는 단지 차를 마시고 돌아가는 손님뿐만이 아니라,
여자를 상대로 되잖은 소리를 하고 가는 손님들이 많았다. 그것에 일일이 맞
장구를 치지 않으면 안 된다. 그것들이 가사하라의 마음에 스며들어 가는 것
을 알았다. (중략) 그러나 나는 그렇게 가사하라에 얽매어 있을 수 없었다. 바
쁜 일이 나를 끌고 갔다. 倉田(구라다)공업의 정세가 절박해 옴과 함께 나는
가사하라가 있는 곳에는 단지 교통비를 받으러 가는 것과 밥을 먹으러 가는
것만이 되어, 그녀와 이야기하는 일은 거의 없게 되어 버렸다. 생각해보면,
가사하라는 때때로 쓸쓸한 얼굴을 하고 있었다.[15]

'나'는 가사하라의 다방 일에 대하여 걱정을 하지만, 자신의 바쁜 일 때
문에 그녀에게 신경을 쓰지 못하게 된다. 가사하라가 다방에 숙박하게 되
면서 '나'가 '그녀와 이야기하는 것은 거의 없게 되어져 버렸'고, '가사하
라는 때때로 쓸쓸한 얼굴을 하는' 관계가 된다. 두 사람 사이에서 대화는
또다시 사라져 버린다. 상대방과 소통하는 가장 간단하고 확실한 수단이
대화(對話)라고 할 때, 두 사람 사이에 서로를 엮어줄 소통(疏通)의 방법이
없어져 버린 것이다. 또 대화는 애정을 표시하는 가장 손쉬운 수단이기도
하다. 그러므로 이러한 수단이 사라지자, 가사하라는 쓸쓸한 얼굴을 하게

되는 것이다.

이렇게 그녀의 '다방 취직' 이후 원래의 상태로 회복된 두 사람의 관계는 그녀의 '다방 숙식'에 의하여 또다시 멀어져 간다. 이러한 두 사람 관계의 변화는 두 사람 사이의 애정의 변화 때문이 아니라, 두 사람 사이에 놓인 환경의 변화 때문이라고 할 수 있다. 그런데 '나'는 공장의 정세가 급박하여 이러한 상황을 극복하여 갈 수 없었던 것이다. '나'는 이러한 상황에 있어서 가사하라와의 생활까지도 희생으로 하지 않으면 안 되는 이유를 자신의 아버지를 통하여 설명하고 있다.

아버지는 지주에 항의하여 소작료를 깎는 것을 하지 않고, 자신의 몸을 망칠 때까지 일함으로써 그것으로부터 도망하려고 하였다. 20여년이나 전의 일이지만. 그러나 나는 다르다. 나는 단 한 분의 어머니와도 연락을 끊고, 누이와 동생과도 끊고, 지금은 가사하라와의 생활까지도 희생으로 하여 버린 것이다.[16]

'나'는 '단 한 분의 어머니와도 연락을 끊고, 누이와 동생과도 끊고, 지금은 가사하라와의 생활까지도 희생으로 하여 버린 것이다'라고 말하고 있다. 이 문장에서 알 수 있듯이 '나'에게는 어머니, 누이와 동생, 그리고 가사하라가 똑같은 위치를 차지하고 있다. 즉 가족(家族)인 것이다. 또한 '나'는 '지금은 가사하라와의 생활도 희생으로 하여 버린 것이다'라고 쓰고 있다. '나'의 희생이 아니라, '나와 가사하라와의 생활'의 희생, 즉 가족의 희생인 것이다. 여기에서 '나'와 가사하라의 관계가 일방(一方)적인 관계가 아닌 것을 알 수 있다. 두 사람의 관계는 '나'의 일방적인 이용 관계가 아닌, '이인일체(二人一体)'의 관계인 것이다.

한편 가사하라가 '다방 숙박'을 함으로써 두 사람의 관계는 변해 간다. 가사하라가 다방 취직을 하게 되었을 때, '나'가 미리 걱정하였던 것처럼, 조금씩 그녀는 변해간다. 물론 앞에서 말했듯이, 이러한 가사하라의 변화의 원인은 '나'에 대한 애정의 변화라기보다는 환경의 변화가 그 요인이라고 할 수 있다. 즉 그녀가 처한 다방이라는 환경 때문이라고 할 수 있다. 가사하라는 '나'가 밥이 없어 그녀가 있는 다방에 갔을 때, '처음에 가사하라는 싫어했지만, 마지막에는 "이 정도는 당연하다"고 말하게 되었다'는 정도로 변해 간다. 순수하였던 가사하라가 '다방 숙박'이라는 환경의 변화로 인하여, 그 사회에 물들어 간다고 생각할 수 있다.

그런데 이러한 가사하라의 변화와 함께 '나'도 변해간다. '나'의 변화도 역시 가사하라에 대한 애정의 변화라기보다는, '나'의 생활환경(生活環境)의 변화가 그 요인이었다. 이렇게 '나'와 가사하라, 두 사람은 각자의 생활 때문에 멀어져 간다. 「당생활자」에는 가사하라의 '다방 숙식' 이후, '나'와 가사하라 두 사람의 관계가 변해 가는 모습이 그려져 있다. '나'는 가사하라와 이토를 비교하여 본다. 다음 문장에는 가사하라에 대한 '나'의 미묘한 마음의 변화가 보인다.

하숙에 돌아와 그 포장을 열어보면서 문득 생각하니, 나는 이토와 가사하라를 비교해 보고 있었다. 같은 여자이지만 나는 지금까지 한 번도 이토와 가사하라를 비교해 생각한 적이 없었던 것이다. 하지만 이토와 비교해보아 비로소 가사하라가 얼마나 나와 멀리 떨어진 곳에 있는지를 느꼈다.

　－나는 벌써 10일이나 가사하라가 있는 곳에 가지 않았다…….[17]

‘나’가 이토에게서 받은 물건은 셔츠였다. 이토는 ‘나’에게 ‘요즈음, 당신의 셔츠 등이 더러워져 있어요. 저쪽에서는 흔히 그런 곳을 눈여겨본다고 해요!’라고 하면서 셔츠를 건네준다. 남녀 간에 셔츠를 선물할 수 있는 사이는 상당히 친한 관계이고, 또 이것은 서로의 생활을 직접적으로 알고 있는 경우에 해당된다. 즉 지금의 ‘나’의 생활은 가사하라보다 이토가 더 잘 알고 있다고 할 수 있다.

　‘나’는 당연히 가사하라에게 받아야할 셔츠를 이토에게 받는다. 그러므로 이것을 받고, ‘나’는 이토와 비교하여 가사하라가 얼마나 멀리 떨어진 곳에 있는가를 느끼게 된다. 이렇게 가사하라의 변화와 함께 ‘나’도 변해간다. 공장 일이 바빠진 ‘나’는 교통비와 식사를 해결하기 위하여 나가는 것조차 여유가 없게 되어, 가사하라가 있는 다방에는 3일에 1번, 1주일에 1번, 10일에 1번이라는 식으로 점점 멀어져 간다. 그리고 마지막에는 10일에 1번 정도 밖에 가사하라가 있는 곳에 가지 않게 되는 것이다.

　물론 이러한 ‘나’의 변화의 원인은 가사하라에 대한 애정의 변화라기보다는, ‘나’의 환경 변화가 그 요인이라고 할 수 있다. 그러나 환경 변화는 두 사람에게 큰 영향을 주고, 관계의 변화를 가져오는 것이다. 이것들은 의식하지 않는 사이에 그렇게 되어 갔다. 두 사람에게 주어져 있는 생활이 모르는 사이에 그렇게 시켰던 것이다. 이렇게 ‘나’와 가사하라, 두 사람은 각자의 어쩔 수 없는 생활 환경의 변화 때문에 다시 멀어져 간다.

7. 나가는 말

이상 「당생활자」에서 '나'와 가사하라의 본성을 중심으로 하여, 여러 가지 상황 변화에 따른 '나'와 가사하라 두 사람의 애정의 변화 과정을 살펴보았다. 요컨대 '나'와 가사하라 두 사람은 비합법공산주의자와 보통의 의식을 가진 사람이라는 차이가 있지만, 기본적으로 따뜻하고 착한 본성의 소유자이다. 두 사람은 서로의 애정에 의하여 함께 된다. 그러나 두 사람의 관계는 여러 가지 상황의 변화에 의하여 변하게 된다. 두 사람은 주어진 환경의 변화로 인하여 가까워지거나 멀어지거나 한다. 이것은 두 사람의 애정의 문제라기보다는, 두 사람 사이에 일어난 환경의 변화 때문이라고 생각할 수 있다.

「당생활자」에서 '나'와 가사하라에게 주어진 상황은 계속 변해 간다. 마지막의 '다방 숙식' 이후에는 '나'와 가사하라가 멀어지게 된다. 「당생활자」에서 두 사람의 관계는 멀어진 채 끝나고 있다. 그러나 두 사람이 멀어져 있는 상태에서 작품이 끝난 것은 「당생활자」가 전편(前篇) 밖에 쓰이지 못한 것이 큰 요인이라고 생각할 수 있다. 「당생활자」의 후편이 계속되었더라면 '나'와 가사하라 두 사람에게 또 다른 여러 가지 상황의 변화가 있었을 것이고, 다키지는 두 사람의 관계를 그대로 내버려 두지 않았을 것이다. 또 다른 여러 가지 상황 변화를 통하여 본성이 따뜻한 두 사람의 관계는 무난히 해결되었을 것이라고 생각된다.

한편 「당생활자」에서 '나'의 가사하라에 대한 '이용'의 문제가 나온 것도 이러한 시점에서 볼 수 있다고 생각된다. 「당생활자」가 전편으로 중단되지 않고 후편이 계속되었더라면, 가사하라에 대한 '이용'의 문제가 나오지 않았을지도 모른다. 「당생활자」가 전편으로 끝난 것에서 이러한 문제가 제기될 수 있었다고 생각된다.

역주

1 「당생활자」『고바야시 다키지 전집 제4권』 신일본출판사, 1982년, p.365.

2 같은 책, p.380.

3 히라노 겐은 「하나의 안티테제(一つの反措定)」(『신생활(新生活)』 1946년 4, 5월 합병호)로 시작되는 일련의 평론에서 가사하라 문제를 제기한다. 이것에 의하여 전후 '정치와 문학' 논쟁이 시작되었다.

4 같은 책, p.381.

5 같은 책, p.400.

6 『신청년』은 1920년 1월에서 1950년 7월까지 발행된 잡지. 박문국. 편집 발행인 모리시타(森下)가 제 1차 세계대전 후 신사상 대두에 따른 종합 잡지를 입안했지만, 회사로부터 견실한 청년 잡지로 변경하도록 명령받고, 지금까지와는 다른 새로운 기획으로 생각한 것이 해외 탐정 소설의 번역이었다. 기지, 스릴, 유모어, 인정미가 얽힌 탐정 소설은 이제까지 없었던 신선한 감각으로 독자들에게 환영받았다.

7 「당생활자」『고바야시 다키지 전집 제 4권』신일본출판사, 1982년, pp.411-412.

8 같은 책, pp.412-413.

9 같은 책, p.414.

10 카페는 커피점의 의미를 가지는 프랑스어이지만 일본에서는 조금 틀린 의미로 사용되었다. 하쓰타 데이(初田亭)는 '일본에서는 카페는 여급을 두고 양식과 양주 및 맥주 등을 서비스하는 음식점의 의미로 사용되어 왔다'고 단적으로 지적하고 있다.(1993년 11월 『카페와 다방(カフエーと喫茶店)』INAX). 이 여급의 서비스라는 점이 카페와 종래의 술집을 구별하는 특질인 것이다. 술집으로는 일본 술 중심의 술집을 대신하여 맥주를 파는 비어홀이 새롭게 주목을 받았지만 여급은 두지 않았다. 또 여급의 서비스가 있어도 술을 팔지 않고 커피 중심인 것이 다방으로 불리어졌다. 카페에서는 여급을 두었지만 어디까지나 미녀의 용모는 서비스로써 제공되는 것이고, 매춘은 목적이 아니었다. (『국문학 해석과 교재의 연구(国文学 解釈と教材の研究)』학등사(学灯社), 1995년 5월)

11 「당생활자」『고바야시 다키지 전집 제 4권』신일본출판사, 1982년, p.415.

12 같은 책, p.416.

13 같은 책, pp.426-427.

14 같은 책, pp.427-428.

15 같은 책, p.429.

16 같은 책, p.430.

17 같은 책, p.441.

고바야시 다키지 문학의 서지적 연구

초판 1쇄 발행일 2011년 9월 5일

지은이 황봉모
펴낸이 박영희
편집 이은혜·김미선
책임편집 김혜정
펴낸곳 도서출판 어문학사
    132-891 서울특별시 도봉구 쌍문동 525-13
    전화: 02-998-0094 / 편집부: 02-998-2267
    팩스: 02-998-2268
    홈페이지: www.amhbook.com
    트위터: @with_amhbook
    블로그: 네이버 http://blog.naver.com/amhbook
         다음 http://blog.daum.net/amhbook
    e-mail: am@amhbook.com
    등록: 2004년 4월 6일 제7-276호

ISBN 978-89-6184-254-9 93830

정가 18,000원

이 도서의 국립중앙도서관 출판시도서목록(CIP)은 e-CIP홈페이지(http://www.nl.go.kr/ecip)에서 이용하실 수 있습니다. (CIP제어번호 : CIP2011003683)

※ 잘못 만들어진 책은 교환해 드립니다.